- खण्ड एक -

मुग़ल चौक

अकबर रोड

अबीर आनंद

अंजुमन प्रकाशन

अंजुमन प्रकाशन
942, मुट्ठीगंज, प्रयागराज-3 उत्तर प्रदेश, भारत
www.anjumanpublication.com
contact@anjumanpublication.com

प्रथम संस्करण अंजुमन प्रकाशन द्वारा 2019 में प्रकाशित

सर्वाधिकार टेक्सट   अबीर आनंद 2019
सर्वाधिकार सुरक्षित 2019

आवरण व टाइप सेटिंग : अंजुमन प्रकाशन

ISBN : 978-93-88556-34-7

समर्पित

रानी पद्मावती

ताकत से साम्राज्य बनते हैं;
और चरित्र से देश।

परिकल्पना

यह उपन्यास एक ऐतिहासिक परिकल्पना का हिस्सा है। ये और बात है कि यह दूसरी कई ऐतिहासिक परिकल्पनाओं की तुलना में सच के ज्यादा क़रीब हो सकती है। ख़ासतौर से उन परिकल्पनाओं की तुलना में, जिन्हें हम इतिहास समझकर पाठ्य-पुस्तकों में पढ़ते आये हैं। उनकी परिकल्पना और मेरी परिकल्पना का न मिलना, उनके संस्करण को चुनौती भी न समझा जाय। इस इन्टरनेट युग में कोई भी आम तर्कशक्ति रखने वाला यह फैसला अपने विवेक से करे कि कौन-सी परिकल्पना सत्य के ज़्यादा निकट है। दरअसल अपनी तर्क-शक्ति का इस्तेमाल शिक्षा का पहला उद्देश्य होना चाहिए था, पर दुर्भाग्यवश, काल्पनिक इतिहास को घोट-घोटकर धमनियों में प्रवाहित करना शिक्षा का मूल उद्देश्य बन गया।

किसी जीवित या मृत व्यक्ति अथवा स्थानों के नाम से मिलना मात्र एक संयोग है; फिर भी यदि कोई इस संयोग का हिस्सा बने, तो मुझे ख़बर ज़रूर करे। अपनी परिकल्पना के संयोग से मिलना... इससे बेहतर परिकल्पना शायद संभव ही नहीं है।

प्रस्तावना

मुग़ल सल्तनत की नींव आदर्शों की क़ब्रगाह पर रखी गई। आने वाले युग का अंदेशा बाबर को मरते समय ही हो चला था। हुमायूँ से उसने कहा था कि वह अपने भाइयों के साथ मिल-जुलकर रहे। हुमायूँ ने पिता की बात मानने का प्रयास भी किया, पर सत्ता की भूख ऐसी थी कि आदर्शों के लिए जगह ही न बची।

अकबर को इतिहास ने महान सम्राट कहा, क्योंकि वह अन्य शासकों की तुलना में कम बर्बर था। महानता की यह परिभाषा भारतीय लोक-प्रशासन की रीढ़ बन गई। लेखकों ने इतिहास को इस सहृदयता से लिखा, कि मुग़ल शासन के व्यवहार मानक 'मान्य' हो गये।

ताजमहल निस्संदेह सौंदर्य और भव्यता का प्रतीक है... पर क्या वह वास्तव में प्रेम का सही प्रतीक भी है? 'ताजमहलः छह फिट नीचे' हरम की राजनीति और इस राजनीति की पृष्ठभूमि के किरदारों की कहानी है। दो भागों में लिखी गई इस कहानी के पहले भाग में मुख्यतः अकबर और सलीम के संबंधों के परिप्रेक्ष्य में इन्तिसार और सरजू की कहानी है।

अनुक्रमणिका

प्रस्तावना

1

पागल चूहे

पूस की वह रात कड़ाके की ठंड में झुलस रही थी। हिमालय की तलहटी से उतरकर ठंडी बयारों के झोंके, साँय-साँय करती हुई बर्फीली आहों से मौसम को असह्य बना रहे थे। ठंडी हवा के अतिक्रमण से बचने के लिए घरों के दरवाजे अच्छी तरह बंद कर दिए गए थे। सूत की रजाईयों में लिपटे बदन, अपनी ही गर्मी को सहेजने का असफल प्रयास कर रहे थे। रक्त जैसे धमनियों में जमा जाता था। नींद की टोह में मैली-कुचैली कथरियों पर पड़े दोहरे बदन, करवटों के भ्रमजाल में व्यस्त थे। रजाई के नर्म आग़ोश में जितनी दुर्गन्धिपूर्ण हवा भरी थी, बस वही साँसें सींचने के काम आ रही थी। उसे उघाड़कर एक तरफ़ करके साँस लेने की हिम्मत तक नहीं बची थी।

ऐसी हाड़ कँपा देने वाली ठंड में, व्याकुल चूहों का एक झुण्ड, तीव्र गति से एक दिशाहीन मंजिल की ओर दौड़ रहा था। झुण्ड का नेतृत्व किसी के हाथ न था। न कोई सेनापति था और न कोई सिपहसालार। बस एक बेतरतीब भटकी हुई भीड़ थी, जो मदहोश शराबी की तरह कभी इस राह मुड़ती तो कभी उस राह। बर्फीली ठंड में भी उस झुण्ड की गति बेधड़क और निडर थी। ठंड का प्रकोप भी उन पागल चूहों के वेग को नियंत्रित करने में बेअसर प्रतीत होता था। उनकी तेज़ और नुकीली चरचराहट कभी-कभी बयार की साँय-साँय को भी निस्तब्ध कर देती।

फिर उस बस्ती के एक मोड़ पर पहुँचकर, उनमें से कुछ चूहे एक घर के दरवाजे पर अपना सिर पटकना शुरू कर देते। बाकीं चूहों का क़ाफ़िला आगे बढ़ता रहता। कुछ दूर जाकर, या फिर किसी मोड़ पर, दोबारा उनमें से कुछ चूहे

झुण्ड से अलग हो जाते, एक नया दरवाज़ा चुनते और चौखट पर सिर पटकने की क़वायद दोहराते। पिछले दरवाजे पर सिर पटककर मातम मनाने की प्रक्रिया से जब चूहे संतुष्ट हो जाते, तो फिर दौड़कर अपने काफ़िले में जुड़ जाने का प्रयास करते।

एक के बाद एक, बस्ती के हर दरवाज़े, हर चौखट पर यह रीति उतनी ही कर्तव्यनिष्ठा से निभायी गयी। अमीर-ग़रीब, ऊँच-नीच, नौकर-मालिक के भेदभाव के परे चूहे अपना काम करते रहे। दरवाज़े पर सिर पटकते और आगे बढ़ जाते। उनमें से कुछ मर भी जाते। सनकी चूहों की दौड़ में कुछ घायल होकर दम तोड़ देते, तो कुछ दरवाज़े पर सिर पटकने की प्रक्रिया के दौरान ढेर हो जाते। दूसरे चूहे अपने मरे हुए साथी को एक नज़र अश्रुपूरित नेत्रों से निहारकर थोड़ी देर चरचराते; उन्हें अलविदा कहने का नैतिक दायित्व निभाते और फिर अगले ही पल झुण्ड में विलीन हो जाते। राह के किस मोड़ पर, किस दरवाजे पर कौन-से चूहे की मृत्यु लिखी थी, उनमें से किसी को पता नहीं था। हाँ, उन्हें इतना ज़रूर मालूम था कि कुछ ही पलों में उन्हें भी इस जीवन को अलविदा कहना है। उनका मरना तय था। दरवाज़ों पर सिर पटकने की रस्म अदा हो या न हो, उनका अंत निश्चित भी है और नज़दीक भी... शायद इसीलिए उन्हें ठंड का भय नहीं था। जब तक पौ फटती, वे अपना काम कर चुके थे।

सुबह हुई तो लगा जैसे रात ही अच्छी थी। सूरज की गुनगुनी धूप की आस में, रात भर ठण्डे कुम्हलाये बदन तो मानो टूट ही गये। घने कोहरे की चादर दिन भर वातावरण को ओढ़े रही। हाथ को हाथ दिखाई न देता था। रात के लिहाफ़ बदन से जैसे चिपक गए थे, छूटने का नाम ही न लेते थे। कढ़ाई-बुनाई करने वाले तमाम कारीगर, तेल पेरने के रोज़गार में लिप्त मज़दूर, स्वर्णकार, अन्न-व्यापारी, लोहार, माली, सल्तनत के मुलाज़िम और आला अधिकारी सब इसी ऊहापोह में घरों में अलसाए पड़े रहे कि ठंड कुछ कम हो तो रोज़गार की सुध ली जाये। हाथ बाहर निकालो तो कँपकपाने लगता था। ऐसे में काम कैसे होता। कुछ खेतिहर मज़दूर जो किसी भी सूरत में नागा नहीं कर सकते थे, उनके पास काम पर जाने के सिवा और कोई चारा न था।

पुत्तन माली ने ठिठुरते हाथों से जब दरवाज़े की साँकल खोली तो उसके क़दम वहीं देहरी के भीतर ही जम गए। कुहासे की ठंड से ज़्यादा उसे अपनी चौखट के दृश्य ने विचलित कर दिया। पिछली रात के घने सन्नाटे में चूहों का

जो काफ़िला दरवाजों पर जा-जाकर सिर पटक रहा था, उन्हीं में से एक चूहे ने दम तोड़ने के लिए पुत्तन का दरवाज़ा चुना था। पुत्तन के चेहरे पर डर पसर गया।

'इतनी ठंड में चूहे!' उसने सोचा।

और एक झटके के साथ दरवाजा बंद कर लिया। हड़बड़ी में वह भीतर घुसा और लिहाफ़ में लिपटे अपने तीनों बच्चों को एक तीखी चीख से झकझोर दिया। चूल्हे के पास बैठी कलेवा बनाती हुई पत्नी ने जब चीख सुनी तो घबरा गई।

"क्या हुआ?" पत्नी ने पूछा।

"बाहर एक चूहा मर गया है...." उसने अपनी साँस थामते हुए कहा।

उसका गला सूख चुका था। उसकी चीख सुनकर तीनों बच्चे आँखें मलते हुए उठकर बैठ गये। पुत्तन का डरा हुआ चेहरा देखकर उसकी पत्नी भी डर गयी। आगे कुछ कह न सकी; बस अपना हाथ अपने मुँह पर रख लिया। कुछ पलों बाद जब डर की मियाद ख़त्म हुई तो पुत्तन फिर बोला।

"सामान बाँध के तैयार रखो..."

क़रीब आधे घंटे में नगला गुलाल के सभी निवासियों के चेहरों पर इस डर ने डेरा डाल लिया था। सभी घरों के दरवाजे खँगाले गए तो कुल चार मरे हुए चूहों का हिसाब मिला। उनके अलावा तीन और चूहे रास्तों पर मरे पड़े मिले। शाम सूरज ढलने तक भी जब कोहरा नहीं छँटा तो कुछ समृद्ध परिवारों का पलायन प्रारम्भ हो चुका था। जिनके पास अपनी बैलगाड़ियाँ या इक्के नहीं थे, उनके पास प्रतीक्षा करने के सिवा और कोई उपाय न था। पुत्तन जैसे कुछ और साधनहीन परिवारों ने तय किया कि एक रात रुककर निगरानी की जाय... अगर सचमुच चूहों का मरना महामारी के आगमन का प्रतीक है, तो निश्चय ही चूहों का तांडव आज रात भी होगा।

ठंड से निजात पाने के लिए लोगों ने पुआल जलाए और देर शाम तक महामारी से बचने के उपायों पर चर्चा की। बस्ती छोड़ने के सिवा जब कोई समाधान न निकला तो सब अपने-अपने घरों को चल दिए।

ठंड पिछली रात की ही तरह थी, पर उससे कुछ हानि होने की आशंका मिट गई थी। दरवाज़ों के सूराखों से हवा आती है तो आने दो। अब हाड़ों को झनझना देने वाली ठंड मुद्दा नहीं रह गई थी। कुछ ही देर में बस्ती में उतराने वाली चूहों की चांडाल-चौकड़ी सबसे बड़ा सिरदर्द बन चुकी थी। पुत्तन की पत्नी ने बच्चों को सुला दिया था। सिर तक रजाई ओढ़े पुत्तन और उसकी पत्नी, दरवाज़े पर होने वाली उस अनिष्ट आहट की प्रतीक्षा करने लगे। अपने नियत समय पर, चूहों की टोली फिर उस बस्ती के कच्चे रास्तों पर फैल गयी। वही व्याकुलता वही पागलपन, और वही दिशाहीनता। सरपट दौड़ते हुए वह हर दरवाज़े पर जाते और अपना सिर पटकते। पुत्तन की उनींदी आँखों को उसकी पत्नी की पुकार ने जगा दिया।

'सुनो!'

'हूँ...'

पुत्तन कान लगाकर सुनने लगा। चिहुँक-चिहुँक की चरचराहट के बीच एक हलकी-सी थाप चौखट पर पड़ती और फ़िज़ाँ में लुप्त हो जाती। क़रीब आधे घंटे तक पति-पत्नी लिहाफ़ में अपनी गर्दनें साधे, आवाजें सुनते रहे। आधे घंटे बाद जब आवाजें बंद हो गईं, तो पुत्तन को अहसास हुआ कि उसकी आँखों से नींद उड़ चुकी है। सुबह उठकर देखा तो नज़ारा पिछली सुबह से ज़्यादा डरावना था। पुत्तन के अलावा क़रीब हर घर में आठ से बीस चूहे मरे हुए पाये गए थे। कोई चारा न था। महामारी के प्रकोप ने ठंड की दुश्वारियाँ कम कर दी थी। बिना लिहाफ़ ओढ़े भी नगला गुलाल के निवासी, पलायन की तैयारी में सामान समेट रहे थे। किराये की बैलगाड़ियाँ और इक्के, लोगों को पलायन करने में मदद कर रहे थे। जिनके पास साधन नहीं थे, वे जितना हो सके सामान उठाकर पैदल ही चल पड़े। खेत-खलिहान पीछे छूट रहे थे। खेतों में खड़ी फसलें छूट रही थीं, कुएँ का पानी छूट रहा था। विछोह कोई हो, आसान नहीं होता... फिर चाहे अच्छे जीवन की आस में महामारी से लिपटे गाँव का विछोह ही क्यों न हो। गठरी में चाहे सब कुछ क्यों न बाँध लो; फिर भी बहुत कुछ छूट ही जाता है।

अकबर के अधीन हिंदुस्तान के बारह सूबों में से एक था आगरा; जो ज़्यादातर समय के लिए अकबर के हिंदुस्तान की राजधानी भी था। आगरा से क़रीब चालीस कोस दूर मथुरा, हिन्दुओं के आराध्यदेव भगवान श्रीकृष्ण का

जन्मस्थान, मध्य-कालीन मुग़ल हिंदुस्तान में भी हिन्दू आस्था का प्रमुख केंद्र था। सोलहवीं शताब्दी में प्रतिस्थापित बाँके बिहारी मंदिर धार्मिक- पर्यटन की स्थली था। पुत्तन का परिवार पीढ़ियों से मथुरा के पास एक छोटे से गाँव नगला गुलाल में रहता था। पुश्तैनी व्यवसाय माली का था। कालांतर में पूर्वजों ने फूलों के अलावा अन्य फसलें उगाना भी शुरू कर दिया था। पत्नी अनुसुइया के अलावा पुत्तन के घर में उसका बड़ा बेटा बंशी, छोटा बेटा सरजू और सबसे छोटी बेटी वेदवती थी। खेती-बाड़ी के अलावा वह मथुरा और वृन्दावन के अनेक मंदिरों में फूल बेचकर अपना गुज़ारा करता था। सन 1590 में, महामारी के चलते जब अन्य ग्रामवासियों के साथ पुत्तन के परिवार ने नगला गुलाल से पलायन किया, तब सरजू बारह साल का था।

2

सुअरगर्द शहंशाह

नगला गुलाल की उस रात, चूहों की चेतावनी भरी पदचाप से कोसों दूर, मुग़ल शहंशाह अकबर की राजधानी लाहौर के नवनिर्मित महल के ज़नानखाने में एक घुसपैठिये को महलदार ने धर दबोचा था। हरम के मुख्यद्वार पर तेज़ तर्रार राजपूत सिपाहियों को चकमा देकर घुसपैठिया, शहंशाह की सबसे ख़ूबसूरत रानी से इश्क़ फ़रमाते हुए नंगा पकड़ा गया था। शराब और अफीम के नशे में धुत्त वह घुसपैठिया अपने दोनों पैरों पर खड़े होने की स्थिति में भी नहीं था। डगमगाते और टूटे हुए शब्दों में उसने अपना नाम बताने की कोशिश की, तो वह ठीक से बोल भी न सका। एक बार उसने जोर से हुंकार भी भरी, पर महलदार ख़्वाजा एहतराम पर उसके रौब का कोई असर होता दिखाई न दिया। जहांपनाह को फ़ौरन सन्देश भेजा गया। दीवानखाने में नवरत्नों और अन्य विशिष्ट सभासदों के साथ बैठा शहंशाह उस समय धार्मिक-शास्त्रार्थ में लीन था। हरम में किसी अनजान शख़्स के घुस जाने का समाचार सुनकर वह फ़ौरन उठ खड़ा हुआ।

"हराम गर्द..."

बैठे सभासदों ने उसके मुँह से सुना और उसे आसन से लपककर उठते हुए देखा।

उसने अपने पैरों में पनही पहनने की ज़हमत उठाना भी मुनासिब नहीं समझा।

विशेष सुरक्षा के अभेद प्रबंध होने के बावजूद, तीन दिन से घात लगाए

बैठा वह घुसपैठिया आख़िरकार पहरेदारों को चकमा देने में सफल हो गया। दो दिन पहले भी उसने अपनी पहचान छुपाकर हरम में घुसने की कोशिश की थी। एक बहरूपिये का वेष धरकर उसने खुद को इलाहाबाद का सूबेदार बताया था। एक पैनी नज़र वाले राजपूत सिपाही ने उसे पहचान लिया था। उसे अन्दर जाने से रोक दिया गया। खाली हाथ लौटने से पहले उसने सिपाही को ऐसी गन्दी गालियाँ बकीं कि उसका चेहरा ग़ुस्से से तमतमा उठा। सिपाही कुछ न कर सका। इस बार वह हरम में घुस गया था। दरवाज़े पर सिपाहियों को चकमा देने के बाद उसने महल के दरोगा से बदतमीजी की। जो गालियाँ दो दिन पहले उसने मुख्य-द्वार के सिपाही को थोपी थीं, हरम के दरोग़ा और हिजड़े महलदार ख़्वाजा को भी उन्हीं गालियों का कोप-भाजन करना पड़ा। महलदार के बाद हरम की औरतों तक पहुँचने के लिए उसे शक्तिशाली उज़्बेक औरतों से भी जिरह करनी पड़ी। उन दबंग उर्दूबेग़ियों ने कोई प्रतिरोध न दिखाया। हालाँकि हरम में ख़ुद शहंशाह अकबर और उसके कुछ चुने हुए सूबेदारों के अलावा किसी को भी वहाँ जाने की अनुमति नहीं थी, पर उर्दूबेग़ियाँ इस नए अनचाहे मेहमान के अचानक घुस आने से भ्रमित हो गयीं। मुग़लिया सल्तनत के इकलौते वारिस और ख़्वाजा सलीम चिश्ती की मन्नतों से हासिल, शहंशाह के प्यारे 'शेखू' के साथ उन्हें प्रतिरोध करना है या नहीं, ये उनकी समझ में ही नहीं आया।

कुछ ही देर में हिंदुस्तान का अभागा मुस्तक़बिल शहंशाह की नज़रों के ठीक सामने खड़ा था... एकदम नंगा और नशे में सराबोर। शराब पीने वाले सोने के प्याले, चाँदी की सुराही और अफीम की चिलिम आरामगाह में इधर-उधर बिखरी पड़ी थीं। आरामगाह के बीचोबीच, संगमरमर के पलंग के ऊपर शाही कालीन के अतिरिक्त महीन और निपुण कारीगरी की बुनी हुई मलमल की चादरें पड़ी थीं। उसी संगमरमर के बिस्तर पर एक कोने में, अपने अंगों को लुभावनी बुनाई वाली चादर से ढँकने का प्रयास करती हुई एक स्त्री, जैसे ख़ुद में सिमटी बैठी थी। आरामगाह के झरोखे से, जो बाहर बियाबान में खुलता था, भरपूर रोशनी उस कमरे में आ रही थी। मुस्तक़बिल के ढाँचे की एक-एक गिरह उस रोशनी में साफ़ दिखाई देती थी। उसके मरणासन्न हाथों से उघाड़ा गया परिंदा, अपनी उड़ान अपने पंखों में क़ैद किये बिस्तर के एक कोने में पड़ा था। ये वही परिंदा था, जिसके पंखों को तीन दिन पहले, खुद शहंशाह ने अपने नुकीले और धारदार नाखूनों से खुरच डाला था और जिसकी जीवंत तस्वीर, पेंटर शरीफ़ ने बड़ी उम्दा कलाकारी से कैनवास पर उतारी थी।

"नामुराद! हरामगर्द...!"

बादशाह सलामत की आँखों में ख़ून उतर आया। एक तमाचा शेखू के गाल पर रसीद कर दिया। उस गाल पर तमाचा मारते वक़्त एक बार उसके ज़हन में ये ख़याल ज़रूर आया होगा कि यही वह 'नामुराद' है, जिसके लिए उसने सलीम चिश्ती की नंगे पाँव जाकर मिन्नतें की थीं। एक फ़लसफ़ा सा याद आता है.... इतिहासविद् बताते हैं कि अकबर ज्यादा पढ़ा-लिखा नहीं था, पर उसे ग़ज़ब की सूझ-बूझ थी। एक आदर्श और योग्य विद्यार्थी की-सी जिज्ञासा उसमें कूट-कूटकर भरी थी। वह धार्मिक विषयों पर शास्त्रार्थ में हिस्सा लिया करता था। उसने गीता, वेद और पुराणों का अनुवाद कराया था। गणित, कृषि और अंतरिक्ष-विज्ञान को उसने बढ़ावा दिया था। इतने विद्वान् पुरुष को ये हक़ीक़त क्यों समझ नहीं आई कि जो वह बोता है, वही वह काटता है। बोया पेड़ बबूल का तो आम कहाँ से होय।

इतिहासविद् क्या उस तमाचे का सही विश्लेषण कर सकेंगे? किसे मारा गया था वह तमाचा? एक पिता द्वारा अपने बेटे को? एक शहंशाह द्वारा अपनी प्रजा को? एक शहंशाह द्वारा उस तख़्त के वारिस को? या फिर एक प्रतिद्वंद्वी द्वारा दूसरे प्रतिद्वंद्वी को? शरीफ़ के चित्र में यदि कबूतर के बदन से नोचे गए पंखों का विवरण सही है, जिसे अबुल फज़ल ने अपनी सहृदय स्वामिभक्ति से इतिहास का हिस्सा बनाने से इंकार कर दिया था, तो फिर दोनों प्रतिद्वंद्वी ही तो हुए। एक ही स्त्री के पीछे पड़े हुए, एक-दूसरे की सफलता से जल उठने वाले प्रतिद्वंद्वी।

तमाचे के ज़ोर ने शराब के मद में चूर उस गँजेड़ी शहजादे के मस्तिष्क की नसें हिला दीं। उसे एकाएक जैसे सब कुछ दिखाई देने लगा। उसकी आँखें खुलीं तो उसने अपने प्रतिद्वंद्वी को हुंकार भरते देखा।

'सूअरगर्द!'

बादशाह ने देखा कि शहज़ादा उसकी आँखों से आँखें मिलाने की चेष्टा कर रहा था। न जाने क्यों, पर बादशाह को आगे शब्द ही न मिले। शय्या के कोने में पड़ी अर्धनग्न-स्त्री बादशाह के शब्द-चयन को प्रभावित कर रही थी। वह अभागी रखैल, बादशाह को बेहद प्रिय थी। वासना की हिलोरों में ग़ोते लगाते हुए डुबो देने की जो कला उस रखैल के पास थी, वह हरम की पाँच हज़ार

रानियों, पटरानियों, कनीज़ों, ग़ुलामों में किसी के पास न थी। उसे मारने का ख़याल बादशाह के लिए, अपने प्रतिद्वंद्वी से शिकस्त खाने जैसा था। अगर शहंशाह-ए-आलम की शान में गुस्ताख़ी करने के जुर्म में उसे हाथी के पैरों तले रौंदा जा सकता, तो कोई बात ही न थी। समस्या तो यही थी कि उसे ज़िंदा रहना था और उसके ज़िंदा रहते बादशाह अपनी अभद्रता की हदें पार करने में हिचकिचाहट महसूस कर रहा था। लोगों को पता चलेगा तो क्या कहेंगे; हिंदुस्तान के शहंशाह की ज़ुबान इतनी घटिया, इतनी गन्दी।

अपने शब्द-चयन को विस्तृत करने में बादशाह को एक और ख़याल रोक रहा था। रखैल तो रखैल थी... उसे बादशाह बिना सोचे कुछ भी कह सकता था। रखैल पलटकर जवाब नहीं देती। अगर शहजादे ने पलटकर जवाब दिया तो? उसे शहंशाह हाथी के पैरों के नीचे नहीं कुचलवा सकते। महलदार ख्वाजा शहंशाह के ठीक पीछे खड़ा था। सख़्ती से उसे ताकीद कर दिया गया था कि महल की दूसरी रानियों तक ये बात हरगिज़ न पहुँचे।

"खबीस की औलाद...इतना लिहाज़ तो हो कि अपने अपने बाप के निवाले पे मुँह न मारो!"

"पहचानने में ख़ता हो गई बादशाह सलामत... उन छिनालों की पीठ पर गुदवा दीजिये, जो आपको आपका निवाला नज़र आती हों; दोबारा ख़ता नहीं होगी।"

एक तमाचे के बाद सलीम को होश आने लगा था, मगर उस होश में भी उसे अपनी ज़ुबान पर क़ाबू न था। अच्छा होता कि वह चुप ही रहता।

"नामाक़ूल..तेरी ये जुर्रत! बादशाह सलामत से मुँहजोरी करता है।"

बादशाह की त्योरियाँ सातवें आसमान पर थीं। उसने एक तमाचा सलीम को रसीद का दिया।

"मारो! तुम जितना मुझे मारते हो, मुझे उतनी ही तकलीफ़ तुम्हारे चेहरे पर दिखाई देती है... बाप हो तुम? अपने लख़्त-ए-जिगर पर इतनी पाबंदियाँ, कि हरम में आने की इजाज़त मुझे तुम्हारे चौकीदारों से लेनी पड़े... ये मुझे हरगिज़ मंज़ूर नहीं।"

"ये पाबंदियाँ किसी मतलब से हैं हरामगर्द!"

"शहंशाहों का एक ही मतलब होता है...वही जो तुम्हारे बाप का मतलब था...वही जो तुम्हारा मतलब है...वही जो मेरा मतलब है...अय्याशी; बाक़ी सब ढोंग है।"

बादशाह सलामत के नर्म पड़ते व्यवहार ने और उसके अपने नशे के प्रभाव ने, उसकी ज़बान का संतुलन छीन लिया था। बाप-दादा का नाम जब उसने बीच में घसीटा, तो बादशाह से रहा न गया। जन्नत आशियानी बादशाह हुमायूँ के लिए उसके दिल में अथाह सम्मान था। पागलों की तरह उसने सलीम को लतियाना शुरू कर दिया। एक कोने में दुबका पड़ा, कमज़ोर सलीम, बादशाह की दुलत्तियाँ खाकर चीखता रहा। और जब तक महलदार ने बादशाह को आवाज न लगाई, वह सलीम को पीटता रहा।

दिन का चौथा पहर था। टहलकदमी करते हुए सूरज आकाश के दूसरे छोर पर पहुँच चुका था। रोशनी के लिए हरम में मशालें जलाने का काम शुरू कर दिया गया था। हरम की ऊँची मुडेरों पर धूप सेंकती औरतें अपने लिबास लपेटकर कमरों में वापस चली गयी थीं। संगमरमर की हौदियों में लगे फव्वारों के पानी में अभी भी कुछ औरतें, बत्तखों को तैरते हुए देख रही थीं। ख़्वाजा के कहने पर मुर्गों की लड़ाई देखने वाली औरतें भी कमरों में वापस आ गयी थीं। रात उतरने वाली थी... हरम की औरतों के लिए शहंशाह के प्रति अपना समर्पण दिखाने का समय आ गया था।

मदहोश सलीम, बादशाह की दुलत्तियाँ खाकर फिर बेहोश हो गया; या फिर सिर्फ बेहोशी का नाटक कर रहा था। नशे ने उसके बदन को कमज़ोर और लपलपा बना दिया था। बादशाह के भारी-भरकम शरीर का प्रतिरोध करने की क्षमता उसमें थी ही नहीं।

"दूर ले जाओ इस हरामगर्द को हमारी नज़रों से दूर!" बादशाह ने ख़्वाजा को आदेश दिया। मुस्तक़बिल के साथ प्रणय-क्रीड़ा करने वाली रखैल अब भी उस शय्या के कोने में अधनंगी पड़ी थी। बादशाह ने उसकी ओर दोबारा देखा तक नहीं।

'जहाँपनाह...!'

ख़्वाजा ने बादशाह को संबोधित किया। उस पूरे दृश्य को आँखों से ओझल करने की फ़िराक़ में महलदार ने बादशाह को एक कोने में आने का इशारा किया।

"हरम के सिपाहियों ने अच्छी तरह पहचान लिया है शहजादे को...मुझे डर है, खुदा न करे ये बात बाहर जाय...शहजादे के बारे में...और आपकी भी बदनामी होने का डर है। लोग कहेंगे, जब दूसरे घुसपैठिये हरम में पकड़े गये तो आपने उन्हें उबलते हुए तेल के कड़ाहों में फिंकवा दिया था, शहज़ादे सलीम के लिए कोई सज़ा नहीं...।"

ख़्वाजा, शहंशाह को शहज़ादे सलीम के विरुद्ध भड़काने में कोई कसर नहीं छोड़ना चाहता था। बाप-बेटे के बीच के फ़ासलों को वह अच्छी तरह जानता था। जब से शहज़ादा सलीम पैदा हुआ है, तब से ही वह महलदार के लिए एक चुनौती बना हुआ था... उसे नियंत्रित करने और हरम में आने से रोकने में उसे बहुत कुछ झेलना पड़ता था। शहज़ादे की भद्दी गालियाँ और शहज़ादे के राजपूत साथियों के 'हिजड़े' वाले ताने, उसे सब याद थे। अब जबकि शहज़ादे से हिसाब बराबर करने का अवसर मिला था, तो वह कैसे जाने देता।

हरम की अपनी अलग राजशाही थी... एक अलग सत्ता, जिसमें बादशाह की सभा के कुशल रणनीतिकारों और विद्वानों के हस्तक्षेप के लिए कोई जगह न थी। हरम के काम-काज में वह महलदार के सिवा किसी की न सुनता था। बादशाह की नज़रों में हरम सिर्फ उसकी शारीरिक सुखों की पूर्ति या फिर उसकी थकान उतारने का ठिकाना था। महलदार के लिए हरम पूरा एक सामाजिक-तंत्र था, जिसमें वर्गीकरण था, पदक्रम था, पदोन्नतियाँ थीं... जहाँ बच्चे पैदा होते थे, उनकी देखरेख होती थी। जहाँ पूर्णतः विकसित बाज़ार था, मदरसा था, धोबीघाट था, रसोई थी और स्नानागार भी थे।

बादशाह की सबसे निकट रिश्तेदार जैसे माँ, या फिर उसकी पत्नी, हरम की सर्वेसर्वा होती थी। उसके नीचे बादशाह की हज़ारों पटरानियाँ होती थीं, जो उसके युद्ध में विजयी होने पर, हारने वाला राजा उपहार-स्वरूप देता था। हारने वाला राजा विवश हो, जीतने वाले राजा को उपहार भेंट करता था। उपहार भेंट करने का सौभाग्य भी सब हारने वालों को कहाँ मिलता था... जो मर गए वे भला क्या उपहार दे सकते हैं? युद्ध जीतने के बाद विजयी सेना के बौराए हुए सैनिक,

हारने वाले राजा के हरम में सबसे पहले घुसते थे और चाटुकारिता की मिसाल पेश करते हुए सेनापति, सबसे सुन्दर रानियों को बादशाह की ख़िदमत में पेश करता था।

पटरानियों के भी नीचे एक वर्ग था, जिसमें कनीज़ें यानि नौकरानियाँ, छोटे बच्चे और ग़ुलाम आते थे। इनका काम हरम में रहने वालों का ख़्याल रखना और उनकी सेवा करना होता था। कभी-कभी ऐसा भी होता था कि फ़व्वारों के किनारे चहलक़दमी करते हुए, किसी कनीज़ पर बादशाह का दिल आ जाय तो वह एक ही रात में कनीज़ से पटरानी बन जाती। हरम के लोगों की अपनी अलग राजनीति थी... जैसे बादशाह के दरबार में मनसब एक-दूसरे से डाह रखते, बादशाह की नज़रों में स्वयं को बेहतर साबित करने का प्रयास करते... ठीक वैसे ही हरम के लोगों की अपनी आपसी राजनीति कम न थी। हिजड़ा महलदार, हरम का सबसे महत्त्वपूर्ण अधिकारी होता था और अक्सर बादशाह को हरम की गतिविधियों पर गोपनीय सूचनाएँ दिया करता था। वह अंगरक्षक कम और एक ख़ुफ़िया अधिकारी ज़्यादा होता था।

सुरक्षा के लिए हरम में तीन परतों का एक घेरा था। सबसे बाहरी घेरे में बलशाली राजपूत थे, जो पहरेदारी के लिए हरम के दरवाज़ों पर तैनात रहते थे। उसके भीतर दरोग़ा और सबसे भीतर उज़्बेक उर्दूबेग़ी औरतें, जो रानियों और पटरानियों की निजी सुरक्षा में लगाई जाती थीं। बाहरी मर्दों को हरम में प्रवेश की अनुमति नहीं थी। कुछ ख़ास मेहमान, जो राजशाही के सबसे निकट माने जाते थे, सूबों के सूबेदार या फिर अमीर... उन्हें ही बादशाह के निर्देश पर हरम में जाने की अनुमति थी।

उमर शेख मिर्ज़ा, खूंखार मंगोल लुटेरे तैमूर और चंगेज़ खान का वंशज था। अपने वंशजों की ही तरह लुटेरे बंजारों का सरगना उमर शेख मिर्ज़ा, ख़ुद को फ़रगाना (आज उज़्बेकिस्तान) का शासक मानता था। बारह साल की उम्र में जब उसने फ़रगाना पर अपनी बादशाहत का ऐलान किया तो उसके अपने ही सम्बन्धियों ने विद्रोह कर दिया। दो साल तक वह फ़रगाना पर अपनी बादशाहत क़ायम करने के लिए बिलबिलाता रहा, पर उसके रिश्तेदारों ने उसकी एक न चलने दी। ख़ून बहाने के शौक़ीन उसके लड़ाकों ने निराश होकर एक दूसरे क़बीले समरकंद पर हमला कर दिया और उसे जीत लिया। एक जीत का स्वाद चख चुके मिर्ज़ा को फ़रगाना दोबारा पुकारने लगा। फ़रगाना को जीतने की हवस

में उसने समरकंद और फ़रगाना दोनों को खो दिया। समरकंद हारने के कुछ ही दिनों बाद मिर्ज़ा ने बड़ी ही चालाकी और कूटनीति से काबुल पर क़ब्ज़ा कर लिया।

उसका ज्येष्ठ बेटा बाबर जब बड़ा हुआ तो समरकंद और फ़रगाना के हालात पूरी तरह बदल चुके थे। उन क़बीलों में अब बाबर के लिए कोई जगह नहीं रह गई थी। काबुल में भी हर दिन एक नए विद्रोह से टकराना पड़ता था। उसे कभी भी चैन से शासन करने को मिला ही नहीं। थक-हारकर जब उसके लिए सारे रास्ते बंद हो गए तो वह खाइबर दर्रों को पार करके हिंदुस्तान पहुँचा। उस समय हिंदुस्तान में इब्राहीम लोदी का शासन था। पूरा हिंदुस्तान छोटे-छोटे राज्यों में बँटा हुआ था और बाहरी आक्रमण के सामने उन्हें एकजुट करने वाली कोई भी शक्ति नहीं थी, परिणामतः 1526 में इब्राहीम लोदी के घास खाने वाले हाथी और घोड़ों ने बाबर की बारूद वाली दुनालियों के सामने घुटने टेक दिए। उसी बाबर का पोता था मुग़ल सल्तनत का सबसे महान शहंशाह, अबुल फ़तह जलालुद्दीन मुहम्मद अकबर।

सिंहासन के लिए मर्द वारिस पाने की चाह में अकबर ने ख़्वाजा सलीम चिश्ती की मिन्नतें कीं। अल्लाह के फ़ज़ल से 1569 में मुग़लिया सल्तनत का चश्म-ए-चिराग़ और हिंदुस्तान का मुस्तक़बिल पैदा हुआ। सलीम चिश्ती के नाम पर उसका नाम भी सलीम रखा गया। बाप को अपनी संतान से बहुत उम्मीदें थीं। तब तक मुग़लिया सल्तनत को हिंदुस्तान में पैर जमाये बस पचास साल ही हुए थे। हिंदुस्तान विशाल था और अभी भी बहुत से सूबे थे, जो अकबर के शासन से बाहर थे। उसे उम्मीद थी कि पूरे हिंदुस्तान को मुग़ल झंडे तले लाने में शहज़ादे की भूमिका बहुत महत्त्वपूर्ण होगी, मगर शहज़ादे के रंग-ढंग कुछ और ही भविष्य गढ़ रहे थे। ग्यारह साल की छोटी सी उम्र में वह गाँजे का स्वाद चख चुका था। युद्ध में हारे हुए राजा के हरम से लायी गयी औरतों के साथ हुए व्यवहार का वह स्वयं साक्षी था। अबुल फ़ज़ल ने जिस काले इतिहास को अपनी अनभिज्ञता में सारी दुनिया से छुपा लिया, उसे शहजादे सलीम से छुपाने के लिए वह कुछ न कर सका।

बादशाह युद्ध करते, कर वसूलते, इमारतें बनवाते, जागीरें बाँटते, शराब पीते और रात को हरम में आराम फरमाते। बहुत छोटी-सी उम्र में एक चीज़ शहज़ादे के दिमाग़ में बैठ गई थी, कि शहंशाह होने का अर्थ है- युद्ध लड़ना,

ऐयाशी करना... और जो वक़्त इन दो कामों से बच जाय, उसमें चार विद्वानों को पकड़कर कपोल-कल्पित इस दुनिया से कहीं दूर की दुनिया के विषयों पर बहस करना। हर शहंशाह इस तरह की बहस में, बहस करने वालों पर एक ख़याल ज़रूर थोपता। 'मैं जहांपनाह तो हूँ ही, तुम से बुद्धिमान भी हूँ।' और चाटुकार सभासद उसकी हाँ में हाँ मिलाते।

पहली बार जब सलीम को गाँजा पीते हुए पकड़ा गया, तो शहंशाह ने सख़्ती और भी बढ़ा दी। उस सख़्ती का असर उल्टा ही हुआ। सलीम के मन में शहंशाह के विरुद्ध चिंगारियाँ सुलग चुकी थीं। उसके बाद बाप और बेटे के बीच समीकरण कभी सुलझा ही नहीं। बादशाह ने जितना उसे नियंत्रित करने का प्रयास किया, सलीम उतना ही बिगड़ता गया। जिन नवरत्नों से अकबर सहूलियत और लिहाज़ से पेश आता था, उन्हीं नवरत्नों का अनादर करने में सलीम एक पल भी न सोचता। अकबर के कई वज़ीर, जो शहज़ादे को उसके व्यवहार के कारण नापसंद करते थे, वे अकबर को सलीम के ख़िलाफ़ और भी भड़काने लगे। अब्दुर्रहीम खानखाना और अबुल फ़ज़ल, अकबर के क़रीबियों में सबसे प्रमुख थे, जिन्हें सलीम फूटी आँख नहीं सुहाता था। पिछले कुछ दिनों से सलीम ने शहंशाह के हरम में सेंध लगा दी थी। शहंशाह की दुखती रग पर जैसे किसी ने पैर रख दिया था।

"क्या करें इस नामाक़ूल का? इसे तो हम सज़ा भी नहीं दे सकते।" बादशाह ने अपनी मजबूरी ज़ाहिर की।

"सज़ा तो आपको देनी ही होगी जहांपनाह।" ख़्वाजा ने कहा।

"क्या बकवास करते हो! ये उल्लूगर्दी बंद करो..."

"आप ग़लत समझ रहे हैं जहांपनाह।"

"एक घुसपैठिया हरम में घुसा और उसे ज़िंदा छोड़ दिया गया...तो हमारे लिए हरम को सँभालना बहुत मुश्किल हो जाएगा...जिस ख़ौफ़ को हम सबसे अहम हथियार की तरह इस्तेमाल करते हैं, उसे हम कुंद नहीं होने दे सकते जहांपनाह।"

ख़्वाजा का डर अपनी जगह जायज़ था। पूरी सल्तनत में बिना नागा, फिर चाहे हुक्म शहंशाह का बजता हो या फिर किसी टुटपुंजिए सरदार का, राज-

काज चलाने के लिए 'रहम' सबसे प्रभावशाली गाजर थी और 'जान' सबसे प्रभावशाली डंडा। एक किसी खतरनाक परन्तु क़ाबिल मुजरिम की वफ़ादारी हासिल करने के लिए 'रहम' से ज़्यादा किसी सिक्के का प्रभाव न था।

"क्या करना होगा?" जहांपनाह ने पूछा।

सलीम अब भी उसी कोने में पड़ा कराह रहा था। बीच-बीच में अपने बाप को कुछ गालियाँ भी देता रहता। कोने में बैठी रखैल अब उठकर जा चुकी थी। खिड़की से आती हुई रौशनी अब कम हो गई थी। फतेहपुर सीकरी के शाही महल में अँधेरा अपने पैर पसार चुका था।

बादशाह ने अगले दिन सुबह दीवानखाने में ऐलान किया कि हरम में घुसने वाले घुसपैठिये को क़ब्ज़े में कर लिया गया और तुरंत ही उसे खौलते हुए तेल में डाल दिया गया। घुसपैठिये का झुलसा हुआ बदन, दरबार के बाहर नुमाइश के लिए रखा है। ऐसे ख़बीसों को सज़ा देने के लिए बादशाह कोई कसर न छोड़ेंगे, फिर चाहे मुजरिम मुगलिया सल्तनत का शहज़ादा ही क्यों न हो लोग एलान पर तालियाँ पीट रहे थे। महल में एक हकीम, शहज़ादा सलीम की चोटों पर धुआँ रख रहा था।

तीन दिन बाद... जिस दिन वहाँ नगला गुलाल की उस बस्ती में चूहे दरवाज़ों पर सिर पटक रहे थे, इधर लाहौर के महल में दोपहर के भोजन के बाद बादशाह पेट दर्द से कराह रहा था। झटपट हकीम को बुलाया गया। परीक्षण के लिए बादशाह का भोजन कुत्तों के सामने डाला गया। लाख ज़बरदस्ती करने पर भी कुत्ते भोजन को मुँह न लगाते थे। बादशाह का प्यारा शेखू उसके सिरहाने खड़ा था।

"शेखू, तूने मुझे ज़हर क्यों दिया?" बादशाह ने कराहते हुए पूछा।

3

काली मिरच

सन 1590 की पूस में, जिस दिन नगला गुलाल से रिआया का पलायन शुरू हुआ, उसी दिन शाम को सूरत के सुवाली बन्दर में दुनिया का सबसे धनाढ्य व्यापारी अपने यूरोपीय ग्राहकों की राह देख रहा था। हिंदुस्तान के पश्चिमी तट पर स्थित सूरत में ठंड का मौसम सुहावना था। मथुरा और आगरा की तरह यहाँ की ठंड कर्कश नहीं होती थी। हिमालय से उठने वाली बर्फीली हवाएँ, पश्चिमी तट तक पहुँचते-पहुँचते कुंद हो जाती थीं। इन कुंद हवाओं की हल्की गुलाबी ठंड, सूरत की समुद्री उबासी में एक ताज़गी उत्पन्न करती थी। मात्र अठारह साल का वीरजी सेठ अपने सुवाली बन्दर के दफ़्तर में बैठा गरम कॉफ़ी की चुस्कियाँ ले रहा था। कहवा का कठोर स्वाद आहिस्ता-आहिस्ता उसके मस्तिष्क में उतर रहा था। तेरह माह पहले ही उसने अपने पिता वेलजी सेठ के हाथों से कारोबार सँभाला था।

तपेदिक के मरीज़ वेलजी सेठ, अपने इकलौते बेटे को कारोबार सौंपकर कश्मीर चले गए थे और वहीं बस गए। कश्मीर जाने से पहले वेलजी सेठ ने एक विशाल कारोबार विकसित कर लिया था और उसकी कुल संपत्ति उस समय के एक करोड़ रुपये से ज़्यादा थी। डच ईस्ट इंडिया कंपनी के साथ वह मसालों से लेकर सोना, हीरे, मूँगे, पन्ने, हाथी दाँत, गाँजा इत्यादि का व्यापार करता था। इन सब चीज़ों की यूरोप के देशों में अच्छी माँग थी। इस माँग को पूरा करने के लिए सूरत, दुनिया का एकमात्र बंदरगाह था।

इन चीज़ों के थोक व्यापार के अलावा वेलजी सेठ क़र्ज़ देने और बैंकिंग जैसी और भी गतिविधियों से अच्छी कमाई करता था। यूरोपीय व्यापारियों को जहाज़ ख़रीदने के लिए क़र्ज़ देने वाला वेलजी सेठ अकेला व्यापारी था। पूरी

दुनिया के व्यापार-जगत् में उसके बराबर खड़ा होने वाला कोई और व्यापारी न था। यूरोपीय व्यापारियों के बीच वेलजी सेठ का ख़ास सिक्का चलता था। अपने नियम और शर्तों पर कारोबार करने की महारत ने उसे न सिर्फ गोरे ग्राहकों की नज़र में, वरन् दूसरे साथी व्यापारियों की नज़र में भी बदनाम कर दिया था। उसे भाता था अपनी शर्तें मनवाना। हिन्दुस्तान में भरूच, बड़ोदा, अहमदाबाद, आगरा, बुरहानपुर और गोलकुंडा में उसके अपने एजेंट थे, जो उसे कारोबार में मदद करते थे; तो विदेश में ईरान, इराक और जावा में भी उसके अपने एजेंट ही उसका कारोबार सँभालते। व्यापार की दृष्टि से सबसे महत्त्वपूर्ण शहरों में अपने एजेंट रखकर उसने कारोबार का ऐसा ताना-बाना रचा था, जिसे भेद पाना किसी भी आम व्यापारी के लिए संभव ही नहीं था। मालाबार और कोरोमंडल के तटीय क्षेत्रों में फैले हुए उसके एजेंट सस्ते से सस्ते दामों पर मसाले उपलब्ध कराते, जिन्हें वह अपनी विलक्षण विक्रय-कुशलता से महँगे दामों पर गोरे ग्राहकों को बेच देता।

विदेशी व्यापारियों के हिंदुस्तान में आने से पहले वेलजी सेठ मुख्यतया सिर्फ अनाज और मसालों का व्यापार करता था। इसके अलावा उसके हाथ, राजा-महाराजाओं और सल्तनत के शहंशाहों को हीरे-जवाहरात बेचने में भी फैले हुए थे। कभी-कभी सल्तनत की तमाम काली-सफ़ेद कारगुजारियों-जैसे कि युद्ध लड़ना, या फिर किसी दूसरे राजा के विरुद्ध विद्रोह सुलगाने में भी इन धनाढ्य व्यापारियों की महत्त्वपूर्ण भूमिका होती थी। अक्सर सल्तनती शहंशाह इन व्यापारियों का रुपया या तो सूद समेत वापस कर देते, या फिर उन्हें किसी अन्य कृपा से कृतार्थ कर देते।

ज़्यादातर व्यापारी जैन या हिन्दू थे। मेवाड़ के ऐसे अनेक धनाढ्य थे, जो शहंशाह अकबर तक अच्छी पहुँच रखते थे। मध्यकालीन हिंदुस्तान के मुग़ल काल में हिन्दुओं का धर्मांतरण नियंत्रित करने में इन धनाढ्य व्यापारियों की बेहद महत्त्वपूर्ण भूमिका थी। सत्ता में मुसलमानों का वर्चस्व होने के बावजूद व्यापार और शिल्प अधिकतर हिन्दुओं के हाथों में ही रहा। जब भी कोई शहंशाह अपने धर्मांतरण के मंसूबे लिए हिन्दुओं पर दबाव बनाने का प्रयास करता, ये व्यापारी अपनी एकजुटता दिखाकर उसे विफल कर देते। इन्हीं व्यापारियों की एकजुटता देख, छोटे क़स्बों और शहरों में भी हिन्दू-संगठन मुखर होने लगे, जो कठमुल्लों के धर्मांतरण के किसी भी प्रयास को आसानी से विफल कर देते थे। शासक भी

कुछ दिनों में समझ जाता कि हर जगह धर्मांतरण की आग भड़काकर विद्रोह आमंत्रित करने से अच्छा है, अपने क़िले में सुकून से ऐयाशी का आनंद लिया जाय।

वीरजी सेठ ने अपनी कॉफ़ी ख़त्म की और बैठे-बैठे ही अपनी कुर्सी खिड़की की ओर घुमाई। आसमान साफ़ था। सूरज क्षितिज पर दिन के कुछ आख़िरी लमहे गिन रहा था। एक बड़े से रंगीन शीशे वाली खिड़की के पार, समंदर शांत नज़र आ रहा था। बुझते हुए सूरज की उदासी नज़दीक के समंदर पर एक परत के रूप में पसर गई थी। पीले रंग के पारदर्शी शीशे के उस पार यह उदासी भारी और मलिन लग रही थी।

उसके पिता के सबसे वफ़ादार कर्मचारी गुलाब राय और कालिदास पारेख के अतिरिक्त डच व्यापारियों के दो गोरे प्रतिनिधि भी उस समय उसके दफ़्तर में उपस्थित थे।

''लगता तो नहीं कि आज मि. स्कॉट यहाँ पहुँच सकेंगे।'' खिड़की से बाहर झाँकते हुए वीरजी सेठ ने कहा।

''काफी देर हो गई है, शायद हमें कल तक प्रतीक्षा करनी होगी।'' एक डच प्रतिनिधि ने सहमी हुई आवाज में कहा।

''आप लोग यूँ किसी का समय बर्बाद नहीं कर सकते... अगर बुरा न मानें तो हम अभी समझौता कर सकते हैं।'' गुलाब राय ने वीरजी सेठ का पक्ष लेते हुए कहा।

गुलाब राय ने चतुर लोमड़ी की तरह मि. स्कॉट के आगमन में देरी का फायदा उठाना चाहा। वह जानता था कि वीरजी धंधे में नया है और गोरे अंग्रेजों की पैंतरेबाज़ी से भली-भाँति परिचित नहीं है। काली मिर्च के दामों में वीरजी सेठ ने पिछले छह महीने में दोगुनी वृद्धि कर दी थी। गुलाब राय और कालिदास को संशय था कि अकारण दामों में वृद्धि करने से गोरे कहीं बिदक न जाएं और किसी और व्यापारी के पास चले जाएं। उसे अच्छी तरह मालूम था कि यूरोप से मि. स्कॉट का खुद चलकर हिंदुस्तान आना कोई आम बात नहीं थी। दाम बढ़ाने के पीछे उन्हें कोई विश्वसनीय कहानी बनानी होगी। मि. स्कॉट के जहाज़ को पहुँचने में देरी हुई तो उसने सोचा कि मि. स्कॉट के बिना ही सौदा कर लिया

जाय।

''हमें उनके बिना सौदा करने की इजाज़त नहीं है मि. सेठ।'' एक गोरे ने कहा।

''हमें उनकी प्रतीक्षा करनी ही होगी।'' उसने जैसे डरते-डरते आगे के शब्द कहे।

''क्या दिक़्क़त है मि. स्कॉट को इस दाम से?'' वीरजी ने हस्तक्षेप किया।

''पिछले छह महीनों में आपने मिरच के दाम दोगुने कर दिए हैं, जबकि आपकी ख़रीद के दाम और कम हो गए हैं... इससे हमारे मुनाफे पर गहरा असर पड़ा है।'' उसी गोरे ने वस्तुस्थिति का आकलन वीरजी के समक्ष प्रस्तुत किया।

वीरजी के चेहरे पर एक झीनी-सी मुस्कान उभर आई। गुलाब राय और कालिदास चुप खड़े रहे।

''मालाबार के किसानों से हम क्या खरीदते हैं?'' वीरजी ने एक छोटा सा प्रश्न किया।

डच गोरे चुपचाप खड़े रहे, कोई उत्तर न दिया। वीरजी ने गुलाब राय की तरफ देखते हुए दोबारा सवाल किया।

''मालाबार के किसानों से हम क्या खरीदते हैं, गुलाबराय जी?''

''काली मिरच, सेठ जी।'' छोटा सा उत्तर था।

''पर वो हमें क्या बेचते हैं?'' वीरजी ने गुलाब राय की ओर देखते हुए, पलटकर सवाल पूछा।

''काली मिरच...'' गुलाब राय कुछ असमंजस में पड़ गया।

''और हम इन यूरोपीय ग्राहकों को क्या बेचते हैं?'' वीरजी ने सवाल आगे बढ़ाया। गुलाब राय और कालिदास पारेख ने एक-दूसरे को देखा। गोरे ग्राहक भी सोच में पड़ गए।

''वही...काली मिरच।'' इस बार कालिदास पारेख ने उत्तर दिया।

''नहीं, कालिदास जी।'' वीरजी अपनी कुर्सी से उठ खड़ा हुआ।

"मालाबार के किसानों से हम काली मिरच खरीदते हैं; मालाबार के किसान रोटी खरीदते हैं, कपड़ा खरीदते हैं... और यूरोप के तमाम ख़रीदार हमसे अपने खाने का ज़ायक़ा खरीदते हैं। काली मिरच के बग़ैर न तुम्हारे मांस में स्वाद आता है न तुम्हारी ब्रेड में। हमारी ख़रीद और तुम्हारी खरीद के दाम अलग-अलग हैं, क्योंकि हम दो अलहदा चीज़ों का व्यापार करते हैं। हम दोनों के लिए काली मिरच दो अलग-अलग चीजें हैं... और हम भी जानते हैं कि जिन छह महीनों में हमने दाम दोगुने किये हैं, उन्हीं छह महीनों में आपने दाम छह गुने किये हैं... और लोग खरीद रहे हैं, माँग बढ़ रही है, क्योंकि उपभोगी के लिए ये सिर्फ काली मिरच नहीं है, ये उसकी ज़ुबान का ज़ायक़ा है।"

कालिदास और गुलाब राय की समझ से परे था तर्क। अब भी दोनों ख़ामोश खड़े थे। गोरे प्रतिनिधियों के पास कोई उत्तर नहीं था। कुछ देर के लिए कमरे में ख़ामोशी बनी रही।

"ठीक है... मि. स्कॉट से कहिये कल सुबह दस बजे यहीं मिलते हैं।" वीरजी सेठ ने कहा और गोरे डच प्रतिनिधि औपचारिकताएँ निभाकर वहाँ से चले गए।

अगली सुबह, वीरजी सेठ के बेधड़क, आत्मविश्वास से भरे व्यापार-कौशल की धज्जियाँ उड़ाने को आतुर बैठी थी। सुबह की गुनगुनी धूप के मध्य, एक शामियाने में वीरजी सेठ को आमंत्रित किया गया था। देर रात डच ईस्ट इंडिया कंपनी का अधिकारी, विलियम स्कॉट सूरत पहुँचा। जब उसे वीरजी सेठ के आक्रामक तेवरों की खबर मिली तो उसी रात, कुछेक घंटों में उसने अपनी रणनीति बना डाली। सबसे पहले उसने सूरत के छह और व्यापारियों से संपर्क साधा और उन्हें मालाबार के किसानों से काली मिरच के व्यवसाय में वीरजी सेठ का प्रतिद्वंद्वी बनने के लिए राज़ी कर लिया। वीरजी सेठ की प्रतिद्वन्द्विता स्वीकार करना उन व्यापारियों के लिए आसान निर्णय न था, पर गोरे स्कॉट के लुभावने दाँव-पेंच और कंपनी से सीधे व्यापार कर मोटा मुनाफा कमाने के प्रलोभन ने उनकी आँखों पर पट्टी बाँध दी।

वीरजी सेठ और स्कॉट की मीटिंग, वीरजी सेठ के दफ्तर में तय थी, पर पूस की उस रात के कुछ घंटों में बनी रणनीति के तहत मुलाक़ात की जगह बदल दी गई थी। बन्दर के समीप एक छोटे-से अतिथिगृह में शामियाना लगाकर,

वीरजी सेठ के साथ उन व्यापारियों को भी आमंत्रित किया गया, जिन्हें स्कॉट ने उस रात राज़ी किया था। वीरजी सेठ को नज़ारा समझते देर न लगी। सब जाने-पहचाने चेहरे थे। उनमें से कुछ को तो वीरजी सेठ के पिता ने ही व्यवसाय शुरू करने के लिए पूँजी मुहय्या कराई थी। वीरजी सेठ ने स्कॉट का अभिवादन स्वीकार कर शामियाने में बैठे प्रतिद्वंद्वियों के प्रणाम भी कृतज्ञता से स्वीकार किये। कुछ ही पलों में कार्यवाही शुरू होने वाली थी।

"छह माह पहले... मिरच का भाव था... 7 महमूदी। पिछले तीन सालों से कमोबेश यही दाम रहा है। पूरे साल में... डच ईस्ट इंडिया कंपनी... कम से कम... चालीस हज़ार मन... मिरच खरीदेगी....एक ही व्यापारी से...।"

स्कॉट एकदम सधी हुई हिंदी में एक-एक शब्द नाप-तोलकर परोस रहा था। ऐसा लगता था जैसे शब्दों का तय कोटा वह यूरोप से लेकर निकला हो और एक भी शब्द व्यर्थ न करना चाहता हो। उसकी भाषा-त्रुटियों में किसी भी सुधार के लिए एक हिन्दुस्तानी उसके साथ बैठा था, पर स्कॉट इतनी आसानी से ग़लती करने वाला नहीं जान पड़ता था। उसका भारी गोल-मटोल चेहरा, उसके स्थूल धड़ पर स्थिरता से विराजमान था। उसकी भूरी और नुकीली मूँछें उसके चेहरे को रोबदार बना रही थीं। बात करते समय होंठ तेज़ी से क़दमताल करते हुए नहीं हिलते थे... बस एक हलकी सी चहलक़दमी करते थे। जितनी कृपणता से वह बोलने में शब्दों का इस्तेमाल कर रहा था, उतनी ही कृपणता से उसके होंठ हिलते थे।

"सोलह महमूदी से बोली शुरू होगी...और जो भी.. सबसे कम दाम में... सप्लाई करेगा, उसी को ऑर्डर मिलेगा..."

कुछ देर के लिए वातावरण शून्य हो गया। सुई के गिरने की आवाज़ सुनी जा सकती थी। वीरजी सेठ का मस्तिष्क घूमा। कितनी उम्मीदों से उसके पिता ने पूरा कारोबार उसके हवाले कर दिया था। सिर्फ़ रुपया नहीं कमाया था, बल्कि तमाम देसी और विदेशी व्यापारियों में एक साख कमाई थी। क्या वीरजी सेठ की क्षुद्र महत्त्वाकांक्षाओं और व्यापारिक बड़बोलेपन ने उसके पिता के नाम को सदा के लिए मिट्टी में मिला दिया था? और व्यापार को भी? गुलाब राय और पारेख उसके साथ गोल मेज़ के इर्द-गिर्द बैठे थे। मेज़ पर कॉफ़ी परोसी जा चुकी थी।

"सोलह महमूदी..." स्कॉट की कड़क आवाज़ ने जैसे वीरजी सेठ को

झकझोरा।

''बोली शुरू''... वीरजी सेठ के सिर में हथौड़े बरस रहे थे।

स्कॉट की चपल-रणनीति ने उसे निरुत्तर कर दिया। पिछले छह महीनों से वह सोलह महमूदी के भाव से मिरच बेच रहा था, इस बार उसने सत्रह महमूदी भाव हासिल करने का मन बनाया था। पिछली शाम उन गोरे प्रतिनिधियों के बीच उसने दाम बढ़ाने की भूमिका भी बखूबी प्रस्तुत कर दी थी। तो क्या वही भूल कर दी उसने? स्कॉट को मौका मिल गया था। जहाज़ का देरी से पहुँचना कहीं स्कॉट की रणनीति का ही एक हिस्सा तो नहीं था। वीरजी नौजवान था... कहीं जोश में आकर उसने अपने पत्ते जल्दी तो नहीं उजागर कर दिए? खैर..अब जो होना था वह हो चुका। वीरजी सेठ के सिर में धम्म-धम्म हथौड़ों का वार जारी रहा।

दूसरी मेजों पर बैठे व्यापारियों ने बोलियाँ शुरू कीं। वीरजी सेठ मंद-मंद कॉफ़ी की चुस्कियाँ सुड़कने लगा। गुलाब राय और पारेख हर बोली के बाद वीरजी को बोली लगाने के लिए उकसाते, पर उस नौजवान के कानों पर उनकी उम्रदराज़ सलाहें बेअसर होकर दम तोड़ देतीं। वीरजी को व्यापारी होने का ग़ुरूर नहीं था... उसे गुरूर था अपनी शर्तों पर कारोबार करने वाला व्यापारी होने का। उसका अपना कुछ था ही नहीं... जो कुछ उसे विरासत में मिला था, उसके पिता का था और जो विरासत में मिले, उस पर क्या इतराना। बड़े रईस खानदान में पैदा होने वाले चाहें तो अपने भाग्य पर इतराते रहें, पर वीरजी अच्छी तरह समझता था कि इसमें उसका कोई योगदान नहीं था... और जिसमें उसका योगदान न हो, उस पर क्या इतराना और कैसा ग़ुरूर? क़रीब आधे घंटे तक बोलियों का सिलसिला चलता रहा। प्रतिद्वंद्वी व्यापारी, साढ़े बारह महमूदी तक पहुँच चुके थे। विलियम स्कॉट अपनी इस चाल पर मन ही मन प्रफुल्लित हो रहा था। काली मिरच के कारोबार पर वीरजी सेठ के बढ़ते आधिपत्य को उसने मिट्टी में मिला दिया था। वह आश्वस्त हो चला था कि साल भर मिरच के भाव उसे बारह महमूदी से ज़्यादा नहीं देने होंगे।

आख़िरकर सवा बारह महमूदी पर बोली छूटी। विलियम स्कॉट की प्रसन्नता का ठिकाना नहीं था। पूरे आधे घंटे चले इस समारोह में वीरजी सेठ एक शब्द भी न बोल सका था, बोली लगाने की बात तो बहुत दूर थी। उसके होंठ जैसे चिपक गये थे। स्कॉट उसकी उम्मीदों से कहीं ज़्यादा चतुर निकला।

बोली समाप्त होने के बाद स्कॉट ने फैसला किया कि साल भर की पूरी मात्रा तीन प्रतिद्वंद्वी व्यापारियों में बराबर-बराबर बाँटेगा और तीनों व्यापारियों को सवा बारह महमूदी का दाम मिलेगा। पर स्कॉट ने तो पहले कहा था कि जो भी व्यापारी सबसे कम बोली लगाएगा, पूरी मात्रा उसी को मिलेगी। अब स्कॉट अपनी बात से मुकर रहा था। व्यापारियों में कानाफूसी होने लगी। सबसे कम बोली वाले व्यापारी ने खड़े होकर विरोध करने का प्रयास किया और स्कॉट ने बड़े शांत आश्वासन से उसे समझाने का प्रयास किया... पर उस व्यापारी को लगा जैसे उसे ठग लिया गया हो।

''आप ऐसा नहीं कर सकते मि. स्कॉट।'' उसने विरोध जताया। स्कॉट ने उसे तीखी निगाह से देखा।

''हम बाद में बात करेंगे।'' उसने आश्वासन देने का पुनः प्रयास किया पर व्यापारियों की सुगबुगाहट बढ़ती रही। यही वह अवसर था, जिसकी टोह में वीरजी सेठ आधे घंटे से घात लगाये बैठा था। वीरजी सेठ ने बिना देरी किये उसे लपक लिया।

''पंद्रह महमूदी!'' वीरजी सेठ उठा और जोर से दहाड़ा।

''मैं आपको पंद्रह महमूदी का भाव देता हूँ अभी... इसी समय... शाम तक मिरच का पूरा स्टॉक मेरे गोदाम में पहुँचा दीजिये और मैं आपको पंद्रह महमूदी नक़द का भाव दूँगा।'' उसने ऐलान किया।

देखते ही देखते प्रतिद्वंद्वी व्यापारी, जो अब तक स्कॉट से मुख़ातिब थे, अपनी मेज़ से उठकर वीरजी सेठ की मेज़ पर आ धमके।

'मंज़ूर।' उनमें से एक व्यापारी बोला।

''मुझे भी...'' दूसरा बोला।

''मुझे भी...'' सब बोले।

गुलाब राय और पारेख, जो इतनी देर से ख़ाली मायूस बैठे थे, अचानक हरकत में आ गए। बही निकालकर उन्होंने वहीं पर्चियाँ काटना शुरू कर दिया। अगले पाँच मिनट में, मालाबार की पूरी काली मिरच वीरजी सेठ की पर्चियों में समा गयी थी।

वीरजी सेठ के लिए सौदा बहुत महँगा पड़ा था। जो मिरच वह किसानों से अपने एजेंटों के जरिये चार महमूदी में ख़रीदता था, उसे पंद्रह महमूदी में ख़रीदना पड़ रहा था। उसे इस महँगे सौदे का मर्म भली-भाँति मालूम था। इस सौदे से उसने न सिर्फ दूर का लाभ निश्चित किया, बल्कि अपनी उस अदा को ही भरपूर संतुष्ट किया, जिससे वह अपने ग्राहक, किसानों, एजेंटों और विरोधियों पर हावी होकर सौदेबाज़ी करता था। हावी हो जाना उसके लिए एक सनक नहीं थी। वह जानता था कि धंधे में वह नया है और जब तक उसके तेवर उसका बखान नहीं करेंगे, बिलकुल संभव है कि तालाब की पुरानी मछलियाँ उसे टिकने ही न दें। पिता की छोड़ी हुई समृद्धि ही उसके पास रह गई थी... पर इस समृद्धि को बढ़ाने और बनाये रखने का हुनर उसे ख़ुद तालाब में उतरकर ही सीखना होगा।

स्कॉट की जमी-जमाई बिसात, उसकी एक भूल ने बिखेरकर रख दी। उसने सोचा था कि एक ही दाम पर तीन व्यापारियों को उलझाकर वह न सिर्फ अच्छे दाम पर मिरच खरीद सकेगा, बल्कि वीरजी सेठ जैसे व्यापारियों की तरह एकाधिपत्य की मंशा पाले अनेक व्यापारियों को एक सबक़ भी सिखा सकेगा। उसका सोचना ग़लत नहीं था... और अगर बोली समाप्त होने के बाद, उन कुछ पलों की सुगबुगाहट को मौक़ा समझकर वीरजी सेठ ने हथौड़ा न मार दिया होता, तो संभवतः उसकी ये चाल अभेद्य थी। मौके की गंध सूँघकर गरम लोहे पर चोट मार, वीरजी सेठ, स्कॉट से कहीं बेहतर खिलाड़ी साबित हुआ था।

पर्चियाँ इकट्ठी करके व्यापारियों का दल वहाँ से चला गया। कोने की एक मेज़ पर स्कॉट अपने प्रतिनिधियों के साथ खड़ा था... सन्न और किंकर्तव्यविमूढ़। यूरोप वापस पहुँचकर कंपनी के आला अधिकारियों को बुरी ख़बर देने का तनाव उसके चेहरे पर साफ़ झलक रहा था। कंपनी की सेवा में उसके पूरे करियर की चकाचौंध पर एक सौदे ने कालिख पोत दी थी। शामियाने के दूसरे छोर की मेज़ के इर्द-गिर्द वीरजी सेठ अपने सहयोगियों गुलाब राय और पारेख के साथ तनकर खड़ा था। चेहरे पर एक तेज़ था, जो रौब के साथ मिलकर उसे एक हठी और बेहद घमंडी रूप दे रहा था। केवल अठारह वर्ष का था वह। इतनी कम उम्र में इतना रौब सँभालना हर किसी के बस की बात नहीं। एकदम सपाट सफाचट गोरा मुखमंडल, जिस पर हलकी-हलकी उभर आई मूँछें करीने से छाँटकर सजाई गयी थीं। करीब साढ़े पाँच फुट की मद्धम कद-काठी। सज्जनता के भावावेश में थोड़ा आगे की ओर झुका हुआ धड़, जो ज्यादा

निखरकर उसके ढाँचे को अजीब-सा बनाने से परहेज़ कर रहा था। तंजेब की काली शेरवानी जो उसके दुबले शरीर से कमोबेश चिपकी हुई थी और सफ़ेद रंग की उतनी ही कसी हुई मुग़ल शैली की पाजामी, उसके तेज़ आभामंडल को सार्थक कर रही थी। स्कॉट की मेज़ की ओर उसने जब अपना पहला क़दम बढ़ाया तो एकाएक ऐसा लगा कि अदब के बोझ तले उसके पाँव हिल ही न पायेंगे। उसकी चाल में सदाचार की हसीन और सौम्य बनावट थी, जो स्कॉट के साथ की गई बेअदबी को बढ़ा-चढ़ाकर पेश कर रही थी; उसे चिढ़ा रही थी। स्कॉट का ख़ून खौल रहा था। गुलाब राय और पारेख के साथ वीरजी सेठ जब तक स्कॉट की मेज़ पर पहुँचा, उसका शरीर फिर से तन चुका था। स्कॉट कुछ कहना चाहता था उससे, पर उसके पास शब्द ही नहीं थे। साफ़ दिखाई देता था कि उसके होठ कुछ कहने के लिए फड़फड़ाना चाहते हैं... पर वह तो यूरोप से कुछ गिने-चुने हिंदी शब्द लेकर ही रवाना हो चला था। उसने कहाँ सोचा था कि जिस इम्तिहान को वह महज़ 'हाँ' या 'ना' के उत्तरों से पास करने की उम्मीद में जहाज़ पर बैठकर चला आया था, वहाँ उसे एक पूरा निबंध लिखने के लिए कहा जाएगा। उसने सोचा कि अपने हिन्दुस्तानी साथी से एक-आध शब्द उधार ले ले... पर बहुत देर हो चुकी थी।

"आज मैंने आपसे एक चीज़ सीखी मि. स्कॉट।" वीरजी सेठ ने बर्फ़ पिघलाते हुए कहा।

वीरजी सेठ की हिंदी स्कॉट की समझ में नहीं आ रही थी। वह अनमना-सा खड़ा उसे सुनता रहा। वीरजी सेठ को जब समझ आया कि स्कॉट का हिंदी शब्दकोश ख़त्म हो चुका है, तो वह उसके साथ खड़े अंग्रेज़ साथियों से मुख़ातिब हुआ जो थोड़ी बहुत हिंदी समझते थे।

"जो आपकी ज़ुबान पर.... ज़ायक़ा परोसे, उसके मुँह कभी नहीं लगना चाहिए।"

"मि. स्कॉट, आपके सम्मान में हमने दावत का प्रबंध किया है...आज शाम को... आपको हिन्दुस्तानी मेज़बानी का अद्भुत नज़ारा पेश किया जायेगा; आपका स्वागत है मि. स्कॉट।"

"गुलाब राय जी... आप मि. स्कॉट को सम्मान के साथ विदा करने जायेंगे और कल...कल के कल... साढ़े सत्रह महमूदी का समझौता इनके प्रतिनिधियों

के साथ संपन्न किया जाय... हमारे दफ्तर में।'' वीरजी सेठ ने अपनी पूरी बात ख़त्म की।

4

अँधेरे का मर्म

दहकते मरुस्थल के ठहरे हुए विस्तार के परे, जो मीठे पानी की झील है... जिसमें उगते सूरज का मनोहारी दृश्य अठखेलियाँ करता प्रतीत होता है; उसी झील के परे, क्षितिज से एक घुड़सवार उगता है। अभी-अभी सोकर उठा है सूरज। उनींदी आँखों की लालिमा पूरे ललाट पर पसरी हुई है। बुझते हुए तारों ने जैसे धक्के मारकर जगाया हो ड्यूटी पर जाने के लिए। मुँह भी नहीं धुला था। धुँधले कुहासे की परत पूरे चेहरे पर पुती हुई थी। उसी अलसाए सूरज की शीतल निस्तब्धता को चीर, उसके विस्तृत बाहुपाश में अपनी परछाई छोड़ता हुआ, जैसे साँप अपनी केंचुली छोड़ रहा हो... वह घुड़सवार आगे बढ़ रहा था। न जाने कैसे उसने झील पार की। इन्तिसार को लगा जैसे क्षितिज पर उतरते ही उसने उड़ान भरी हो और उस झील को पार कर मरुस्थल में क़दम रख दिए हों। भूले से भी घोड़े का खुर यदि झील के शांत पानी पर पड़ा होगा, तो उसकी बूँदें ओस-कणों की तरह वातावरण में बिखर गई होंगी। जलती हुई रेत पर जैसे ही उसके घोड़े के पाँव पड़े, इन्तिसार के कानों में उसकी 'टप-टप' करती हुई पदचाप देर तक गूँजती रही।

'धूल में कैसी पदचाप?' उसके भ्रांत मन ने प्रश्न किया।

और अगले ही पल उसने अपने प्रश्न को अनदेखा कर दिया। उस जादुई दृश्य में रमे हुए उसके भाव-विभोर मन ने जागृत करने वाले किसी भी प्रश्न का उत्तर खोजने का उद्यम न किया। घोड़े की टापों के गुंजन से उसके क़दमों की रफ़्तार का दूर-दूर तक कोई तालमेल न था। वह कर्णप्रिय जुगलबंदी, जो ढोलक के थापों की सुर के साथ होती है, कहीं थी ही नहीं। घोड़ा जब आठ-दस क़दम दौड़ चुका होता, तब कहीं जाकर एकाध टाप सुनाई पड़ती।

‘ऐसा भी कहीं होता है क्या?’ आनंद की अनुभूति में उद्वेलित उसका मन फिर से प्रश्न कर उठा।

उसने कुछ पल ठहरकर जैसे उस प्रश्न का उत्तर आने की प्रतीक्षा की और फिर प्रतीक्षा के उन क्षणों को दरकिनार कर, चेहरे पर मुस्कान लिए बड़े इत्मीनान से करवट बदल ली। उसके मस्तिष्क का तर्कसंगत हिस्सा बार-बार यथार्थ से उसका परिचय कराने का प्रयास करता और वह बारम्बार ‘तर्क’ को अपने अस्तित्व की उलझी हुई करवटों में दफन करती रही। घोड़े की तीव्र क़दमताल के मध्य कृपणता से बिखेरी गई टापों को कुछ देर तक वह यूँ ही सुनती रही। एकाएक उस दृश्य के आकर्षण पर जब उसका तर्क कुछ हावी हुआ तो उसने अपना पूरा साहस बटोरकर उस घुड़सवार को ग़ौर से देखा। दूरी होने से चेहरा अब भी पढ़ने में न आता था, पर उसके शरीर की बनावट और उसकी पोशाक की रूपरेखा कुछ स्पष्ट हो चली थी। सिर से पाँव तक लबादेनुमा सफ़ेद लिबास में... जिसे पहनकर शहंशाह अपने जन्मदिन पर सोने के तराज़ू के पलड़े में बैठता था, वह बिलकुल शहज़ादा लग रहा था। आँखें मूँदे इन्तिसार, उसके आगे बढ़ने की प्रतीक्षा करती रही। उसके चेहरे पर संतोष की मुस्कान बिखर गई। उस पारलौकिक मुस्कान से उसका चेहरा तृप्त था। शहज़ादे की आतुर प्रतीक्षा की बेहयाई में वह भूल ही गई थी कि उसकी साँसों की आवृत्ति के साथ उभरता-डूबता वक्षस्थल, दुनिया की स्वीकृत-सभ्यता के तमाम क़ायदों का खुलेआम उपहास कर रहा था।

कुछ ही पलों में घुड़सवार उसके नज़दीक पहुँच गया। इन्तिसार ने आश्चर्यचकित आँखों से उसे निहारा तो लिबास का रंग काला हो चुका था। जहाँ वह खड़ी थी, उसके क़दमों के बिलकुल पास, उसका शहज़ादा उसकी नज़रों के सामने था। वह प्रफुल्लित होना चाहती थी, पर उसके आश्चर्य ने उसे संशय में डाल दिया। काली शेरवानी और काली पाजामी में वह बेहद कुरूप और डरावना लग रहा था। उसके सिर पर बँधा हुआ काला साफ़ा उसके व्यक्तित्व को कठोर और अहंकारी रूप दे रहा था। पर अभी कुछ देर पहले ही तो उसने उस घुड़सवार के लिए अपनी मौन-स्वीकृति प्रस्तुत की थी। कुछ ही देर पहले तो उसके होंठों पर मंद-मंद हिलोरें उठ रही थीं। अपनी पसंद-नापसंद की ऊहापोह में उसने देखा कि घुड़सवार ने अपना दाहिना हाथ ऊपर उठाया।

'ओह! इसके बख्तरबंद में छिपी ये शमशीर तो मुझे दिखाई ही न दी।'

उसके विचारों का संघर्ष बढ़ता रहा। उस संघर्ष से उसे तब निजात मिली, जब वह चीखकर जगी और बिस्तर पर उठकर बैठ गई। इन्तिसार की ठोढ़ी पर टिकाकर उस घुड़सवार ने अपनी तलवार बहुत जोर से दबा दी थी। लहू की तेज़ धार बहकर तलवार की चिकनी सतह पर दौड़ने लगी थी।

रात का तीसरा पहर ख़त्म होने को था। इन्तिसार ने अपनी ठोढ़ी को काँपते हुए दाहिने हाथ की तर्जनी से छुआ, जहाँ से रक्त का परनाला बहा था। वहाँ उस भयावह स्वप्न का अवशेष तो अवश्य रह गया होगा। रक्त का लाल रंग उसकी तर्जनी पर नहीं था। वह संतुष्ट हो गई, पर उसकी यह आत्मसंतुष्टि भी उसे उस स्वप्न की भयावहता के कसे हुए पंजों से छुटकारा न दिला सकी। एक बार फिर, दाहिनी तर्जनी को अपनी ठोढ़ी के उसी बिंदु पर रखकर उसने लहूलुहान क्षेत्र का मुआयना किया, जिस पर खून के छींटे होने की आहट ने उसे डरा दिया था। इस बार तर्जनी कुछ गर्म महसूस हुई। कुछ वैसी ही गर्म, जैसे तन पर घाव देखकर चेहरे की प्रतिक्रिया हो जाती है। साँसें चलती हैं, पर कुछ ख़ुश्क रहती हैं, जब तक कि नथुनों के नीचे उभर आई पसीने की बूँदें उन्हें कुछ नम नहीं कर देतीं। खून भले ही नहीं बहा था, पर उस वार का प्रहार किसी भी लहूलुहान चोट से रत्ती भर भी कम न था। इन्तिसार ने उस प्रहार को उतनी ही बर्बरता और उतनी ही प्रचंडता से ग्रहण किया था।

उस स्वप्न से टूटकर जब वह गिरी, उसने बदन में तीव्र दर्द महसूस किया। सोने से पहले, पैर के नाखूनों से उठकर, उसके टखनों, पिंडलियों और सुडौल जाँघों से होता हुआ दर्द अब उसके मस्तिष्क तक पहुँच गया था। वही दर्द जो कभी-कभी ज़ोर की उबकाइयाँ लेकर उसके कूल्हों पर ठहर जाता और देर तक सताता रहता; और जब बिलबिलाता हुआ उसकी धड़कनों से गुजरता तो वह सिहर जाती। कभी-कभी उस घिनौनी रात के दूसरे पहर की घटना उसकी आँखों में चकाचौंध मचाती हुई गुज़रती तो दर्द उसके बदन में पागल हाथी की मानिंद भूचाल मचा देता... उसकी कोमल रक्त-धमनियों को अपने विशालकाय पैरों तले रौंदता, उसकी पसलियों और अंतड़ियों को अपने दिखाने वाले मज़बूत दाँतों पर टाँग लेता और अपनी कोलाहलपूर्ण चिंघाड़ से उसके कानों को सुन्न कर देता।

दर्द का अपना कोई घर नहीं होता... उसका अपना कोई वजूद भी नहीं होता। अकेले न वह काट सकता है न विक्षिप्त कर सकता है। दर्द अक्सर तब

प्रभावी होता है, जब वह गुज़रे हुए कल की दहला देने वाली यादों के साथ मिलकर वार करे, या फिर आने वाले कल की खुशियों को रौंदने का भय दिखाए। वर्तमान के पलों में बस एक टीस बनकर रह जाने वाला अकेला दर्द अक्सर बेअसर साबित होता है।

इन्तिसार का बाप मक़दूम नींद में बेसुध उसके बिस्तर के पास नीचे एक रुई के गद्दे पर पड़ा था। बायीं करवट पर सधा हुआ उसका भारी-भरकम शरीर ऐसा प्रतीत होता जैसे अनाज से भरी बैलगाड़ी अपने एक पहिये पर झुककर स्थिर हो गई हो। उसके नथुनों से उत्पन्न होता हवा का प्रवाह उस बंद और घुटन-भरे कमरे की नीरवता में शोरगुल बनकर गूँज रहा था। उसकी उघड़ी हुई कमर पर इन्तिसार की नज़र पड़ी तो जैसे बीते पहर की घटना उसके मन में कौंध गयी। उसका दर्द और भी तेज़ हो गया। आँखें बंदकर वह अपने ही आग़ोश में छुपने लगी। उसे भ्रम था कि आँखें मूँद लेने से उसकी वेदना का अहसास तन से ओझल हो जाएगा। होना कुछ भी नहीं था, वह जानती थी। इस वेदना को इससे सम्बद्ध दुर्घटना के साथ अपने अस्तित्व की भूल-भुलैया में गुम कर देना ही इसका एकमात्र उपाय था।

उपाय आसान न था और ऐसे उपाय बहुत लंबे खिंचते हैं। अपनी बाँहों में सिर छुपाए वह सोच ही रही थी, कि एक सिसकी उठी और एक बाँध टूट गया। दर्द का अहसास आँसू बनकर बह निकला... पर दर्द बाकी रहा और उन्हीं गाँठों में कसमसाता रहा, जो बाँध के टूट जाने से और कस गई थीं... और सख्त हो गई थीं। बाहर, इन्तिसार के टूटे हुए बाँध से बेख़बर रात बह रही थी। बसंत ऋतु की मद्धिम पुरवाई अपनी गोद में भरकर रात को पालना झुला रही थी। उनींदे वृक्षों की नई कोंपलों को आहिस्ता-आहिस्ता सहलाते हुए, नगर प्रहरियों के 'जागते रहो' के स्वर में स्वर मिलाती हुई रात अपनी मस्ती में बह रही थी। जैसे मैदानों में उतरकर गंगा अपने मस्ती भरे प्रवाह में किनारों की बलुआ मिट्टी को सहजता से घोल लेती है, वैसे ही रात पुरवाई की बयारों के साथ घुल रही थी।

मूँज की बुनी हुई चारपाई पर रुई के गद्दे के ऊपर एक चादर बिछी थी। उसी चादर पर लिहाफ़ ताने वह बहुत देर तक बैठी रही। अम्मी की भीनी-सी याद का एक झोंका उसके गालों को धीरे से चूमकर गुजरा। वह उस झोंके में देर तक पिघलती रही। आँसुओं का बहाव कुछ थम गया था, पर जब भी भूले से उसकी नज़रें नीचे लेटे मक़दूम की उघड़ी कमर पर पड़तीं तो उसकी आँखें एकाएक

फिर नम हो उठतीं। उस सिहरन से पार पाने के लिए अपने वजूद को समेटकर अपनी बाँहों में कसकर जकड़ लेती। वही बाँहें जो उसके मुड़े हुए पैरों के घुटनों पर ऐसे रखी थीं, जैसे एक नन्हा बालक अपने माँ के कंधे पर सिर रख देता हो। वही घुटने और वही पिंडलियाँ, जो उसके पैरों के नाखूनों से उठने वाले दर्द को उसके मस्तिष्क तक पहुँचा रही थीं। अपने सुन्दर चेहरे को अपनी बाँहों में छुपाने के अनवरत प्रयासों में उसके गाल उसके कर्कश सूती आवरण से रगड़ जाते। उसकी अथाह बेचैनी से उत्पन्न घर्षण से आँखों का काजल, जो आँसुओं के साथ बहकर गालों पर सूख गया था, तितर-बितर हो गया। बर्फ़ की तरह ठंडे और सफ़ेद गालों पर बिखरे हुए काजल के छींटे गवाही दे रहे थे कि कीकड़ की शाख़ों में उलझकर रात देर तक बिलबिलाई है। रात को तसल्ली थी कि जब सूरज का साबुन उगेगा तो वह बड़ी आसानी से उसे धोकर उन काँटों के चंगुल से निकाल लेगा। सुबह होगी तो कीकड़ फिर अकेला रह जाएगा। फिर शाम होगी, रात फिर आएगी और फिर कोई उसे बिछा लेगा तो कोई ओढ़ लेगा। पर इन्तिसार के गालों पर चिपकी रात न दोबारा ओढ़ी जाएगी न बिछाई जाएगी। एक मन किया कि दरवाज़ा खोल दे और फूँक दे, तो शायद उड़ जाए रात। पर वह जानती थी कि साँसों के कमज़ोर परिंदे अगर कालिख के छींटों को यूँ उड़ा सकते तो रात का भय ही न रह जाता, दिन का मोल ही ख़त्म हो जाता।

चार माह पहले ही इन्तिसार की अम्मी गुज़र गयी। बाप ने बताया कि उसे हैजा हो गया था और पड़ोसी बताते थे कि उसने ज़हर खा लिया। सच क्या था उसे नहीं मालूम... पर बाप के साथ रहने की सहूलियत के लिए उसने बाप के संस्करण को ही सच मान लिया। उसे बस इतना मालूम था कि उसकी अम्मी अपने शौहर से तंग आ चुकी थी। मक़दूम अच्छा आदमी था, ख़ुदा का नेक बंदा। दो साल पहले तक वह आगरा के सबसे अमीर कपड़ा व्यापारियों में से एक था। क़रीब सौ से ज़्यादा बुनकर और रंगरेज़ उसके सूती और मख़मली कपड़ों के व्यापार में उसके मुलाज़िम थे। गुजरात के बन्दरगाहों से होता हुआ उसका माल यूरोप के कई देशों में निर्यात होता था। शहंशाह अकबर और उसके शाही सम्बन्धियों के लिए, जिसमें सात हज़ार मनसब भी शामिल थे, मख़मली वस्त्रों के पहनावे बनाने वाला वह सबसे महत्त्वपूर्ण विक्रेता था। वह कश्मीर से ऊन और बंगाल से मख़मल ख़रीदता था। उसके बुनकरों की कुशल कारीगरी से सुसज्जित ये वस्त्र, बाज़ार में अच्छे दामों में बिकते थे। बाज़ार और अपने बुनकरों पर उसकी पकड़ इतनी गहरी थी कि आगरा के सर्वश्रेष्ठ बुनकर उसके यहाँ काम

करने के लिए लालायित रहते थे। राजशाही के कई लोगों को अच्छे पहनावों की परख थी और वह इन देसी व्यापारियों को यूरोप में मिलने वाले प्रीमियम से भी अच्छी तरह वाक़िफ़ थे। जब कोई बुनकर या रँगरेज़ अपनी साफ़ कारीगरी के लिए प्रसिद्धि पाता, तो वह शहंशाह से अच्छे इनाम का भी हक़दार होता। इसी अच्छे इनाम की लालसा में ऐसे कई कारीगर थे, जो मक़दूम के लिए कम मेहनताने पर भी काम करने को आतुर रहते थे। पिछले डेढ़ सौ सालों से मक़दूम का खानदान इस व्यवसाय में था।

शुरूआत संभवतः छोटे स्तर से ही हुई थी, पर रईसों के पहनावे के शौक़ ने उसके व्यवसाय को दिन-दूनी और रात-चौगुनी तरक़्क़ी प्रदान की थी। दो साल पहले तक सब ठीक था। विदेशों में फैला उसका अच्छा कारोबार ही दो साल पहले मक़दूम के पतन का कारण बना। व्यावसायिक प्रतिद्वंद्विता तो थी, पर इतनी नहीं थी कि रातों-रात कोई आसमान छू ले या फिर रातों-रात कोई आसमान से ज़मीन पर आ गिरे। मक़दूम के पुरखों ने अपनी मेहनत और लगन से इस व्यापार को बुलंदियों तक पहुँचाया था; जिसे मक़दूम दो साल पहले तक बखूबी निभाता आया था। दुनिया के कपड़ा उद्योग में हिंदुस्तान में बने वस्त्रों की अच्छी माँग थी। मक़दूम जैसे व्यापारियों की रोज़ कटती चाँदी देखकर शहंशाह अकबर के कुछ सभासदों ने उसे सुझाया कि क्यों न इस पूरे व्यवसाय को शहंशाह के अधीन ले लिया जाय।

किसानों की उपज पर जितना कर था, कपड़ा व्यवसायियों पर उसकी तुलना में कुछ भी नहीं था। चूँकि वस्त्रों का निर्यात राजसी खज़ाने का एक महत्त्वपूर्ण स्रोत बनकर उभर रहा था, इसे अपने नियंत्रण में ले लेना किसी भी दृष्टि से शहंशाहों के हक़ में ही था। अकबर को विचार पसंद आया तो आनन-फ़ानन आदेश पारित कर दिया गया। गुजरात और लाहौर का वस्त्र उद्योग आगरा की अपेक्षा संगठित था। अकबर शहंशाह ज़रूर था और व्यापारियों की असहमति को कुचलना उसके बायें हाथ का खेल था... पर मामला जब भी एक बड़े वर्ग के विरुद्ध फैसला लेने का होता, वह अपनी शक्ति का प्रयोग नहीं करता था। जनसंख्या के एक बड़े वर्ग का सीधे विरोध करने का अर्थ था- उनसे दुश्मनी करना। ऐसे विरोधाभासों के लिए किसी विद्रोह को आमंत्रित करना, किसी भी दृष्टि से उचित नहीं था।

व्यापारी एक संपन्न वर्ग था और अपने धन के ज़ोर पर कहीं भी विद्रोह

उत्पन्न कर देना इनके लिए कोई मुश्किल काम न था। यह वर्ग, युद्ध से डरता था और जितना संभव हो सके उससे दूर ही रहता था। पर बात जब अस्तित्व की आन पड़े तो इतिहास गवाह है कि कोई भी मुग़ल शहंशाह ऐसा नहीं था जो कहीं न कहीं किसी न किसी विद्रोह को दबाने में अपनी सेना ख़र्च न कर रहा हो। कोई न कोई विद्रोह हर दिन, कहीं न कहीं, किसी शहंशाह को परेशान किए ही रहता था।

लाहौर और गुजरात के संगठित व्यापारियों ने जब अपना प्रतिनिधिमंडल अकबर के दरबार में भेजकर उसके इस आदेश पर आपत्ति व्यक्त की, तो अकबर के धूर्त मंत्रियों ने पासा फेंका। इन धूर्त और चाटुकार मंत्रियों से मंत्रणा करने के बाद अकबर ने प्रतिनिधि-मंडल से सौदा किया कि अगर कपड़ा व्यापारी, किसानों की तरह अपने हिस्से की कमाई का एक बड़ा हिस्सा कर के रूप में देने को सहमत हो जायँ तो अकबर उनके उद्योगों को अपने अधीन न करने पर विचार कर सकता है। अकबर के मनसब जिस क्रूरता से किसानों से कर वसूल करते थे, व्यापारियों से छुपा न था... वही क्रूरता उन्हें अपने लिए हरगिज़ मंज़ूर न थी। कुनमुनाते हुए विरोध के स्वर जल्दी ही ठंडे पड़ गए और कुछ ही दिनों में ये व्यापारी जिन फैक्टरियों के मालिक हुआ करते थे, अब सुपरवाइजर यानि लम्बरदार बनकर रह गये। जो व्यवसायी इस आदेश का पालन करने में विफल रहे, उन्हें वश में करने के लिए एक सुनियोजित दमन-चक्र चलाया गया। बड़े व्यापारियों को डरा-धमका कर क़ाबू में लाने के लिए ऐसे कई छोटे व्यापारियों की बलि चढ़ा दी गई, जिन्होंने विरोध का तनिक हल्का-सा भी स्वर मुखरित किया। एक महीने के भीतर गुजरात, आगरा और लाहौर के वस्त्र-उद्योग पर राजसी ठप्पा लग चुका था।

लंबरदारों को सरकारी खज़ाने से तनख़्वाह मिलती थी, पर नफ़े और नुक़सान में अब उनकी कोई भागीदारी न थी। इस अचानक आये भूकंप से और अकबर द्वारा चलाये गए दमन-चक्र से कुछ व्यापारी व्यवसाय छोड़ अपनी जान बचाकर भाग खड़े हुए। कुछ अपनी पूँजी... जितनी निकल सके, निकालकर; तो कुछ 'जो-जहाँ-जैसा-है' छोड़कर भाग खड़े हुए। अपने ही प्रतिद्वंद्वियों से होड़ कर शहंशाह को प्रसन्न रखने का विचार उन्हें भाया ही नहीं। अगर बादशाह को वस्त्र पसंद न आये तो उनके सिर भी क़लम किये जा सकते थे। मक़दूम जैसे व्यापारियों को, जो ख़ुद कुशल कारीगर भी थे, छोड़कर भागने का अवसर ही न दिया गया।

उसी तानाशाही आदेश के अंतर्गत मक़दूम जैसे कुशल कारीगरों के भाग खड़े होने के सारे मार्ग बंद कर दिए गए। शाही फरमान की अवहेलना न हो, इसलिए वह उद्योग से जुड़ा तो रहा, पर अब उसमें उसका मन नहीं बचा था। शाही दबाव में वह काम करता और कभी-कभी कोड़ों की मार भी सहता। अपना जमा-जमाया पुश्तैनी व्यवसाय हाथ से जाते देख मक़दूम बिलबिला उठा। हताश हो उसने शराब और अफीम का दामन थाम लिया। कुछ ही महीनों में नशे की लत ने उसे इतना कमज़ोर बना दिया कि मर्दानगी दिखाने के लिए उसके पास अपनी बीवी सईदा और बेटी इन्तिसार के अलावा कोई न बचा। बीवी से रोज़ क्लेश होने लगा और देखते-ही-देखते क्लेश मार-पीट में बदल गया। वह मक़दूम जिसने दो साल पहले तक अपनी सईदा को झिड़का तक नहीं था, अब रोज़ उसे पीटने लगा था। सूरज का साबुन रोज़ उगता था और रोज़ाना वह रात की कालिख को धो निकालता। आखिरकार एक दिन ऐसा आया, जब सूरज का साबुन बेअसर हो गया। कालिमा इतनी गहरी थी कि साबुन उसे लाख प्रयासों के बाद भी न धो सका। उस रात मक़दूम घर लौटा तो कलह करने के लिए उसे सईदा का ठंडा बदन मिला। वह मर चुकी थी। चौदह साल की इन्तिसार अपने माँ-बाप की इकलौती संतान थी। यूँ तो कुल मिलाकर सईदा ने सात बच्चों को पैदा किया, पर इन्तिसार अकेली थी जो पाँच साल के ऊपर जिंदा रह सकी।

मक़दूम के पास दूसरी औरत को ब्याह लाने का विकल्प था, पर अपनी व्यावसायिक परेशानियों में वह इस हद तक डूबा हुआ था कि उसे न तो बीवी के रूप में औरत के दैहिक-संसर्ग की चाह रास आती और न इन्तिसार के सिर पर माँ के साए का ख़याल। अधूरे मन से लकड़ियाँ काटने वाला लकड़हारा, जैसे कभी-कभी अपने ही पैरों पर कुल्हाड़ी दे मारता है... अपने पुश्तैनी-व्यवसाय को बिखरता देख कमोबेश उसका भी उस लकड़हारे जैसा ही हाल था। उसके फलते-फूलते कारोबार में बसी उसकी जान जब हुक्मरानों की चोंच तले जा फँसी, तो उसकी कुल्हाड़ी को उसके पैर की टोह लेते देर न लगी। कभी कोई दिन अच्छा भी गुज़रता। कोई मनसब उसे अच्छा उपहार देता तो उसके चेहरे की रौनक़ कुछ देर के लिए लौट आती... और फिर अगले ही पल किसी मनसब के लहराते हुए चाबुक की गूँज उसे हिलाकर रख देती। मन की शान्ति के लिए उसने नशे का सहारा लिया। सहारा तो मिला, पर उस नामुराद सहारे ने उसकी बीवी की जान ले ली और उसकी बेटी को बेसहारा कर दिया।

जैसे आदमी और औरत, प्रकृति के दो मौलिक और अविभाज्य हिस्से हैं... और एक-दूसरे के पूरक भी; वैसे ही रात और दिन प्रकृति के दो मौलिक और अविभाज्य अव्यव हैं। आधुनिक युग की नीति-निर्धारण की प्रक्रिया में जिस स्तर का विश्लेषण आदमी और औरत के लिए होता है, यदि वैसा ही विश्लेषण दिन और रात का हो, तो यक़ीनन रात के हिस्से में बदनामी के सिवा कुछ न आए। प्रकृति भी क्या चीज़ है... अँधेरों की भरपाई के लिए चाँद-तारों का संसर्ग तो दिया, पर उन्हें देखकर अभिभूत हो जाने की अपेक्षा रखने वाले इंसान को अँधेरों का सटीक मर्म समझाने में विफल हो गई। दिन भर की थकन के बाद एक मेहनतकश मज़दूर की घर वापसी है- अँधेरे का मर्म... नन्हें बालक से दूर रोज़गार में लिप्त पिता की घर वापसी का जश्न है- अँधेरे का मर्म। जुगनुओं के पीछे भागते छोटे बच्चों को गोद में भरकर सोने का आनंद है- अँधेरे का मर्म... चूल्हे की मुलायम आँच में रोटियाँ गढ़कर एक माँ द्वारा परिवार का पोषण करना है- अँधेरे का मर्म। बदनसीबी है रात की, कि इन सब मर्मों के परे उसके हिस्से में आए नशे में धुत लोगों के बहकते क़दम... हवस की आग में औरत पर हावी होते एक पुरुष के तन के बोझ और 'थोड़ी और' दौलत के लालच में कहीं हथियार चलाते अपराधी, तो कहीं सेंध लगाकर एक राजा को दूसरे राजा को परास्त करने की लालसा। इन्तिसार के गालों पर सूखे काजल की कालिमा, रात का सही मर्म नहीं थी।

5

सूरज का साबुन

दर्द को बिसरा देने की क़वायद में वह देर तक अपनी जाँघों को टटोलती रही, पर उसे वह नब्ज़ कहीं महसूस न हुई, जिसके सहारे चढ़कर दर्द उसके पैर के नाखूनों से उठकर उसके मस्तिष्क तक पहुँच रहा था। आँखों में नींद न थी, पर उसका बदन थकान से बेहाल था। कुछ और देर लगी होगी, जब उसकी थकान उसकी आँखों के जगराते पर भारी पड़ी होगी। वह निढाल होकर बिस्तर पर गिर पड़ी और नींद ने उसे सहलाते हुए अपनी गोद में भर लिया।

सुबह हुई तो सूरज का साबुन कुछ शर्मिंदा-सा था। कुछ था जो उषा के चेहरे पर सूखे हुए काजल की तरह छितरा हुआ था। मुर्ग़ों की बाँगें सुनाई देने लगी थीं। कुछ और देर हुई तो सूरज की पहली किरणें इन्तिसार के कमरे की खिड़की पर झाँकने लगीं। उसने आँखें खोलीं तो गुज़री रात फिर से उसके सीने में कौंधने लगी। खिड़की से बाहर देखा तो उसके कमरे के पिछवाड़े छोटे बच्चे, मुर्ग़ियों के पीछे भागते हुए दिखाई दिए। एक पल सब कुछ भुलाकर वह उन बच्चों का कौतुक देखने लगी। मुर्ग़ियाँ बच्चों से कहीं ज़्यादा फुर्तीली थीं और उन्हें मालूम था कि ये उनकी जान का प्रश्न है। भागने और भागकर जीत जाने के सिवा और कोई रास्ता न था। वह बहुत देर तक उन्हें देखती रही। उनमें से कोई भी बच्चा एक भी मुर्ग़ी न पकड़ सका था। तभी जैसे उन बच्चों की मदद करने के बहाने एक किशोर उनके खेल में शामिल हो गया। उसके क़दमों में अच्छी रफ़्तार थी। दूसरे बच्चों की तरह वह थका हुआ नहीं था और उनकी अपेक्षा थोड़ा फुर्तीला भी था। एक मुर्ग़ी का उसने दूर तक पीछा किया और जब ऐसा लगा कि जैसे बस पकड़ने ही वाला हो, मुर्ग़ी ने अपने शरीर को संतुलित रखते हुए एक तीव्र पलटी मारी। मुर्ग़ी की इस कुटिल चाल ने किशोर को स्तब्ध कर दिया और

उसका संतुलन बिगड़ गया। सामने ही गंदे पानी की नाली थी। वह किशोर औंधे मुँह उस गंदे पानी की नाली में गिर पड़ा। इन्तिसार के मुँह से दहाड़ें मारती हुई हँसी फूट पड़ी।

"इन्तिसार! क्या हुआ?" उसके अब्बू ने उसे आवाज़ दी।

अब्बू की आवाज़ ने उसे जैसे बाल पकड़कर झकझोर दिया हो। बिजली की रफ़्तार से एक सिहरन उसके बदन में दौड़ने लगी। किसी और दिन की सुबह होती तो वह जानती थी कि अब्बू की पुकार का उत्तर कैसे देना है... पर आज की सुबह अलग थी। आज की सुबह का सूरज मलिन था, निस्तेज था। अब्बू का कारखाने जाने का समय हो चला था। कोई और सुबह होती तो वह ख़ुद अब्बू को जगाती, कलेवा बनाती और फिर उन्हें दरवाज़े पर विदा करने आती। बिस्तर पर बैठे-बैठे उसने अपनी बिखरी हुई पोशाक एकत्रित की, सलवार की सलवटों में गुम हो गई लाज को क़रीने से सीधा कर, जैसे अपने सिर पर फिर से ओढ़ लिया और अपने बालों को थोड़ा-सा व्यवस्थित कर लिया। बिखरे बालों में झुलसती रात, जितनी बुझ जाय- उतना अच्छा। बालों को व्यवस्थित करने के क्रम में उसकी दोनों बाँहें उठकर उसके सिर पर टकरा गयीं तो अनायास ही दर्द का भभका फिर से उसके बदन में उमड़ उठा। मुर्ग़ी के पीछे भागते हुए किशोर को नाली में गिरता हुआ देखकर जो खिलंदड़ी हँसी उसके चेहरे पर चमक उठी थी, पलक झपकते ही काफूर हो गई।

बहुत देर तक वह ख़ुद से संघर्ष करती रही कि अब्बू की पुकार का कोई उत्तर बनता भी है या नहीं। कल तक तो बनता था, पर आज की बात कुछ और थी। उसने उत्तर नहीं दिया और सोचा कि अब्बू यदि दोबारा पुकारेंगे तो उत्तर दे देगी। अब्बू ने दोबारा पुकारा ही नहीं। खिड़की की ओर नज़रें फेरकर वह फिर से उस किशोर के करतब में अपनी हँसी तलाशने लगी, पर तब तक वह जा चुका था। फिर उसे अचानक याद आया कि वह तो उस किशोर को जानती है, वहीं उनके पड़ोस में ही रहता है। उसके घर से कोई तीन सौ क़दम आगे मज़दूरों के मकान हैं, वहीं रहता है। अरे! ये तो वही सरजू है जो अब्बू के साथ रोज़ कारखाने जाता है... जिसकी एक छोटी बहिन है और जिसे वह अच्छी तरह जानती है। वह वहाँ क्या कर रहा था? ऐसे तो उसे कभी नहीं देखा। हाँ, कभी-कभार अब्बू को अपने साथ ले जाने के लिए बाहर दरवाज़े पर आ जाता था- आवाज़ देने। ख़ैर, अब तो वह जा चुका था।

'बेचारा...' उसने सोचा और फिर वह बिस्तर से उठने लगी।

उसने एक बर्तन से दूसरे बर्तन में पानी उड़ेले जाने की आवाज़ सुनी तो समझ गयी कि अब्बू नहाने के लिए गुसलखाने में जा चुके हैं। बस थोड़ी ही देर में वह कारखाने के लिए निकल जायेंगे और तभी वह बाहर निकलेगी। आज अब्बू के लिए कलेवा बनाने और उन्हें विदा करने की कोई उत्सुकता नहीं थी। वह नहीं चाहती थी कि अब्बू की नज़रों से आज उसका सामना हो। वह बिस्तर पर लेटी-लेटी अलसाती रही। थोड़ी देर बाद अब्बू ने उसे फिर पुकारा।

'इन्तिसार!'

आवाज में एक अलग-सी उदासी थी। रोज़ की तरह वह अधिकार वाली धमक नहीं थी। रेशम की तरह मुलायम... जैसे मक्खन पर डोलती हुई गर्म छुरी हो; जिसमें बुनावट थी, पर अधिकार नहीं था। इन्तिसार के क़दम उस पुकार का उत्तर नहीं देना चाहते थे; पर उस आवाज की कृत्रिमता ने उसे बाहर खींच लिया। अब्बू के छिदे हुए कानों में सोने की छोटी-छोटी बालियाँ चमक रही थीं। पहनावा रोज़ाना की तरह नहीं था। कुछ अलग था; जैसा कुछ ख़ास अवसर पर कुछ ख़ास प्रयोजन से होता था। जमदानी का चोगा, जो क़रीब पूरे हिस्से में सोने के रंग की महीन और कुशल कढ़ाई से सज़ा हुआ था और सिर पर नई पगड़ी थी, जो अब्बू पिछले रोज़ ही कारखाने से लेकर आये थे। अब्बू ये लिबास तब पहनते थे, जब वह या तो शहंशाह के महल में मीर-बक्शी, जागीरदार, दरोग़ा या किसी मनसब से मिलने जाते थे, या फिर अपने व्यापार के सिलसिले में लम्बी यात्रा पर जाते थे। इन्तिसार ने उन्हें इस अनियमित पहनावे में देखा तो अचंभित हो उठी। अब्बू दरवाज़े पर खड़े, जैसे बस इन्तिसार से अलविदा कहने के लिए ही रुके हों। उसने देखा कि अब्बू की बढ़ी हुई दाढ़ी के बीच लरज़ते उनके होठ कुछ कहना चाहते थे। वह आगे बढ़ी और लगा कि जैसे उन्हें अपनी बाँहों में भर लेगी... पर दो कदम पास पहुँचकर जड़ हो गयी।

"खुदा हाफ़िज़!"

अब्बू ने दो क़दम पर खड़ी बेटी को हाथ से छूने तक की ज़हमत नहीं उठाई और दूर से ही अपने हाथ उठाकर उसे अलविदा कह दिया। इन्तिसार अब भी अपने क़दमों में जमी हुई थी। उसने एक अधूरी कोशिश ज़रूर की, बढ़कर अब्बू का हाथ थाम लेने की; पर क़दम थे कि जैसे राज़ी ही न हुए।

"मैं मुर्शिदाबाद जा रहा हूँ; मालिक ने कुछ रेशम लाने को कहा है, एक सप्ताह या कुछ ज़्यादा समय लग जाएगा लौटने में।"

अब्बू ने उसी महीन रेशमी आवाज़ में कहा, जिस आवाज में उन्होंने इन्तिसार को दूसरी बार पुकारा था।

"ख़ुदा हाफ़िज़।" इन्तिसार के मुँह से बस इतना ही निकला।

मुग़ल सल्तनत की राजधानी, लाहौर से आगरा पहुँच गयी थी। भौगोलिक-दृष्टि से आगरा, मुग़ल-साम्राज्य का केंद्रबिंदु था। लाहौर की अपेक्षा आगरा से शासन करना आसान था, क्योंकि मध्य में बेरार और पूर्व में बंगाल तक के सूबों पर निगरानी रखने के लिए फ़ौज की आवाजाही में कम समय लगता था। इन सूबों में अक्सर ही विद्रोह पनपते रहते थे। दूसरे, अकबर की नज़रें अपना साम्राज्य फैलाने के लिए दक्षिण के राज्यों की ओर देखने लगी थीं। इस दृष्टि से भी आगरा सबसे बेहतर जगह थी।

आगरा के पास फतेहपुर-सीकरी में अकबर और उसके ख़ानदान के रहने के लिए भव्य महल बनवाया गया था। मुख्य शहर में अभिजात्य-वर्ग के रहने के लिए मकान थे, बाज़ार थे, कारखाने थे और ग़रीब निम्न तबक़े के लोग शहर की उस चहारदीवारी के बाहर छोटे-छोटे उपनगरों में रहते थे। मुख्य शहर से इन छोटे उपनगरों का जुड़ाव कमोबेश ठीक वैसा ही था, जैसा कि आज के हिंदुस्तान में हैं। कारखानों, दुकानों और बाज़ारों में काम करने के लिए इन उपनगरों से कारीगर, मज़दूर और छोटे व्यापारी, इक्के और बैलगाड़ियों से शहर जाते और दिन ढलने तक अपना काम ख़त्म कर वापस घर पहुँच जाते। ऐसा ही एक उपनगर था तुशकपुरा। आगरा शहर से क़रीब छह मील दूर। रईस उद्योगपतियों के यहाँ सूती और मख़मली वस्त्रों के कारखाने थे। इन कारखानों में काम करने वाले कारीगर और रँगरेज़ इन कारखानों के इर्द-गिर्द ही अपना डेरा डालकर रहने लगे थे।

वस्त्र-कारखानों के मुग़ल शासन के अधीन होने के पहले यह उपनगर दिन-भर कामकाजी लोगों की भीड़-भाड़ से आबाद रहता था। वस्त्र-उद्योग पर सरकारी मुहर लगने के बाद ये पूरा तुशकपुरा उपनगर एक उजाड़ बियाबान नज़र आने लगा था। शहंशाह के तुग़लकी फ़रमान के कारण छोटे-मोटे व्यापारी अपने कारखाने बंद करके या तो पलायन कर चुके थे या फिर मुख्य शहर में अकबर के

बनाए गए नए कारखानों में काम करने लगे थे। फतेहपुर सीकरी के महल में भी राजसी परिवार के लोगों के लिए एक अलग कारखाना था, जहाँ मिट्टी के बर्तनों से लेकर तम्बू, गलीचे, इत्र, पोशाकें और रात में रोशनी करने के लिए मशालें तक बनायी जाती थीं।

शहंशाह के महल समेत समूचे साम्राज्य को संचालित करने के लिए शहंशाह के बाद दीवान सबसे महत्त्वपूर्ण व्यक्ति था। दीवान न सिर्फ साम्राज्य के आमदनी और ख़र्च का हिसाब-किताब देखता था, वरन् महल का रखरखाव और धर्म व राजनीति से लेकर सभी पेचीदा पहलुओं में अपनी राय भी रखता था। दीवान की सहायता करने के लिए तीन और अधिकारी थे, जो राजशाही का हिस्सा माने जाते थे; मीर-बक्शी, मीर-सामान और सदर। महल के निवासियों की ज़रूरतें पूरी करने के लिए मीर-सामान के अंतर्गत कम से कम दस विभाग थे, जिसमें पानी की सुविधा प्रदान करने के लिए आबदार-खाना था, तो रसोई की देखभाल करने के लिए बावर्ची-खाना। इसी तरह बेकरी के लिए नानबा-खाना, मिठाइयों और नमकीन के लिए हवाइज-खाना, फलों और मेवा के लिए मेवा–खाना, चीनी मिट्टी के बर्तनों के लिए रिकाब-खाना और आफ़ताबची-खाना, शरबत और अन्य पेय-पदार्थों के लिए शरबत-खाना, पान और सुपारी के लिए ताम्बुल-खाना, चिराग़ों और मशालों के लिए चिराग़-खाना और मशाल-खाना थे।

मुग़ल सेना दो हिस्सों में बँटी हुई थी। संघीय ढाँचे की तरह सेना का एक हिस्सा सीधे शहंशाह के अंतर्गत आता था, जिसका केंद्र राजधानी में स्थित होता था। इसके अलावा सूबेदार और मनसबदार अपनी ख़ुद की सेना अपने अलग-अलग सूबों में रखते थे, जो ज़रूरत के हिसाब से शहंशाह के आदेश पर तैनात कर दी जाती थी। साम्राज्य की सिविल व्यवस्था के प्रबंध के लिए छोटे क़स्बों या बड़े शहरों की ज़रूरत के अनुसार, जिनमें तमाम कारखाने भी शामिल थे, दरोग़ा, ख़ज़ांची, मुंशी और मालिक की अलग-अलग तय ज़िम्मेदारियाँ बाँट दी गयी थीं। महल के हरम की देखभाल करने के लिए ताक़तवर उज्बेक औरतों के अलावा, किन्नर और दरोग़ा औरतों का अलहदा पदक्रम था, जिसमें शहंशाह की इजाज़त के बग़ैर उनके अपने बेटों तक के आने पर सख़्त पाबंदी थी।

मीर-सामान उन सब कारखानों की देखभाल की ज़िम्मेदारी भी उठाता था, जो कारखाने फतेहपुर-सीकरी के महल या फिर आगरा के आस-पास के इलाक़े

में थे। उन सबके लिए मीर-सामान ख़ास तौर से ज़िम्मेदार होता था, क्योंकि इनमें महल के निवासियों द्वारा प्रयुक्त सामान बनाया जाता था।

शहंशाह साल में दो बार अपना जन्मदिन मनाता था और उन दोनों अवसरों पर सल्तनत के पंद्रह हज़ार मनसब, जागीरदार, दीवान, मुंशी, दरोग़ा और अन्य महत्त्वपूर्ण पदाधिकारियों को पोशाकें भेंट की जाती थीं। उनके पदक्रम और वरिष्ठता के आधार पर तीन वस्त्रों वाली, पाँच वस्त्रों वाली या सात वस्त्रों वाली पोशाक भेंट की जाती थी। शहंशाह का जन्मदिन रिआया के लिए किसी त्यौहार से कम न था और इस अवसर पर भेंट किये जाने वाले ये तोहफ़े, शहंशाह के मनसब और जागीरदारों से सम्बन्ध बनाने में एक महत्त्वपूर्ण भूमिका निभाते थे। इसी कारण महल के तुशक-खाने में बनाए गए वस्त्रों के इस्तेमाल में अव्वल दर्जे का सूत और मखमल इस्तेमाल किया जाता था।

तुशक-खाने का अपना अलग पदक्रम था। यह विभाग, सत्ता की भूल-भुलैया से गुज़रता हुआ महल के दीवान के अंतर्गत आता था। कारखाने के कारीगरों और अन्य मज़दूरों के वेतन से लेकर वहाँ बनने वाले वस्त्रों की गुणवत्ता और उसमें लगने वाले कच्चे सूत और कच्चे मखमल की प्रजाति भी मीर-सामान तय करता था। मक़दूम, महल के इसी कारखाने में 'कतेरों' का मालिक था। सूत की कताई से लेकर वस्त्रों की बुनाई और रँगरेजी तक सारे काम कारखाने के अन्दर ही किये जाते थे। कुशलता के अनुसार बाँटे गए इन विभागों के काम-काज का उत्तरदायित्व विभाग के सुपरवाइजर का होता था। इसी सुपरवाइजर को 'मालिक' कहकर संबोधित किया जाता था। मक़दूम यूँ तो वस्त्र उद्योग के सब हुनर भली-भाँति जानता था, पर इस शाही कारखाने में वह 'कताई' विभाग का 'मालिक' था।

मक़दूम को भी कच्चे सूत की अच्छी पहचान थी; पर कब कौन-सा सूत इस्तेमाल करना है, या कब किस क़िस्म का मखमल इस्तेमाल करना है, ये सब ब्यौरा उसे बुनकरों के 'मालिक' से मिलता था। उसी के कहने पर मक़दूम सूत की ख़रीदी करता था। चूँकि बुनकरों का 'मालिक' उम्र में थोड़ा बुज़ुर्ग था, कारीगरों के साथ-साथ मक़दूम भी उसे 'मालिक' कहकर ही बुलाता था। हथकरघा वस्त्र-उद्योग में सबसे महीन और गूढ़ काम बुनकर या जुलाहे का होता है, जो कते हुए सूत को बुनकर उसे वस्त्र का आकार देता है।

6

आब-ए-रवाँ

सूत से वस्त्र की पोशाक बनाने के क्रम में सबसे पहले 'धुनिया' का काम होता है, जो बाज़ार से ख़रीदी गई कच्चे सूत की गाँठ से कचरा निकालकर रुई को 'कताई' के लिए तैयार करता है। रुई की गाँठें खुल जाती हैं और कचरा निकल जाता है। उसके बाद रुई कतेरों के पास जाती है, जहाँ वे इसे तकलियों द्वारा एक धागे का रूप दे देते। ये धागे फिर 'कोली' के पास भेजे जाते, जिन्हें वह एक बार फिर मोटाई, चमक और स्पर्श के आधार पर वर्गीकृत कर देता। मख़मल की एक बेहतरीन क़िस्म होती है, जिसका तार हथेली पर पानी की तरह बहता है; उसे आब-ए-रवाँ कहा जाता है। कोलियों के कुशल हाथों से होता हुआ वह बुनकरों के पास जाता और वस्त्र का रूप लेकर चितेरों और रँगरेज़ों को दे दिया जाता, जो इन्हें अलग-अलग रंग के डिज़ाइन और पैटर्नों में ढाल देते। पटवाकार उन पर कढ़ाई करते और फिर इन वस्त्रों को कटाई और सिलाई के लिए दर्ज़ियों के पास भेज दिया जाता। सूत की धुनाई से लेकर सिलाई तक का पूरा काम एक ही कारखाने में संपन्न होता।

'बी जी!' किसी ने दरवाज़े पर पुकारा। किसी लड़की की आवाज़ थी।

इन्तिसार ने लकड़ी के दरवाज़े में बने झरोखे से झाँककर देखा। बाहर वही किशोर खड़ा था, जो मुर्ग़ियों के पीछे दौड़ता हुआ सुबह नाली में गिर पड़ा था। उसे फिर दोबारा देखकर उसे सुबह की हँसी याद आ गई, पर इस समय, एकाएक वह उसके दरवाज़े पर किसलिए आया था।

'और साथ में ये लड़की कौन है।' उसने सोचा।

जब कुछ देर हो गई और दरवाज़े पर कोई हरकत न सुनाई दी, तो उसने फिर पुकारा।

''बी जी..दरवाजा खोलिए...हमें आपके अब्बा हुज़ूर ने आपसे मिलने के लिए कहा था।''

''वह तुम्हें कहाँ मिले?''

इन्तिसार को जब उनके परिचय पर भरोसा हो गया तो उसने दरवाज़ा खोल दिया।

''क्या कहा अब्बू ने आपसे? आप यहीं तुशकपुरा में रहते हो न, वो कतेरों की बस्ती में?''

उसने दोनों मेहमानों से पूछा। अभी तक इन्तिसार ने उन्हें घर में आने के लिए नहीं कहा था।

''हाँ, सही पहचाना।''

इन्तिसार उन्हें घर में बुलाने से अब भी हिचकिचा रही थी।

''ये मेरा भाई है...सरजू; तुम्हारे अब्बू के कारखाने में काम करता है... उन्हीं के साथ; तुम्हारे अब्बू इसके मालिक हैं।'' उसने कहा।

सरजू अब भी चुपचाप खड़ा अपनी छोटी बहिन वेदवती को उसका परिचय देते हुए देख रहा था।

''अन्दर आ जाओ।''

दरवाज़े के अन्दर एक आँगन था, जिसमें लाल, पीले और सफ़ेद रंग के गुलाब, हवा के हलके झोंकों के साथ डोल रहे थे। आँगन में चारों ओर क़रीब तीन गज भर चौड़ी फुलवारी होगी। लगता नहीं कि कोई उन पौधों को रोज़ पानी देता होगा। सूखे हुए गुलाब की पंखुड़ियाँ भी यूँ ही बेतरतीब क्यारियों में फैली हुई थीं। रातरानी की एक लर ऊपर छप्पर तक पहुँची हुई थी। गुड़हल और चंपा के भी कुछ फूल थे, जो शायद आज ही ताज़ा खिले थे। आँगन के बीच में एक गुलमोहर का पेड़ था, जिसके कुछ फूल झड़कर ज़मीन पर बिखरे हुए थे। आँगन के उस पार एक और दरवाज़ा था, जो बैठक में खुलता था। बैठक का दरवाज़ा

खोलकर इन्तिसार ने दोनों को अन्दर बुला लिया। दिन का पहला पहर ही था। अब्बू को गये हुए क़रीब एक घंटा ही हुआ होगा। बैठक में क़ीमती फर्नीचर पड़ा हुआ था। बीच में एक चौकोर मेज़ रखी हुई थी, जिसके नक़्क़ाशी किए हुए पाये, शेर के पंजों की कमज़ोर नक़ल मालूम होते थे। कुछ ऐसी ही भद्दी नक़्क़ाशी मेज़ के तीन ओर रखी कुर्सियों पर भी थी। ठीक से समझ नहीं आ रहा था कि कौन-से जानवर के पैर कुर्सियों की नक़्क़ाशी में उतारे गये थे। कुर्सियों और मेज़ों पर धूल की एक हलकी-सी परत चढ़ी हुई थी। लगता था जैसे हफ़्तों-हफ़्तों इन कुर्सियों पर कोई नहीं बैठा था। इन्तिसार ने उन्हें बैठने के लिए कहने से पहले कुर्सियाँ साफ़ करने की ज़रूरत महसूस नहीं की। कोई ज़रूरत भी नहीं थी। यूँ भी ये मेहमान कौन-से रोज़ आने वाले हैं।

''आपा, आपका ख़याल रखने के लिए कहा था आपके अब्बू ने।'' वेदवती ने एक कुर्सी पर बैठते हुए कहा।

इन्तिसार को कुछ अजीब न लगा। अम्मी के मरने के बाद पहली बार अब्बू इतने दिनों के लिए कहीं जा रहे थे; शायद इसीलिए सरजू से कह दिया होगा।

''तुम वही हो न, जो सुबह मेरी खिड़की के पीछे मुर्ग़ियाँ पकड़ रहे थे?''

सुबह की घटना याद करके इन्तिसार के चेहरे पर एक मुस्कान-सी उभर आई... एक शरारतपूर्ण मुस्कान। अपने मेहमानों के आने का कारण उसे मालूम हो गया था। एक पल के लिए उसे अच्छा लगा कि अब्बू जाते-जाते उसके लिए चिंतित थे।

''क्या? मुर्ग़ियाँ?''

वेदवती भी मुस्कुराये बिना न रह सकी।

बातचीत का सिलसिला कुछ देर यूँ ही चलता रहा। वेदवती भी ठहाका लगाए बिना न रह सकी, जब उसे पता चला कि सुबह उसके कपड़े नाली में गिर जाने की वजह से भीग गये थे। बीच में इन्तिसार ने उन्हें पानी भी पिलाया। सरजू कुछ सिकुड़ा हुआ-सा बैठा रहा। वेदवती से बातों में गुम, कभी जब इन्तिसार की नज़रें वेदवती के चेहरे पर धरी रहतीं तो वह मौक़ा देखकर इन्तिसार को जी भर के देख लेता।

आँखों के चारों ओर उस रात की कालिमा को छोड़ दिया जाय तो पूरे चेहरे में एक सौंदर्य था... कच्चा सौंदर्य, जिसे न किसी प्रसाधन की आवश्यकता थी और न किसी आभूषण की। उसके कानों में लटकी हुई सोने के पानी वाली बालियाँ उस सौंदर्य को फीका कर रही थीं। होठों पर यौवन का खिंचाव था, जिस पर मुस्कराहट ऐसे पसर जाती थी, जैसे शांत पानी की सतह पर परागकण। ऊपरी होठ का निचले होठ से किनारों पर मिलन एक बहाव लिए हुए था; जैसे उमड़ती नदी ने बड़ी ही सुगमता से मैदानी पथ में यू-टर्न लिया हो। गोरे गालों पर लालिमा नहीं थी; एक शुष्क और खुरदरा सा गोरापन था जो आमंत्रित करता था, न कि चकाचौंध करके विश्लेषण करने को विवश करे। जैसे मखमल की फिसलन होती है, वैसा नहीं, बल्कि उस सूत के ठहराव जैसा सौंदर्य, जो आँखों की पुतलियों पर पड़ता तो बस वहीं जम जाता। ठीक वैसे जैसे सूत का खुरदरा एहसास हथेली पर ठहर जाता हो। केवल चौदह साल की थी वह।

आँखों की गहराइयाँ ऐसी थीं कि इधर बात उसके होठों से निकली और उधर सुनने वाले को यक़ीन आया। और कभी मस्ती में आ जाएँ तो यही आँखें आह्लादित कर दें, जैसे अभी कुछ देर पहले सरजू की मुर्ग़ियाँ चोरी करने की बात पर मुस्कुरायी थी वह। ऐसा लगा कि जैसे इन आँखों ने कभी कोई दुःख देखा ही न हो। इन्तिसार वेदवती से बातें करने में मग्न थी और इधर सरजू को उसके सौंदर्य ने मंत्रमुग्ध कर दिया था। सरजू को शायद ये एहसास था कि नहीं, पर इन्तिसार ने भी अपने वार्तालाप से ध्यान चुराकर कनखियों से, सरजू को उसकी आँखों में खो जाते हुए देख लिया था।

"ठीक है इन्तिसार आपा, किसी चीज़ की ज़रूरत हो तो हमें पुकार लीजिये, भैया भी आज घर पर ही हैं; हिचकिचाइए मत।"

उनकी बातों का सिलसिला ख़त्म हुआ तो वेदवती ने उठते हुए कहा।

"जी शुक्रिया!" इन्तिसार भी उन्हें विदा करने के लिए उठ खड़ी हुई। इससे पहले कि सरजू की चोर निगाहों पर इन्तिसार की नज़र पड़े, वह भी उठ खड़ा हुआ और बिना कुछ कहे अपनी बहिन के पीछे चलने लगा।

इन्तिसार दरवाजा बंद करके हिरनी की तरह दौड़कर अपने कमरे में घुस गयी। वही कमरा जिसमें गई रात स्वप्न में एक शैतान ने उसकी खूबसूरत ठोढ़ी को अपनी तलवार से लहूलुहान कर दिया था। उसी कमरे में ठीक उसके बिस्तर

के सामने एक आइना लगा हुआ था, जिसमें उसका सिर और धड़ का ऊपरी हिस्सा देखा जा सकता था। वह उस आइने के सामने खड़े होकर ख़ुद को निहारने लगी। पहले तो उसे सरजू की चोर नज़र पर ग़ुस्सा आया।

'उसकी यह मजाल।'

उसने सोचा और फिर दूसरे ही पल वह ख़ुद को सरजू की नज़रों से देखने लगी।

'उसे मुझमें क्या अच्छा लगा होगा।'

फिर चाहे कुछ भी हो। सरजू हिन्दू है तो क्या, है तो वह एक लड़का। वह इतराने लगी। उसने अपने गोरे गालों को निहारा और देर तक निहारती रही। अपने हाथों से छूकर उन्हें महसूस किया और फिर उन नन्हे काले धब्बों को देखने लगी, जो उसकी आँखों के नीचे बिखरे पड़े थे। उफ़! यह क्या, उसके पूरे चेहरे में आइने को सिर्फ यही धब्बे नज़र आये दिखाने के लिए। उसके कानों के नीचे लटकती, मस्ती में डोलती उसकी बालियाँ ही दिखा देता। नाक को सुडौल न कहता तो कम से कम उसके बालों को तो कह सकता था- कि कैसी रातरानी की बेल की तरह सुलझी हुई और सुगंध भरी हैं। उसके अधरों को ही चुन लेता। कोई उपमा न देता न सही, पर दृष्टिगोचर तो कर सकता था। उसकी सुराही जैसी गर्दन... क्या उसके लिए भी इतने बड़े आइने में थोड़ी-सी जगह न मिली। आइना रूठ गया है शायद। क्यों रूठ गया है? अपने इस प्रश्न का मन ही मन उत्तर ढूँढ़ते हुए वह बिस्तर पर बैठ गयी।

उसके पैर के नाखूनों से शुरू होने वाला दर्द करवटें ले रहा था। वह तो उस दर्द को भूल ही गई थी। रात को जो सोई तो लगा जैसे सुबह ग़ायब ही हो गया हो। और फिर सरजू की मुर्गियों के पीछे दौड़, अब्बू का 'ख़ुदा हाफ़िज़' कहना, वेदवती का दरवाज़ा खटखटाना... उसे फुरसत ही कहाँ मिली कि वह अपने दर्द की सुने। और अब देखो! जैसे ही थोड़ी फुरसत मिली- तो आ दबोचा। बिस्तर पर बैठकर वह ज़ोर से रोने लगी। चौदह साल की उम्र में क्या सबके साथ ऐसा ही होता है? किससे पूछे वह। तमाम नाम उसके ज़हन में तैरने लगे। क्या उसे वेदवती से पूछ लेना चाहिए था? नहीं, उसके साथ तो उसका भाई था। तो क्या नूरी से पूछना चाहिए, या रुकैया से, या फिर नाज़ से। उसे अपनी तमाम सहेलियों के नाम याद आये, पर कोई भी ऐसा न लगा जो उसे बता सके कि

उसके ख़ूबसूरत और मासूम चेहरे पर उसके आइने को सिर्फ़ उसकी आँखों के नीचे काजल के धब्बे ही क्यों नज़र आते हैं।

थोड़ा लजाने, थोड़ा परेशान होने और थोड़ा घबराने की ऊहापोह में उसने अपने लिए रोटियाँ बनायीं। पिछले दिन का गोश्त खाने के लिए रखा था। खाना खाकर बिस्तर पर लेटी, तो फिर उसे पिछली रात के स्वप्न ने घेर लिया। उसे हल्का-हल्का सा याद आता था कि उसकी सहेलियाँ भी ऐसे ही किसी डरावने सपने की बातें किया करती थीं। एक मन कहता था कि परेशान रहो, सवाल करो और इतने सवाल करो कि मस्तिष्क की नसें फटने लगें और एक मन कहता था कि जो कुछ गुज़रा, उसे ज़िन्दगी का हिस्सा समझकर भूल जाओ और आगे बढ़ो, स्वीकार कर लो। पर फिर डर लगता था कि ऐसा यदि रोज़ होने लगा तो। क्या रोज़ नयी सुबह वह सिर्फ़ इसलिए उठेगी कि उसे गई रात के हादसे के निशान मिटाने हैं।

क्यों और क्यों के सवालों में उलझा हुआ उसका दिमाग़, थोड़ी देर बाद जब उसे नींद आ गई, शांत हो गया। दिन का चौथा पहर शुरू ही हुआ था कि दरवाज़े पर फिर से दस्तक हुई। उसने वहीं अपने कमरे से आवाज़ दी।

'कौन?' आधे स्वप्न की आँखें वास्तविकता में उतनी फुर्ती से नहीं आ सकी थीं। उसकी 'कौन' की आवाज़ में उसका भय साफ़ झलक रहा था।

कोई उत्तर न आया, पर दरवाजे पर दस्तक फिर से आई।

"कौन है बाहर?" उसने अपना पूरा ज़ोर लगाकर पूछा।

"वज़ीर-ए-आला ने पैग़ाम भेजा है, मक़दूम के नाम; कल उन्हें फ़ौरन दीवानी में हाज़िर होना होगा।"

बाहर से एक अपरिचित आवाज ने उत्तर दिया।

इन्तिसार अपने कमरे से बाहर आ चुकी थी। बाहर आकर उसने पहले दरवाज़े के झरोखे से झाँका। बाहर तीन सिपाही थे। दो अपने घोड़ों पर सवार थे, जबकि तीसरा सिपाही हाथ में अपने घोड़े की लगाम थामे दरवाज़े पर दस्तक दे रहा था।

"क्या बात है हुज़ूर, अब्बू तो मुर्शिदाबाद के लिए रवाना हो चुके हैं; आज

सुबह ही निकले।'' इन्तिसार ने दरवाज़ा नहीं खोला।

''दरवाज़ा खोलो! मक़दूम पर कारखाने से ग़बन का आरोप है।'' सिपाही बोला।

''या अल्लाह!'' उसका मुँह खुला का खुला रह गया।

''दरवाज़ा खोलो, हमें तलाशी लेनी है।'' सिपाही गुर्राया।

''मैं दरवाज़ा नहीं खोल सकती, घर में कोई मर्द नहीं है; अब्बू जब आ जायेंगे तभी दरवाज़ा खुलेगा।''

''ऐ बदतमीज़ लड़की! बादशाही हुक्म की नाफ़रमानी का अंजाम मालूम है तुझे; दरवाज़ा खोल!''

सिपाही की आवाज़ और कड़क हो चली थी। इतने में बाक़ी दो सिपाही भी अपने घोड़ों से नीचे उतर आये थे।

''दरवाज़ा खोल!''

'नहीं।' उसने आख़िरी बार प्रतिरोध किया।

सिपाही ने झरोखे में हाथ डालकर इन्तिसार के बाल पकड़ लिए और अपनी ओर खींचने लगा। इन्तिसार चीखने लगी।

''दरवाज़ा खोल, नहीं तो आज तेरा सिर इन बालों के साथ ले जाऊँगा।'' बाल पकड़े हुए सिपाही बोला।

और फिर बाक़ी दोनों सिपाहियों ने पैरों के ज़ोर से दरवाज़े की कुण्डी तोड़ दी। दरवाज़ा अन्दर इन्तिसार की ओर एक झटके के साथ खुला और दरवाज़े के साथ इन्तिसार अपने बिखरे बालों के साथ सामने ज़मीन पर गिर पड़ी।

7

गोबर तले तितली

चार साल पहले जब नगला गुलाल में चूहों ने दस्तक दी, तब पूरा गाँव दो ही दिन में तितर-बितर हो गया। सरजू का पूरा परिवार आगरा के पास इस उपनगर तुशकपुरा में आकर रहने लगा। खेती-बाड़ी और जीवन-यापन के सारे रोज़गार वहीं नगला गुलाल में रह गये। तुशकपुरा की नई बस्ती में रोज़गार खोजना आसान न था। बड़े भाई को लोहा मंडी में मज़दूरी का काम तो मिल गया, पर बूढ़े बाप को कोई भी रोज़गार न मिल सका। राजधानी बन जाने के बाद आगरा एक नया व्यावसायिक-केंद्र बनकर उभर रहा था; काम बहुत था पर बूढ़े, कमज़ोर और अकुशल हाथों के लिए इस नई व्यावसायिक-व्यवस्था में काम की तंगी थी। नौजवान और बलिष्ठ हाथों की भरमार के बीच बूढ़ी हड्डियों के ढाँचे को कौन पूछने वाला था।

सोलह साल का सरजू, परिवार की जीविका चलाने में अपने बड़े भाई का हाथ बँटाने लगा। मक़दूम के साथ वह कपड़ों के शाही कारखाने में जाने लगा और कुछ ही दिनों में उसने 'कतेरों' का काम बड़ी ही कुशलता से सीख लिया। मक़दूम के सभी कतेरों में वह बेहद लगनशील और मेहनती कतेरा था। तुशकपुरा में बसने के छह माह बाद भी जब पिता को कोई काम न मिला तो उसने वापस नगला गुलाल चलने की ज़िद पकड़ ली। बड़े भाई बंशी की कमाई भी कुछ ख़ास नहीं थी। लोहे का ज़्यादातर काम शाही फौज के लिए होता था। तलवार से लेकर तोप और बख्तरबंद बनाने में लोहे का इस्तेमाल होता था। शाही अधिकारी कभी मज़दूरी देते, तो कभी कल पर टाल देते।

नगला गुलाल में महामारी की दस्तक सिर्फ दस्तक बनकर रह गयी। समय रहते लोगों के सुरक्षित पलायन कर जाने से महामारी का प्रभाव बहुत कम हुआ

और कुछ दिनों में सिमट भी गया। गाँव के लोग, जो जान बचाने के लिए अपनी उपजाऊ ज़मीनें छोड़कर भाग खड़े हुए थे, वापस आने लगे थे। बंशी और उसके पिता एकमत थे कि अब उन्हें भी दूसरे गाँव वालों की तरह वापस लौट आना चाहिए; पर सरजू तैयार न हुआ। कताई के काम में उसका मन लगने लगा था और वह जानता था कि नगला गुलाल में भी उसके हिस्से में उतनी ज़मीन नहीं आएगी, जिससे कि उसके परिवार का पालन-पोषण भली-भाँति हो सके। उसने विरोध किया तो बंशी और उसके पिता ने उसे वहीं छोड़कर वापस नगला गुलाल जाने का फैसला किया।

सरजू दुःखी था, पर फिर भी उसने तय किया कि वह वहीं तुशकपुरा में रुकेगा। अगर अच्छा न लगा तो चार-छह महीने में वापस लौट आएगा। सरजू की सहायता के लिए बंशी ने सबसे छोटी बहिन वेदवती को सरजू के साथ वहीं तुशकपुरा में रहने के लिए राज़ी कर लिया और अपने माँ–बाप के साथ स्वयं नगला गुलाल वापस लौट गया। वेदवती सरजू से दो साल छोटी थी। घर सँभालना और खाना बनाना उसने अपनी माँ से सीख लिया था। जब पूरा परिवार तुशकपुरा में रहता था, तब भी वह घर के काम-काज में माँ का हाथ बँटा दिया करती थी।

शाही अधिकारियों और सिपाहियों की अराजकता के चलते, किशोर और वयस्क लड़कियों का घर से निकलना कम ही होता था। हालाँकि नागरिकों के हित और उनके जान-माल की सुरक्षा के लिए दरोग़ा और सिपाहियों का पूरा महकमा था, पर छोटे और ग़रीब तबक़े के लोगों के लिए क़ानून-व्यवस्था सिर्फ इतिहासकारों के वर्णन करने तक ही सीमित थी। अगर किसी के यहाँ चोरी हो जाय तो तकरीबन ये तय था कि चोरी का सामान वापस नहीं मिलने वाला। अबुल फ़ज़ल ने अपने इतिहास में जिस दक्ष शासन-व्यवस्था का ज़िक्र किया है, वह शहंशाह के महल के भीतर तक ही सीमित थी। राजधानी आगरा समेत, अन्य छोटे-बड़े शहरों में मनसब और जागीरदारों के महलों के बाहर, सत्ता की क़ानून-व्यवस्था अपने अलग भयावह अवतार में प्रकट होती थी।

शाही परिवारों के सदस्य या फिर अधिकारी अपनी मनमानियाँ करते हुए जिस किशोर, किशोरी या वयस्क पर उनका दिल आता, उसे अपने चाबुक के ज़ोर पर घोड़ों पर लादकर ले जाते और सुबह होते ही, वापस एक कचरे के ढेर की तरह बस्ती के मुहाने पर छोड़कर चले जाते। कई बार जब कोई उनके ज़ुल्म

से संघर्ष करता हुआ दम तोड़ देता, तो वर्षों तक उसके परिवार को उसकी खबर भी न मिलती। रिआया को भी शासकों की इस बेलगाम बर्बरता की आदत हो चुकी थी। कई दिनों तक जब कोई खोया हुआ सदस्य, जवान या बूढ़ा, आदमी या औरत, घर वापस न आता, तो वे तुरंत ही उसे मृत घोषित कर उसकी अंत्येष्टि कर देते।

वेदवती ने घर के सामने से गुज़रते हुए घुड़सवारों की टापें सुनीं। उन टापों में लोगों के चीख़ने की आवाजें ऐसे घुल रही थीं जैसे किसी के बदन पर चाबुक की 'सटाक्' के साथ पीड़ित के मुख का करुण-क्रंदन घुल जाता है- बेअसर और बेमतलब। वेदवती अभी छोटी थी। कभी अपनी माँ से तो कभी अपने पिता से उसने सुना था कि सिर पर पगड़ी पहने, घोड़ों पर सवार कुछ लुटेरे बस्तियों में आते हैं और लड़कियों को अपने साथ बिठाकर ले जाते हैं। उन कहानियों के स्वप्निल संसार में जाकर वह आनंदित होती थी। घोड़ों की गगनभेदी टापें उसके मन में कुतूहल भर देतीं। पर वह नहीं जानती थी कि घुड़सवार आख़िर उन लड़कियों को कहाँ ले जाते थे और क्यों ले जाते थे। कभी वह माँ से पूछने का प्रयास भी करती, तो माँ अक्सर उसे पहेलियों में उलझाकर छोड़ देती।

जैसे "लुटेरे सोना-चाँदी लूटकर ले जाते हैं और उन्हें कहीं बेच देते हैं, वैसे ही वह लड़कियों का भी कुछ करते होंगे।" माँ कहती।

'लड़कियों' की संज्ञा के साथ 'बेचने' जैसी क्रिया लगाने का उसका मन न होता तो वहीं लाकर छोड़ देती।

वह बाहर आकर देखना चाहती थी कि ये लुटेरे दिखते कैसे हैं। कहानियों में उनकी बर्बरता का बिम्ब जब उसकी आँखों के सामने आया तो वह सिहर उठी और भीतर ही दुबकी रही। बाहर, भीड़ की चीख़ें सुनकर सरजू उठा और दरवाज़े पर पहुँच गया। अपने घर की देहरी के ठीक सामने, घुड़सवारों की राह के उस पार एक बूढ़े चाचा चारपाई पर बैठे थे। वह बैठे ही रहे, जैसे कुछ हुआ ही न हो। इन्तिसार के खुले हुए बाल, घुड़सवार के चेहरे के सामने डोलते हुए उसकी दृष्टि को बाधित कर रहे थे। घोड़े को क़ाबू में रखने के लिए उसे ख़ासा संघर्ष करना पड़ रहा था। सरजू ने देखा कि घुड़सवार ने लगाम अपने मुँह में दबा ली और अपने मज़बूत दाहिने हाथ से उसके बिखरे हुए बालों को कसकर खींच लिया। इन्तिसार की कराह उसके चेहरे पर साफ़ देखी जा सकती थी। बिजली की सी तेज़ रफ़्तार से एक ही पल में तीनों घुड़सवार, सरजू की आँखों से ओझल हो

गये।

'ठहरो!'

यह जानते हुए भी कि उसकी पुकार का कुछ असर न होगा... शायद वह उन घुड़सवार के कानों तक पहुँच भी न पाये, वह अपनी पूरी सामर्थ्य से चिल्लाया।

'ठहरो!'

वह चिल्लाया और उन घुड़सवारों के पीछे भागने लगा। राह के उस पार बैठे बूढ़े चाचा ने आश्चर्यचकित हो, सरजू को घुड़सवारों के पीछे भागते हुए देखा और अपनी चारपाई से उठ खड़े हुए। धूल का एक बवंडर उठा और उन घुड़सवारों के साथ सरजू को भी ओझल कर गया। थोड़ी देर बाद जब बवंडर शांत हुआ तो घुड़सवार जा चुके थे। सरजू वहीं उस बवंडर की गिरफ़्त में बैठा था।

8

फ़ारसी भगोड़े

फतेहपुर सीकरी के महल में अकबर अपने विश्वस्त टोडरमल, बीरबल और कुछ अन्य मंत्रियों के साथ बग़ीचे की सैर कर रहा था। बसंत ऋतु में फूलों के नए गुच्छे क्यारियों में शोभा दे रहे थे। पास ही एक फव्वारे में पानी की फुहार जैसे ऊपर आसमान को भिगोकर फूल के खिले हुए गुच्छे के आकार में नीचे लौट रही थी। पिछले कुछ दिनों से महल का आलम थोड़ा तनावग्रस्त था। फ़ारस के दिवालिया भगोड़े मिर्ज़ा गयास बेग की सबसे ख़ूबसूरत बेटी मेहरुन्निसा का निकाह फ़ारस के ही एक साफर्ची अली कुली खान इस्तुज्लू अर्थात शेर अफ़ग़ान के साथ पढ़वा दिया गया था।

फ़ारस के बादशाह सफ़ाविद शाह ने गयास बेग को अपमानित कर फ़ारस से खदेड़ दिया था। अपने दो खच्चरों और तीन बच्चों के साथ जब वह कंधार पहुँचा तो उसकी बीवी ने दूसरी बेटी मेहरुन्निसा को जन्म दिया। कारवां के एक सौदागर ने उन पर रहम खाकर परिवार की मदद की और उसे काबुल के रईस-ओ-रसूख़ वाले लोगों से मिलवाया। अपनी चाटुकारिता के दम पर उसने अकबर को प्रभावित कर लिया और काबुल का दीवान बन बैठा। खाना बनाने वाले बावर्चियों की तरह ही शाही रसोइयों में खाने की मेज़ और कुर्सियाँ साफ़ करने के लिए साफ़र्ची होते हैं। गयास बेग की ही तरह, इस्तुज्लू भी सफ़ाविद शाह के बावर्चीखाने में साफ़र्ची था। शाह की मृत्यु के बाद उसने बख़्शीश के ख़ज़ाने से अपनी क़िस्मत बुलंद करने का फैसला किया और निकल पड़ा हिंदुस्तान की ओर।

मुल्तान में उसकी मुलाक़ात अब्दुर्रहीम खानखाना से हुई, जो उस समय अकबर का दीवान था। खानखाना ने उसे अकबर से मिलाया और कुछ ही समय

में वह बुर्दवान का दीवान नियुक्त कर दिया गया। मेवाड़ के राजा के साथ युद्ध में इस्तुज्लू की बहादुरी देखकर शहज़ादे सलीम ने उसे शेर अफ़ग़ान की उपाधि से नवाज़ा। शेर अफ़ग़ान का मेहरुन्निसा के साथ निकाह अकबर के साथ-साथ कुछ मंत्रियों के गले की फाँस भी बना हुआ था।

शहज़ादे सलीम और उसके पिता शहंशाह अकबर के आपसी सम्बन्ध दिन-ब-दिन बदतर होते जा रहे थे। अकबर को विश्वास हो चला था कि सलीम ने ही उसे ज़हर देकर जान से मारने की कोशिश की थी। कुछ मंत्री भी थे, जो बाप-बेटे के बीच दूरियाँ बनाकर अपनी रोटियाँ सेक रहे थे। गयास बेग की बीवी और मेहरुन्निसा की माँ का अकबर के हरम में आना-जाना था। सलीम ने वहीं मेहरुन्निसा को देखा था और तभी मन बना लिया था कि वह मेहरुन्निसा को अपनी रानी बनाएगा। दरअसल, गयास बेग का अपनी बेटी और माँ को अकबर के हरम में भेजना एक सोची-समझी चाल थी। गयास बेग जानता था कि सलीम को शराब और अफीम के अलावा औरतों की भी लत है। मेहरुन्निसा सुन्दर तो थी ही; सो उसे भान था कि सलीम उसके मंसूबों में पके आम की तरह गिर पड़ेगा। उसने जैसा सोचा था, ठीक वैसा ही हुआ।

1585 से 1591 के बीच सलीम ग्यारह अलग-अलग औरतों से निकाह कर चुका था। मेहरुन्निसा को हरम में देखा तो वह समझ गया कि उसे उसकी बारहवीं बीवी मिल गयी है। जब सलीम ने मेहरुन्निसा से निकाह का प्रस्ताव उसके पिता को भिजवाया, तो अकबर बीच में आ गया। अकबर को मेहरुन्निसा उतनी ही पसंद आई थी जितनी कि सलीम को। अनारकली जैसी अकबर की कई पटरानियों के साथ सलीम की ऐयाशियों से वह भली-भाँति परिचित था। शायद ये कहना उचित लगे कि अपने पुत्र के साथ सम्बन्ध बनाने वाली औरत के साथ सम्बन्ध बनाते हुए अकबर को लाज आती हो; पर चूँकि शहंशाहों के व्यवहार में लिहाज़ और शर्म के अन्य बहुत सारे परदे गिर चुके थे, तो इस परदे के गिर जाने में तूफ़ान क्यों। सोचा जाय तो अकबर की सलीम से नाराज़गी की एक ही वजह नज़र आती थी, शहंशाह का ग़ुरूर; एक शहंशाह के रूप में सत्ता पर एकाधिपत्य। औरत बाँटना सत्ता बाँटने से कम नहीं। और फिर सलीम ने तो अकबर को जान से मारने की कोशिश भी की थी, ऐसे में सलीम अकबर को अपना बेटा और मुग़लिया सल्तनत का वारिस कम और अपना दुश्मन ज़्यादा नज़र आता था। अकबर ने सलीम को मेहरुन्निसा से महरूम रखने के लिए तर्क दिया कि चूँकि वह अपने दीवान शेर अफ़ग़ान से मेहरुन्निसा के निकाह का वादा

कर चुका है, वह किसी भी हाल में सलीम को मेहरुन्निसा का शौहर क़ुबूल नहीं करेगा। अपने कलेजे के टुकड़े सलीम के विलाप के मध्य, अकबर ने 1594 में मेहरुन्निसा का निकाह शेर अफ़गान से पढ़वा दिया। सलीम सत्ताविहीन था, कुछ न कर सका। आने वाले समय में हिंदुस्तान का मुस्तक़बिल कौन-सी करवट बैठेगा, फ़ारस की इस ख़ूबसूरत बला ने लगभग तय कर दिया था।

''रिआया में इस बात की चर्चा जोरों पर है, जहांपनाह।''

टोडरमल ने मेहरुन्निसा का ज़िक्र छेड़ा।

''हम जानते हैं टोडर; और कोई तरीक़ा था ही नहीं। वह नामुराद हमारे हरम में आया, हमने मुआफ किया; पर उसने हमें ज़हर देकर मारने की कोशिश की, वो हम कैसे भूल सकते हैं। माना कि हिंदुस्तान की आब-ओ-हवा हसीन है, पर बाप को बेटे का और बेटे को बाप का ख़ून बहाने की अपने बाप दादाओं की क़बीलाई परंपरा हम भूले नहीं हैं। हमने उसे ज़िंदा रहने दिया वही बहुत है, वरना शहंशाह को ज़हर देने के इलज़ाम में हाथियों की फौज उसकी छाती पर चढ़ा देते हम।''

''गुस्ताख़ी मुआफ़ हो जहांपनाह! पर अगर मेहरुन्निसा का निकाह सलीम से करा दिया जाता तो कोई हर्ज न था।'' अब्दुर्रहीम खानखाना ने कहा।

''अब्दुल, कहाँ तक; कहाँ तक हम अपनी सत्ता पर सवालिया निशान बर्दाश्त करें... हमें मजबूर किया गया।'' अकबर बोला।

''तो फिर इसे ख़त्म ही क्यों नहीं कर देते? सत्ता तो वैसे भी आप खुसरो को सौंपना चाहते हैं।'' खानखाना ने तर्क दिया।

''खैर अब तो निकाह हो गया, अब क्या कर सकते हैं?''

''कर सकते हैं जहांपनाह; एक रास्ता है, अगर हुक्म हो तो...''

'बोलो...'

''मेवाड़ में विद्रोह फ़ैल गया है; शहजादा सलीम और शेर अफ़गान दोनों को एक साथ, पर एक दूसरे का प्रतिद्वंद्वी बनाकर भेजिए और शेर अफ़ग़ान को सलीम पर वार करने के लिए हमें कुछ बख्शीश देनी होगी।''

''अगर सलीम मारा गया तो हिंदुस्तान के तमाम लोग इसे अच्छी नज़र से

नहीं देखेंगे। हिन्दुस्तानी समाज में पिता का स्थान बहुत ऊपर है और फिर 'दीन-ए-इलाही' का क्या होगा, वह तो वैसे भी दम तोड़ रहा है, फिर तो बंद ही हो जाएगा; लोग इसे कोरी बयानबाजी कह के नकार देंगे।'' एक अन्य मंत्री ने कहा।

एक विदेशी आततायी के लिए हिंदुस्तान के एक बड़े हिस्से पर शासन करना उतना आसान नहीं था। क़रीब अस्सी फ़ीसदी से ज़्यादा आबादी हिन्दू थी। हालाँकि हिन्दुओं पर लादा गया कर 'जजिया' अकबर ने समाप्त कर दिया था, फिर भी बहुत सारी परम्पराएँ ऐसी थीं जो मुसलमानों की अपेक्षा हिन्दुओं के लिए ज़्यादा प्रतिकूल थीं... जैसे कि कोई हिन्दू हत्यारा यदि हत्या करने के बाद इस्लाम अपना लेता तो उसकी जान बख़्श दी जाती थी। इसके अतिरिक्त मुस्लिम धर्मगुरु, हिन्दुओं के पुराने मंदिरों को तोड़कर मस्जिदें बनाने की बर्बर क़वायदें करते रहते थे और शहंशाह की निष्क्रियता उनकी मूक-स्वीकृति मान ली जाती थी।

धर्म-परिवर्तन सबसे बड़ा मुद्दा था। अकबर के पहले बाबर और हुमायूँ ने अपनी निजी सहूलियतों के लिए धर्म-परिवर्तन को बढ़ावा दिया और हिन्दुओं का बड़ा हिस्सा मुसलमान हो गया। इन पक्षपातपूर्ण नीतियों के कारण अक्सर शहंशाह को विद्रोहों का सामना करना पड़ता था। इन विद्रोहों को जड़ से मिटाने के लिए अकबर ने 'दीन-ए-इलाही' का ढोंग रचा। प्रयास था कि ज़्यादा से ज़्यादा हिन्दू मुसलमानों को एक ऐसे धर्म से जोड़ा जाय जो हिंदुत्व और इस्लाम के बीच की राह हो। मुस्लिम उलेमाओं ने ये कहकर इसे एक सिरे से नकार दिया कि इस्लाम में अल्लाह के सिवा किसी के लिए कोई स्थान नहीं है।

किसी भी समय अकबर द्वारा चलाये गए इस मत के सौ से ज्यादा समर्थक नहीं थे। अबुल फ़ज़ल और उसके बाद के बेईमान इतिहासकारों ने इसे अकबर की धार्मिक-सहिष्णुता की एक बेहतरीन नीति क़रार दिया, जबकि सच्चाई उन्हें भी अच्छी तरह से मालूम थी। दीन-ए-इलाही हवस, भोग-विलास, निंदा और अहंकार को पाप मानता था और भक्ति, विवेक, संयम और करुणा के मार्ग पर चलने की सलाह देता था। पाँच हज़ार रानियों के हरम वाला शहंशाह, विद्रोहियों की छातियों पर हाथियों के झुण्ड छोड़ देने वाला शहंशाह, भक्ति और संयम की बात करने लगे तो इसे ढोंग नहीं तो और क्या समझा जाय।

उसका अपना अफीमची बेटा सलीम इस नए धर्म के अनुयायियों में एक

था। हरम से उपजे और हरम में डूबने वाले दीन-ए-इलाही को धर्म का दर्ज़ा देकर 'धर्म' शब्द का इतना उपहास शायद ही किसी ने किया हो। दीन-ए-इलाही को शुरू करने का एकमात्र उद्देश्य सत्ता पर अपनी पकड़ बनाए रखना ही था। अकबर, रिआया पर अपनी एक पहचान आरोपित करना चाहता था। एक ऐसी पहचान, जो धर्मगुरुओं और धर्म-प्रवर्तकों की होती है। बहुत से धर्मगुरु हैं जो ईश्वर की राह दिखाते-दिखाते एक ऐसी ऊँचाई हासिल कर लेते हैं, जिसमें ईश्वर और धर्मगुरु का फ़र्क़ ही समाप्त हो जाता है।

हिन्दू और मुसलमानों की इतनी बड़ी जनसंख्या पर राज करना, जिसमें हिंदुओं की आबादी दो-तिहाई से भी ज़्यादा हो और शासक मुस्लिम हो, किसी भी शहंशाह के माथे पर बल लाने के लिए पर्याप्त था। इस असुरक्षा से पार पाने के लिए उसने एक नए धर्म का ढोंग रचा 'दीन-ए-इलाही' जिसमें हिन्दू और मुसलमान दोनों को आमंत्रित किया गया था। धर्म कुछ अलग नहीं था, बस दो संस्कृतियों का जबरन संगम बनाने की कोशिश की गई थी जिसमें शहंशाह अर्थात् अकबर, ईश्वर के बाद सर्वोच्च सत्ता थी।

"अबे उल्लूगर्द, तुम कुछ नहीं जानते हो। हम हगते हैं तो कितना गू निकलता है? भैंस के गोबर के नीचे दब गई तितली से पूछोगे तो वह गोबर का स्वाद नहीं बताएगी समझे।"

अकबर ने अपने साथ चलते सभासदों पर एक नज़र दौड़ाई। सब चुप थे। बादशाह का तर्कशास्त्र उनकी समझ के परे था। कई लमहों के गुज़र जाने के बाद भी कोई नहीं बोला। सभासदों को ख़ामोशी से डर लगने लगा। उन्हें अक्सर ऐसी ख़ामोशी डरावनी लगती थी।

"सुभान अल्लाह! कितनी गहरी बात कह डाली।" एक ने कहा।

"साला फ़ज़ल कहीं सुन न ले, नहीं तो हमारा पूरा इतिहास गड़बड़ा देगा।"

बादशाह, इतिहास और हक़ीक़त तीन ऐसे बिन्दु हैं, जिन्हें जोड़कर एक सीधी रेखा कभी नहीं खींची जा सकती। यदि किसी बादशाह का इतिहास उसके प्रतिनिधि द्वारा लिखा गया है तो वह हरगिज़ सच नहीं हो सकता। जिनका इतिहास लिखा गया है और सच भी है, तो समझिए कि वे कभी बादशाह रहे ही नहीं।

9

जमुना की रेत

ईंटों की पक्की सड़क से उतरते हुए घोड़े जमुना की ओर मुड़े। शाम ढल चुकी थी और उसके साथ इन्तिसार का साहस भी। भय के आतंक से बेसुध वह उस घुड़सवार की गोद में पड़ी थी। लगाम अब भी सवार के मुँह में थी। चाँदनी में नहाई जमुना की सफ़ेद रेत पर कुछ देर चलने के बाद तीनों घुड़सवार एक ऐसी जगह पहुँचे, जहाँ जमुना के पानी पर चाँद का अक्स ठहरा हुआ और साफ़ नज़र आता था। नदी के उसी घुमावदार मोड़ पर जमुना की गोद में दूर तक फैला हुआ रेतीला मैदान था। इसी स्थान पर सदियों से उत्तर से दक्षिण की ओर उतरती हुई जमुना, दक्षिण से उत्तर की ओर एक तीक्ष्ण चाप बनाते हुए मुड़ती थी। ऐसा लगता था मानो हज़ारों साल पहले, हिंदुस्तान के पुरातन इतिहास में इस मोड़ का क़िस्सा दर्ज हो; जैसे समय के गर्भ में तलवार लहराते हुए कुछ लुटेरे आएँगे और दुनिया की सबसे प्राचीन सभ्यता को एक नगण्य त्रिज्या वाले चाप के मोड़ से, देखते ही देखते वैभव को पराभव में परिवर्तित कर देंगे। सच भी है; कौन भला सोच सकता है कि मध्य एशिया से आये लुटेरे, जिनके अपने घरों में बुरे वक़्त पर साथ देने वाले चार गिने-चुने लोग नहीं थे, आज करोड़ों की आबादी वाले हिंदुस्तान के सीने पर मूँग दल रहे थे।

क़रीब चार कमरों के विस्तार में फैला हुआ वह सफ़ेद तम्बू, उस रेतीली ज़मीन पर चाँदनी में नहाया हुआ था। तम्बू से कुछेक क़दम पहले तीनों घुड़सवार नीचे उतरे। इन्तिसार को गोद से उतारकर रेत पर गिरा दिया गया। नहीं, शायद उसे घोड़े से उतारने के क्रम में वह घुड़सवार के हाथ से फिसल गयी थी। पर उसे होश नहीं था। रास्ते भर घुड़सवार से संघर्ष करते हुए, जब उसका साहस ढेर हो गया तो वह मूर्छित हो गयी। एक सवार जमुना से अंजुलि में पानी भर लाया और

उसके मुँह पर छिड़कने लगा। पानी की बूँदें मुँह पर पड़ीं तो इन्तिसार के होठों से हवा का एक तेज़ झोंका बह निकला, जैसे ग़ुब्बारे में किसी ने पिन चुभो दी हो।

एक अजीब सी आदत होती है ज़ुल्म की। होठों को चूस लेता है जुल्म; रक्त को और गाढ़ा कर देता है, ताकि बहाव कम हो और वह एक उपाख्यान बनकर शरीर के उसी हिस्से पर ज़िन्दगी भर चस्पाँ रहे, जहाँ वह टूटकर गुज़रा है। बदन मिट्टी की मानिंद बेजान हो जाता है। चेहरे पर धूल गिरे तो कुछ चुभता नहीं, कुछ अखरता भी नहीं; वरन ऐसा लगता है जैसे रेत से आकर मिली हो रेत। कुछ फ़र्क़ पता ही नहीं चलता।

इन्तिसार के मुँह से निकली उच्छ्वास रेत के एक छोटे बवंडर का रूप धर वातावरण में विलीन हो गयी। उसे होश आया तो चेहरे पर हाथ फेरते हुए उसने अपनी आँखें खोली। सामने क़रीब एक दर्जन पहरेदार हथियारों से लैस उस तम्बू की निगरानी कर रहे थे। कुछ लोग मशाल हाथों में लिए, उसके पतन से बेख़बर, बुत बने हुए खड़े थे। सदियाँ हुईं जैसे उनके वजूद को इस दुनिया से गुज़रे। इन्तिसार ने देखा कि मशाल की लौ के पीछे चाँद शर्मिंदा-सा अपने आप में सिमटा जा रहा था। उसे होश आ चुका था, पर अब उसमें प्रतिरोध करने की क्षमता शेष नहीं रह गई थी। घुड़सवारों के व्यवहार से वह समझ चुकी थी कि उसे यहाँ क्यों लाया गया है। इन कसाइयों की बर्बरता से वह भली-भाँति परिचित थी, इसलिए वह चुपचाप वह सब करती रही जो उसे करने के लिए कहा गया।

“मुँह धो लो!”

एक घुड़सवार ने जमुना के पानी की ओर इशारा करते हुए उसे आदेश दिया। वह जमुना के उथले किनारे की ओर चल दी। उसने चाँद को देखा। वह उस मशाल की लौ के पीछे जाकर छुप गया था। मुँह धोकर वह उठी तो उसे एकाएक विचार आया कि अपनी जान बचाकर भागने का एक आख़िरी प्रयास तो उसे करना ही होगा। वह दौड़ने लगी। चार क़दम भी न दौड़ पायी होगी कि एक बलिष्ठ भुजा ने उसकी बाँह थाम ली। वह उसे घसीटते हुए तम्बू की ओर ले जाने लगी। वह पूरा ज़ोर लगाकर प्रतिरोध करती और अपने पैर उसे फिसलती रेत में टिकाने का प्रयास करती। उस बलशाली सैनिक के सशक्त बाजुओं के आगे उसके कोमल पैरों की पकड़न ने जल्द ही दम तोड़ दिया। ईश्वर भी कितना निष्ठुर है; ज़बरदस्ती और ज़ुल्म की शिकार अबला के घिसटते पैरों में निरीह का बल देखता है, उसके पैरों को थाम लेने में अपनी मिट्टी की पकड़ नहीं देखता।

तम्बू के भीतर तकियों के झुरमुट के बीच सलीम अपनी अफीम की चिलिम फूँक रहा था। उसकी जाँघों का कुछ हिस्सा ढका हुआ था और दो सैनिक उसके पैरों में जैतून के तेल से मालिश कर रहे थे। धड़ क़रीब पूरा ही किसी वस्त्र से ढका हुआ था। अफीम के हर कश के बाद वह ज़ोर से फुँफकारता और गालियाँ बकता।

“सूअर जात! ज़रा आहिस्ता!”

मालिश करते हुए एक गुलाम को उसने फटकारा।

“जी हुज़ूर।” बस इतना ही उत्तर आया।

लेटे-लेटे वह चिलिम फूँकता और अजीब-सा मुँह बनाकर धुआँ छोड़ता।

“मुग़लिया सल्तनत के शहज़ादे हुज़ूर का इक़बाल बुलंद हो!”

बाहर खड़े एक सिपहसालार ने सूचना देने के क्रम में थोड़े ऊँचे स्वर में एलान किया।

“हुज़ूर, सामान हाज़िर है, अगर इजाज़त हो तो पेश करें!” एक सिपहसालार ने अन्दर प्रवेश करते हुए कहा।

“आ गई मेरी मेहरू!”

करवट बदलकर वह पीठ के बल लेट गया। मालिश करते हुए ग़ुलाम थोड़ी देर के लिए रुक गए।

“मेहरू ही है न?”

सलीम ने दहाड़ते हुए सवाल किया। कोई उत्तर न आया तो वह फिर बोला।

“अगर आँख की पुतली का रंग भी मेहरू से इतर हुआ तो तुम सब की खाल खिंचवा दूँगा।” वह फिर दहाड़ा।

“अब्बा हुज़ूर ने हमारा निकाह तुम्हारे साथ नहीं पढ़वाया, कोई बात नहीं, पर तुम्हारी सुहागरात हमारे साथ ही होगी मेहरू...”

उसके अनियंत्रित होठ उसके हृदय-रुदन का ठीक तरह वर्णन करने में असफल साबित हो रहे थे। सिपहसालार ने इन्तिसार को तम्बू के प्रवेश-द्वार पर लाकर खड़ा कर दिया और अंतिम बार शहज़ादे की आज्ञा ली।

'हुज़ूर!'

''ले आओ!''

सलीम ने मालिश करने वाले ग़ुलामों को बाहर जाने का इशारा किया। इन्तिसार अपने पैरों में जड़ी, कुछ कमज़ोरी महसूस कर रही थी। अपनी आँखों के सामने का नज़ारा देखकर अब उसे कोई संदेह न रह गया था कि उसे यहाँ लाने का प्रयोजन क्या है। एक प्रश्न था जो उसके मन में अभी-अभी जन्मा था। क्या उसके अब्बू को भनक थी कि उसके साथ क्या होने वाला है? उनका अचानक एक दिन बिना कोई पूर्व-सूचना दिए चले जाना उसके मन में संदेह पैदा कर रहा था। और वह रात! उसके अपने अब्बू ने उस रात जो उसके साथ किया; क्या वह सब कुछ जानते थे।

उसने ऐसे कई क़िस्से सुने थे। महल से शहज़ादे या फिर शहंशाह के सिपहसालार बस्तियों में आते और अपनी हवस की प्यास बुझाने के लिए जवान लड़कियों को उठा ले जाते। लड़कियों के भाई, बहिन और माँ-बाप ख़ामोशी से उन्हें ज़ुल्म का शिकार हो जाने के लिए जाते हुए देखते। कुछ न कहते और मजबूरी में उस सुबह का इंतज़ार करते, जब उनकी बेटी शहज़ादे द्वारा भेंट किये गए शाही लिबास में भीतर से पूरी तरह खोखली होकर वापस लौटती। किसी पिता को यदि पहले पता चल जाता कि आज उसकी बेटी के साथ कुछ होने वाला है, तो भी वह कुछ न कर सकता। परिवार के पलायन के लिए एक रात बहुत कम होती और अगर शहज़ादे को पलायन की भनक लग जाय तो समझो पूरे परिवार की शामत। इन्तिसार को एहसास हुआ कि ज़रूर अब्बू को पता चल गया होगा कि उसके साथ क्या होने वाला है।

इस सच की पुष्टि हो जाने के बाद वह और भी टूट गई, क्योंकि इसका सीधा मतलब था कि शायद अब उसके अब्बू कभी वापस नहीं आएँगे। वह रोना चाहती थी, पर शहज़ादे की आवाज ने उसे फिर से सतर्क कर दिया।

''मेहरू..आओ मेरी मलिका!''

"वही आँखें हैं...हू-ब-हू वही आँखें! वाक़ई मुझे अपने सिपहसालारों को अच्छा इनाम देना चाहिए।"

उसने इन्तिसार को बिस्तर पर बैठने के लिए आमंत्रित किया।

"हू-ब-हू वही सूरत, हू-ब-हू वही है।"

बाहर तेज़ हवा बहने लगी थी। हवा के साए जमुना के पानी को छूकर गुज़रते और उसे रक्तरंजित कर देते। फिर उठते, पागल अघोड़ी आत्माओं की तरह फ़िज़ाँ में शोर करते और सरकंडे के झुरमुटों से लिपटकर उनके रुई के फाहों की तरह सफ़ेद और मटमैले फूलों पर झपटते। रेतीले टीलों पर सिर पटकते और लहूलुहान होकर गिर पड़ते। फिर उठते और अपने बदन के ज़ख्मों से फिर जमुना के पानी को मसलते, उसे रक्तरंजित करते हुए फ़िज़ाँ में शोर करने लगते। इसी जमुना की लहरों में क़रीब पचास कोस उत्तर में कान्हा ने कालिया नाग के अहंकार को ठिकाने लगाया था।

इसी जमुना के तट पर, पचास साल बाद ठीक इसी जगह, एक विलासी शहंशाह द्वारा पाक मोहब्बत के नाम दुनिया के सबसे यादगार मक़बरे की नींव रखी जाने वाली थी। वह भोगी-विलासी कोई और नहीं, वरन् इसी अफीमची शहज़ादे की औलाद थी। हवा की रूह काँप उठी। रूहें न पैदा होती हैं न मरती हैं। इसी हवा की रूह ने कालिया का मर्दन भी देखा था, आज इन्तिसार का रुदन भी देख रही थी और इसी रूह को उस मक़बरे की नींव का साक्षी भी बनना था।

गुलाब की भरी हुई पंखुड़ियों से ओस की बूँदों को छिटककर अलग कर दिया गया था और गुलाब को अचानक जैसे झुलसती हुई रेत पर फेंक दिया था। प्रेम-आसक्ति में शहज़ादे की बर्बरता हदें पार कर चुकी थी और गुलाब अपनी बची-खुची पंखुड़ियों के साथ गर्म रेत पर जल रहा था।

उस ठंडी रात में न जाने कहाँ से आ गये बादल। बादलों ने चाँद को ढक लिया। थोड़ी देर के बाद चाँद बादलों से बाहर निकला तो उसने देखा कि एक घुड़सवार, इन्तिसार को घोड़े पर बिठाकर वापस लिए जा रहा था। सरकंडे के झुरमुटों से गुज़रता हुआ वह ईंटों की उस पक्की सड़क पर पहुँच गया था, जहाँ घोड़ों के खुर पड़ते ही उनके टापों की आवाज़ शांत वातावरण में गूँज रही थी।

"अब्बा हुज़ूर! मैंने अनारकली को चाहा, तुमने छीन लिया, मैंने मेहरू को

चाहा, तुमने छीन लिया। एक कनीज़ के लिए तुमने मुझे एक शहज़ादे से सूअर बना दिया। देख मेरे बदन पर लिपटा हुआ मैल...देख। अरे मैं शहज़ादा हूँ शहज़ादा! हिंदुस्तान का होने वाला शहंशाह हूँ मैं! तुम्हें अदब से पेश आना होगा शहंशाह। एक शहंशाह जब दूसरे शहंशाह से बात करता है तो अदब से बात करता है और ये अदब मैं तुम्हें सिखाकर रहूँगा।''

तम्बू के बाहर निकलकर, खुले आसमान के नीचे, जहाँ चाँद उसकी खोखली हुंकार देख और सुन सकता था, वह देर तक बकता रहा। कुछ देर बाद वह वापस अपने तम्बू में पहुँच गया।

'मेहरू!'

तम्बू में जाकर वह फिर दहाड़ा।

''मेहरू चली गई हुज़ूर।''

'ख़बरदार!'

सिपहसालार के हाथ से तलवार खींचकर सलीम ने 'मेहरू चली गई' कहने वाले ग़ुलाम का सिर धड़ से अलग कर दिया। ग़ुस्से में तमतमाया हुआ अपना खूँख्वार चेहरा लिए वह उस तड़पती हुई खोपड़ी की ओर बढ़ा और उसे अपने पैरों से कुचलते हुए बोला।

''मेहरू कहीं नहीं जाएगी; मेरी मेहरू कहीं नहीं जाएगी।''

वह फुँफकारा। इन्तिसार जा चुकी थी। उसी ने उसे जाने के लिए कहा था। ग़ुलाम की क्या मजाल कि अपनी मर्ज़ी से ले जाए। पर अब वह उसे दोबारा चाहता था। अफीम के नशे में उलझा, सलीम के यौवन का सैलाब, जो उतर चुका तो उसने सोचा कि शायद अब उसे इन्तिसार की ज़रूरत नहीं। उसके जाने के कुछ देर बाद जब वह सैलाब फिर उमड़ा तो उसे एहसास हुआ कि इन्तिसार जा चुकी है। उसके जाने के ग़ुस्से में शहज़ादे ने ग़ुलाम का सिर काट दिया।

''तू आ!''

उसने मालिश करने वाले ग़ुलामों में से एक को पुकारा। ग़ुलाम जानता था कि उसे क्या करना है। फ़ौरन दौड़ते हुए वह तम्बू के अन्दर पहुँच गया।

"क्या नाम है तेरा?" सलीम ने उसके कपड़े उतारते हुए पूछा। सहमा ग़ुलाम कुछ न बोल सका।

"बोल, क्या नाम है!"

वह फिर दहाड़ा।

"हुज़ूर...." वह बुदबुदा ही पाया था कि सलीम ने बीच में ही टोक दिया।

"भूल जा अपना नाम, आज से तू मेहरू है।"

'हाँ।' ग़ुलाम ने स्वीकार किया।

चाँद फिर से बादलों में विलीन हो गया। हवा के झोंके फिर से साँय-साँय कर चिंघाड़ने लगे। जमुना के पानी की शीतलता फिर से रक्तरंजित हो उठी।

उन झुरमुटों के पीछे से कुछ घुड़सवार और आ गये।

"क्या खबर है?" सलीम ने पूछा।

"खबर अच्छी नहीं है।" एक घुड़सवार ने कहा।

"शहंशाह ने आपको बंगाल भेजने की तैयारी कर ली है।" घुड़सवार बोला।

फिर सलीम उन नए घुड़सवारों को लेकर तम्बू में प्रवेश कर गया।

"इस बार तैयारी पूरी है; सूरत के व्यापारियों के साथ मिलकर आपको बंगाल में घेरा जाएगा, वहाँ एक विद्रोह होगा और आपको उसे शांत करने की बागडोर सौंपी जाएगी। आप विद्रोह कुचलने में कामयाब भी होंगे पर..अपनी जान देने के बाद। आपके नाम का एक मक़बरा भी बनवाया जाएगा।" घुड़सवार ने पूरी सूचना दो ही साँसों में उगल दी।

"अच्छी बात है; उनकी तैयारी पूरी है तो फिर हमारी तैयारी भी पूरी होनी चाहिए; हमारी क्या तैयारी है?" सलीम ने पूछा।

"अभी आपका समय नहीं है शहज़ादे!" घुड़सवार ने कहा।

"फ़िलहाल आपको बंगाल जाने से परहेज़ करना होगा, अपनी जान की

सलामती के लिए; उसके बाद आपको शहंशाह से अपने रिश्ते अच्छे बनाने होंगे और जब सही समय आएगा तो एक विद्रोह मेवाड़ में होगा। उसे कुचलने की बागडोर आपको सौंपी जाएगी और आपको उसे कुचलने के लिए शाह अफ़ग़ान की ज़रूरत होगी। शहंशाह से आपके रिश्ते सुधर चुके होंगे तो फिर उन्हें शाह अफ़ग़ान को तुम्हारी मदद के लिए भेजने में कोई आपत्ति न होगी। एक तीर दो शिकार...पहले शाह अफगन और फिर...शहंशाह अकबर।'' उसने कहा।

पागल हाथी इन्तिसार की छाती कुचलकर आगे बढ़ चुका था। उसकी साँसों की रफ़्तार अब सामान्य हो चली थी। इन्तिसार को अपनी गोद में बिठाए हुए घुड़सवार एक सरकंडे के झुरमुट के पास रुक गया। उसके बदन की मिट्टी से उठने वाली स्त्री-स्रावों की सुगंध जो उसके पसीने में घुलकर उसे और भी उत्तेजक बना रही थी, घुड़सवार को मदहोश करने लगी। इन्तिसार होश में थी और घुड़सवार की मनःस्थिति से शायद परिचित भी।

''पानी पियोगी?'' उसने इन्तिसार से पूछा।

इस सदाचार से वह अभिभूत हो उठी। उसे इसकी बिलकुल आशा नहीं थी। पानी पिलाने के लिए उसने इन्तिसार को नीचे उतारा और अपने साथ लिए झुरमुट के पीछे चल दिया।

''बहुत प्यास लगती है तुम्हें।'' उसने उसके चेहरे को अपने हाथ में भरते हुए कहा और उस पर टूट पड़ा।

वह ख़ामोश लेटी रही। भीतर अब कुछ भी न बचा था जो टूट जाता। सब कुछ पहले से बिखरा हुआ पड़ा था। न कोई प्रतिरोध न कोई सिसकी।

10

अदब की बदली

अगली सुबह वह अपने कमरे में बिस्तर पर बैठी थी। देर रात घुड़सवार उसे वहाँ छोड़ गया था। वह सोना चाहती थी, पर अब्बू के लिए उसके मन में उठे सवाल ने सोने न दिया। उसे उस दर्द का भी इंतज़ार था, जो उसकी छाती से हाथी के गुज़र जाने के बाद महसूस करना था। पर वह उठा ही नहीं। जैसे समंदर में भूचाल गुज़र जाने के बाद सब कुछ शांत हो जाता है, ऊपर से वह वैसे ही शांत थी। बदन की खरोंचें कराहना चाहती थीं, पर कपड़े की सलवटें खामोश रह उस रात को बस गुज़र जाने देना चाहतीं थीं। अपने इस अंतर्द्वन्द्व को थामे उस खिड़की से बाहर देख रही थी, जहाँ गयी सुबह सरजू मुर्ग़ी के पीछे दौड़ते हुए नाली के गंदे पानी में गिर गया था। उनींदी आँखों से वह देर तक उस बिस्तर पर बैठी रही। फिर उसने मुर्ग़ों को बाँग देते हुए सुना। थोड़ी ही देर में मुर्ग़ियों के पीछे भागने वाले बच्चे भी आ जाएँगे। उसने सरजू को आते हुए देखा, पर वह मुर्ग़ियों के पीछे नहीं भागा, वह सीधा आकर इन्तिसार की खिड़की पर खड़ा हो गया। इन्तिसार ने उसे देखा, पर अनदेखा करने के प्रयास में नज़रें घुमा लीं। वह वहीं खड़ा बहुत देर तक पौरुष की विवशता में उतराता रहा।

''सल्तनत पर कोई ज़ोर नहीं चलता, कोई कुछ नहीं कर सकता। सबकी बस इतनी ही हैसियत है कि दूर खड़े होकर तमाशा देखते रहें...मेरी भी।''

उसने आहिस्ता से कहा। इन्तिसार ने सुना और फिर यूँ ही जैसे उसके शब्दों को हवा में बह जाने दिया। फिर एक चुप्पी पसर गयी और दोनों मन ही मन जैसे उस ज़ुल्म को दोबारा बर्दाश्त करने लगे।

''वेदी ने खाना बनाया है, कहोगी तो मैं यहीं ले आऊँगा।''

सरजू ने दोबारा चुप्पी तोड़ी।

"अब्बू सचमुच कारखाने के काम से गए हैं?" इन्तिसार ने पूछा।

"तुम्हें तो मालूम होगा; सचमुच मुर्शिदाबाद गए हैं या कहीं और?" उसके सवाल बरसने लगे, पर सरजू चुपचाप खड़ा रहा। इन्तिसार नहीं जानती थी कि उसके पास कोई उत्तर था भी या नहीं। फ़िलहाल तो एक वही था जिससे वह सवाल कर सकती थी, सो करती रही।

"अब्बू वापस तो आ जाएँगे न?" उसने फिर पूछा।

"लोग अक्सर वापस आ जाते हैं और कहीं और...इस ज़िल्लत से दूर जाकर बस जाते हैं। अक्सर लोग ऐसा करते हैं....तुम्हारे अब्बू भी ज़रूर वापस आ जाएँगे।" सरजू ने कहा।

"आज मुर्ग़ी नहीं पकड़ोगे तुम?"

इन्तिसार के चेहरे पर थोड़ी-सी मुस्कराहट आ गई थी।

"बहुत तेज़ भागती हैं मुर्ग़ियाँ; मैं उनके पीछे कितनी भी रफ़्तार से दौड़ूँ, मेरा नाली में गिरना तय है।"

"तुम्हें मैं एक अरसे से देख रही हूँ मेरी खिड़की पर आते हुए।"

"सिर्फ मुर्ग़ियों के लिए ही आते हो या और कुछ मक़सद है!"

उसकी आँखों में एक शरारत थी।

"तुम्हें एक बात बतानी थी।"

'क्या?'

"रोज़ सोने से पहले इस खिड़की के परदे गिरा दिया करो।"

"क्यों? मेरे परदे हैं, जो चाहे करूँ।"

"तुम्हारे बालों की खुली हुई लट जब तुम्हारे सोए हुए चेहरे पर बिखरती है तो ऐसा लगता है जैसे अदब की बदली, चाँद को छूकर फिसल गई हो।"

"चल हट!"

वह मुस्कुराया और दौड़ता हुआ अपने घर की ओर चल दिया। सुबह का सूरज अभी भी थोड़ा ठंडा था। ज़मीन पर बिछी घास के गुच्छों में ओस के मोती साफ़-साफ़ देखे जा सकते थे। सुबह का कलेवा बनाने के लिए बस्ती के घरों में चूल्हे जल चुके थे और उनमें जलते हुए उपलों का धुआँ वातावरण में हलकी-हलकी परत बुनने में व्यस्त था। सरजू को आज कारखाने जाना था।

दोपहर को वेदी, इन्तिसार के लिए खाना ले आयी। शाम को सरजू वापस आया तो कुछ परेशान था। उसने किसी से कुछ न कहा। रात के खाने के लिए इन्तिसार ने वेदी को मना कर दिया था। उसने कहा कि वह ख़ुद बना लेगी। अगले दिन सुबह फिर सरजू, इन्तिसार की खिड़की पर उसकी गिरी हुई लट देखने पहुँच गया। उसे उम्मीद थी कि इन्तिसार की खिड़की का पर्दा गिरा हुआ होगा। वहाँ पहुँचा तो आश्चर्य और ख़ुशी से वह झूम उठा। खिड़की का पर्दा रोज़ की तरह उठा हुआ ही था।

सरजू अब रोज़ आने लगा था। मुर्ग़ी के पीछे भागने का सिलसिला वहीं थम गया। वह रोज़ सुबह, मुर्ग़े के बाँग देने से पहले इन्तिसार की खिड़की पर आकर जम जाता और जब तक वह जग नहीं जाती, उसकी बिखरी हुई लटों को निहारता रहता। सरजू जानता था कि एक मुसलमान लड़की से उसका इश्क़ ख़तरनाक था, पर वह कुछ सोचकर उस खिड़की पर नहीं आया था; वह तो बस यूँ ही उसे निहारने, उसके गोरे गालों पर गिरती हुई लट को देखने चला आता था, उसे न कुछ कहना था न कुछ सुनना। उसे बिलकुल मंज़ूर होता कि कोई और उसे पसंद करे और निकाह करके अपने घर ले जाय। अब बात कुछ और थी। अब रोज़ सुबह इंन्तिसार की खिड़की पर उसका इंतज़ार करती थी। अब उसे इससे कोई फ़र्क़ नहीं पड़ता कि इन्तिसार का मज़हब क्या था। वह उसे चाहने लगा था और इन्तिसार भी उसे चाहती थी। वह रोज़ सरजू के खिड़की पर आने और अब्बू के घर आने की राह देखती। एक दिन इन्तिसार ने उससे निकाह के लिए पूछ ही लिया।

"तुम्हें मुसलमान बनना होगा।" इन्तिसार ने कहा।

"अगर कोई और सूरत न हो, मुसलमान भी बन जायेंगे।"

वह तैयार था। सरजू जानता था कि मुसलमान बनने के बाद सब कुछ आसान हो जाएगा और यह भी कि अगर मुसलमान न बना तो उसके लिए

ज़िन्दगी नर्क बन जाएगी। मुसलमान बनने में उसे कोई आपत्ति न थी और वैसे भी धर्म-परिवर्तन कर हिन्दू से मुसलमान हो जाना बहुत आम बात थी।

''अब्बू का अब तक कोई पता नहीं।'' निकाह के नाम पर वह एकाएक रुआँसी हो चली।

''तुम्हें कुछ मालूम है? कारखाने में कोई बात करता होगा उनके बारे में।'' उसने पूछा।

''बहुत पहले मुझे ये बता देना चाहिए था शायद।''

सरजू ने खुलासा किया।

''तुम्हारे अब्बू वापस नहीं आयेंगे। वह तुम्हें लेकर कहीं दूर जाना चाहते थे। वह मजबूर थे। मैं उस रोज़ कारखाने गया तो मुझे पता चला कि तुम्हारे अब्बू अब कभी नहीं आयेंगे। शायद वह हिफ़ाज़त से हैं; शायद नहीं। वह जिंदा हैं या मर गए वह भी किसी को ख़बर नहीं।''

वह आहिस्ता-आहिस्ता सब कुछ बोलता चला गया। इन्तिसार को पहले से ही शक था। उसे ज़्यादा हैरानी नहीं हुई; हाँ, एक सिसकी ज़रूर निकली। शायद उसके लिए उसके अब्बू मर ही चुके थे। वह सोच में पड़ गयी। क्या वह सरजू को बताए कि घर छोड़ने से पहले अब्बू ने भी उसके साथ ज़ुल्म किया था। पर जब उसके अब्बू आने वाले ही नहीं, तो बताने या छुपाने का प्रश्न ही कहाँ था। उसने तय किया कि वह सरजू को कुछ नहीं बताएगी।

''जिन खजूरों में मिठास रह ही न गई हो, सिर्फ कड़वाहट बाक़ी हो; ऐसे खजूर परोसने की क्या ज़रूरत।''

उसने सोचा।

11

दलाल मनसब

उस कसाई के सामने खड़ा बकरा मिमिया रहा था। अपनी बेज़ुबान भाषा में भीख माँग रहा था। रह-रहकर उसकी मिमियाहट आसमान में गूँजती और लुप्त हो जाती; पर उस कसाई पर निरीह जीव की करुण पुकार का कोई असर होता प्रतीत न होता था। बकरे की भयभीत भूरी आँखों में आने वाले कुछ पलों का दृश्य साफ़-साफ़ देखा जा सकता था। कैसा लगता होगा उस जानवर को; कितना असहाय महसूस करता होगा। आदमी की गर्दन पर अगर तलवार रखी जाए तो एकबारगी तलवार को इतना संतोष तो ज़रूर होता होगा कि शिकार को बचाव की गुहार लगाने का अवसर मिला। मूक बकरे के पास तो अपनी गुहार लगाने तक का विकल्प नहीं था। करुणा की भिक्षा माँगती उसकी आँखों में वह सब सामान था, जो एक जीव की आँखों में मृत्यु के देव के समक्ष साक्षात्कार के समय होता है।

कसाई के लिए यह पहला अवसर नहीं था, फिर भी न जाने क्यों, उस बकरे की आँखों से दो-चार होती उसकी आँखों में यह पहेली ज़रूर कौंधी होगी। अपनी झुकी हुई आँखें लिए बकरा अपनी मृत्यु का दृश्य देखने से क़तरा रहा था, या फिर उससे नज़रें मिलाने में संकुचित हुआ जाता था; ठीक वैसे ही, जैसे एक शालीन याचक पहली भिक्षा ग्रहण करते हुए, पात्र में भिक्षा डालने वाली गृहिणी से नज़रें मिलाने में परहेज़ करता है। कसाई के एक ही वार से उसका सिर अलग जा गिरा। उसके मूक नेत्रों की याचना, उसकी मिमियाहट के साथ ही फ़िज़ाँ में घुल के खो गई। एक-एक कर क़रीब एक दर्जन बकरे कुछ ही मिनटों में कसाई के फरसे का शिकार हो गये।

अवध और बंगाल की निगरानी के लिए अकबर ने सन 1583 में

इलाहाबाद का क़िला बनवाया। संगम से ठीक पहले, पूरब में गंगा और पश्चिम में जमुना का विस्तार ऐसा लगता था मानो समंदर में कोई टापू हो। सुबह के सूरज की परछाई गंगा की सतह पर हिलोरें लेकर उगती, तो शाम का सूरज जमुना के आँचल में लहराते हुए अस्त होता। सूबे का शासन अबुल फ़ज़ल के बड़े बेटे अफ़ज़ल खान मुबारक के हाथ में था, जिसे अकबर ने वहाँ का सूबेदार नियुक्त किया था। युगों-युगों से अनेक ऋषि-मुनियों की जन्मस्थली प्रयाग, हिन्दू आस्था का सबसे महत्त्वपूर्ण केंद्र था। अकबर ने उसका नाम बदलकर इलाहाबाद रख दिया, क्योंकि उसे लगता था कि यहाँ अल्लाह बसता था।

निर्माण के दौरान कई बार क़िले की नींव ढह गयी। रेतीली मिट्टी में दीवारें खड़ी करने का प्रयास होता और हर बार विफल हो जाता। कुछ पंडितों ने राय दी, कि यदि जानवर की बलि चढ़ाई जाय तो नींव ठहर सकती है। बलि चढ़ाई गई और नींव आख़िरकार जम गई। उपहार-स्वरुप शहंशाह ने उस पंडित को इलाहाबाद के मंदिरों में यजमानी का विशेषाधिकार दे दिया।

शहज़ादे सलीम को इलाहाबाद से एक ख़ास क़िस्म की मोहब्बत हो गई थी। हरम के अतिरिक्त इस क़िले में उन सब चीज़ों का अच्छा इंतज़ाम था, जो शहज़ादे को लुभाती थीं। मुग़लिया सल्तनत की सत्ता के बहुत नज़दीक और शहंशाह अकबर की टोही निगाहों से बहुत दूर; इलाहाबाद का क़िला शहज़ादे की ऐयाशी के लिए सबसे उपयुक्त जगह थी। पिता अकबर से मनमुटाव का एक बड़ा कारण था शहंशाह का वज़ीर-ए-आला अबुल फ़ज़ल। सलीम को ये आभास होने लगा था कि क़िले के दीवान और वज़ीर उसके बाप को उसके विरुद्ध भड़काते रहते हैं।

जैसे-जैसे बाप-बेटे के बीच के फ़ासले बढ़ते गए; सलीम, अबुल फ़ज़ल का दुश्मन बनता चला गया। दरबार में अबुल फ़ज़ल के क्रियाकलापों पर निगरानी करने के उद्देश्य से सलीम ने उसके बेटों के साथ मित्रता बढ़ाना प्रारम्भ कर दिया। अबुल फ़ज़ल के बड़े बेटे अफ़ज़ल खान मुबारक को इलाहाबाद का सूबेदार नियुक्त किये जाने में सलीम का बड़ा योगदान था। कुछ पुरानी मित्रता का प्रभाव था, तो कुछ सलीम के एहसानों का; या फिर सिर्फ़ शहज़ादे और वजीर का सीधा-सा सम्बन्ध था, कि इलाहाबाद सलीम की राजधानी-सी बन गई। क़िले की नींव रखते समय जहाँ जानवर की बलि दी गई थी, उस बलि-वेदी को सुरक्षित रखा गया था।

अब, जब भी बलि चढ़ानी होती या फिर भोजन के लिए मांस का प्रबंध करना होता; जानवरों को इसी जगह पर काटा जाता था। जानवर के ख़ून की धार एक पतली नाली से होती हुई क़िले के बाहर निकल जाती और संगम की पावन रेत को लहूलुहान करती हुई गंगा में विलीन हो जाती।

गंगा में लाशें बहाने का क्रम तो बहुत बाद में शुरू हुआ; पर लहू बहाने का पाप तो गंगा सदियों से ढो रही है। बंगाल की खाड़ी में जब सागर में घुले हुए नमक का स्वाद, इस लहू-मिश्रित पानी की ज़ुबान चाटता तो अपने कर्मों पर लजाती हुई गंगा की आत्मा एक शुष्क आवरण में लिपट जाती; एकाएक तड़प उठती। बंगाल के विशाल मैदानों और खेतों में खड़ी हुई फसलें जब इसी लहू-मिश्रित पानी से सींची जातीं, तो उसी लहू का स्वाद लोगों के शरीर में भोजन बनकर उतर जाता और जब इसी फसल के लगान से शहंशाहों के मयूर सिंहासन सुशोभित होते, तो वही लहू, सत्ता की कटार बनकर हवा में लहराता फिरता; युद्ध लड़ता और नरसंहार करता। शिव की जटाओं से धरती पर अवतरित गंगा ने संस्कृतियों का जितना भटकाव देखा है, शायद ही किसी ने देखा हो। बलि के लिए प्रस्तुत उस निरीह जानवर की भाँति गंगा न बोल सकती और न मिमिया सकती।

क़िले की छत के विशाल प्रांगण में एक तम्बू लगाया गया था। इलाहाबाद सूबे की सरकारों और परगनों से वज़ीर, क़ानूनगो, कोतवाल और अन्य आला अधिकारियों को बुलाया गया था। क़रीब साठ लोगों का समूह उस प्रांगण में सूबेदार अफ़ज़ल ख़ान मुबारक की मेहमान नवाज़ी के लिए हाज़िर हुआ था। लगान वसूली का विवरण, सूबे में न्याय-व्यवस्था की स्थिति का अवलोकन और सियासत के पेचीदा मसले जैसे विषयों पर माह में एक बार दरबार लगता था और सभी सम्बंधित मेहमानों को आमंत्रित किया जाता था। मेहमानों के लिए भोज और मनोरंजन का चौकस प्रबंध किया जाता था। सर्दियों की सुबह थी। गंगा की लहरों का चुम्बन लेकर हवा उठती और बस्तियों में थोड़ी सी ठंड बाँट देती। आकाश में सूर्य भरपूर खिला हुआ था और उस भीनी-सी ठंड में आवश्यक ऊष्मा का संचार कर रहा था। तम्बू के बाहर खुले आसमान के नीचे अफ़ज़ल ख़ान मुबारक, छाती के बल लेटा हुआ मालिश का आनंद ले रहा था। सोलह-सत्रह साल के दो जवान, हट्टे-कट्टे ग़ुलाम, जैतून के तेल में सराबोर अपनी हथेलियाँ उसकी चौड़ी और बलिष्ठ पीठ पर फेर रहे थे। तम्बू के दूसरे छोर पर,

खुले आसमान के नीचे ही आग जल रही थी। मृत बकरों के समूचे शरीर उस आँच के ऊपर पकने के लिए ऐसे लटकाए गए थे, जैसे पंखुड़ी से टूटकर ओस की बूँद नीचे टपक जाती हो और धरातल पर गिरने से काफी पहले सूरज की तेज़ किरणें उसे हवा में ही भस्म कर देती हों। अफ़ज़ल ख़ान ने भोजन परोसने का आदेश दिया, तो तम्बू में बैठे हुए सभी मेहमानों को एक-एक कर भोजन परोसा जाने लगा। बकरे के जिगर का एक बड़ा-सा टुकड़ा अफ़ज़ल ख़ान को परोसा गया। उसने ग़ुलामों को मालिश ज़ारी रखने का इशारा किया।

"खानसामा को पेश करो!"

मालिश करते ग़ुलामों को उसने हुक्म दिया तो खानसामा तुरंत हाज़िर हो गया।

"क्या ख़ता हुई हुज़ूर?" उसने डरते-डरते पूछा।

"मांस में ख़ून का स्वाद कुछ कम है; लगता है तुमने सब ख़ून आग की लपटों को भेंट कर दिया है।"

खानसामा कुछ समझ न सका, फिर भी उसने अपनी भूल-स्वीकृति में सिर हिलाया और बोला।

"गुस्ताख़ी माफ़ हुज़ूर, मैं दूसरा टुकड़ा भिजवा देता हूँ।" और वह चला गया।

मांस का स्वाद जब उसकी ज़ुबान में उतरने लगा, तो वह अपने आसन पर उठकर बैठ गया। उसने ग़ुलामों को चले जाने का इशारा किया।

"हर परगने से सौ लोग ही तो चाहिए थे... हाँ।" अफ़ज़ल ख़ान ने हुंकार भरी।

"कोई दस कोई बीस...बस। मुगलिया सल्तनत से आपको क्या चाहिए? आपको हिफ़ाज़त चाहिए, ऐश-ओ-आराम चाहिए, हरम चाहिए; घोड़े, हाथी, सोना, चांदी... सब चाहिए। सल्तनत से आपको सब कुछ चाहिए; पर बदले में आप सल्तनत को कुछ भी देने को तैयार नहीं। सौ-सौ लोगों की ही बात थी; आप सल्तनत को सौ ग़ुलाम तक नहीं दे सकते?"

अफ़ज़ल ख़ान के आगे किसी के बोलने की हिम्मत न थी।

"झूसी! कहाँ है झूसी का कोतवाल?"

"जी हुज़ूर।" उत्तर देकर वह अपने स्थान पर खड़ा हो गया। मिमियाते बकरे के मांस की प्लेट उसके हाथ से गिर गई। सौ ग़ुलामों की माँग थी और झूसी का कोतवाल पीर मोहम्मद एक भी ग़ुलाम न दे पाया था। ठंड के मौसम में भी उसका पूरा बदन पसीने से तर था।

"आगे आओ!"

वह चिल्लाया तो पीर मोहम्मद दौड़कर अफ़ज़ल के नज़दीक पहुँच गया। याचना में उसके हाथ जुड़े हुए थे। बदन कुछ झुका हुआ हो गया और भय से उसके रोबीले चेहरे पर आँखें भिंच गई थीं।

"हुज़ूर, कोई भी मुसलमान बनने के लिए तैयार नहीं। लालच दिया, ज़ोर-ज़बरदस्ती की, पर कुछ असर न हुआ; कहते हैं कि वे मुसलमान नहीं बनेंगे।"

"मांस ज़ायक़ेदार तो था न?" अफ़ज़ल ने पूछा।

"जी हुज़ूर, ज़ायक़ेदार था, बहुत ज़ायक़ेदार..."

वह अपना वाक्य पूरा भी न कर पाया था कि अफ़ज़ल ख़ान ने अपने आसन पर रखी तलवार उठाकर उसके सिर को धड़ से अलग कर दिया। बकरे की मुलायम चीख़-सी घुटी हुई मिमियाहट, पीर मोहम्मद के मुँह से निकली और जैसे मृत्यु के पश्चात् आत्मा देह-त्याग आकाश में विलीन हो जाती है, उसकी मिमियाहट भी विलीन हो गई।

"दस हज़ार ग़ुलामों को इकट्ठा कर एक जहाज़ में बिठाकर फ़ारस भेजना है। एक सप्ताह के भीतर इन दस हज़ार ग़ुलामों का प्रबंध हो जाना चाहिए; सबकी उम्र सोलह से बीस साल के बीच होनी चाहिए। आज हमारे साथ सूरत के सौदागर वीरजी सेठ भी मौजूद हैं; इसके जहाज़ उन ग़ुलामों को फ़ारस और ओटोमन के बादशाहों के यहाँ ले जायेंगे।"

उसने हुंकार भरते हुए कहा और वीरजी सेठ की ओर देखा। वीरजी सेठ ने अपनी मायूस आँखों के इशारे से उसकी बात का समर्थन किया। पदाधिकारियों की उपस्थित भीड़ ने पीर मोहम्मद के कटे हुए धड़ से नज़रें हटाकर वीरजी सेठ की ओर देखा। भीड़ से उसका परिचय हो चुका था।

वेदों में 'दास' या 'दस्यु' का उल्लेख मिलता है। युद्ध में हारने वाले राज्य की जनसंख्या को अक्सर जीतने वाले राज्य के लोगों द्वारा 'दास' बना लिया जाता था। कौटिल्य के अर्थशास्त्र में इन दासों के अधिकारों का समग्र वर्णन मिलता है। प्राचीन भारत में इन्हें अक्सर घरेलू नौकर या फिर खेती-बाड़ी में मज़दूर की तरह प्रयोग किया जाता था। उस भारत में दास, एक परिवार का अंग होता था। दास की मृत्यु के पश्चात् उसके द्वारा लिया गया ऋण, मालिक को हस्तांतरित हो जाता था। दास का पुत्र भी दास ही बनता था। इन दासों के प्रति दैहिक-शोषण, व्यभिचार और हिंसा का उल्लेख प्राचीन भारत में नहीं मिलता।

मध्यकालीन भारत के बर्बर इस्लामिक शासकों के लिए ग़ुलाम उनकी राजनीति का महत्त्वपूर्ण हिस्सा बन गए। दसवीं शताब्दी तक इस्लाम, मध्य- पूर्व के अनेक समाजों में स्थापित हो चुका था। इन सब देशों में राजशाही थी और राजशाही को अपना काम-काज चलाने के लिए ग़ुलामों की आवश्यकता थी। इन लुटेरों की लूटपाट करने और युद्ध करने की प्रवृत्ति इन्हें जीत के बाद सोना-चाँदी, माल-असबाब के अतिरिक्त उस जन-सैलाब का भी मालिक बना देती, जो हारने वाला पक्ष छोड़ जाता था।

लुटेरों ने इस जन-सैलाब को ग़ुलाम बनाकर विदेशों में बेचना शुरू कर दिया और इस तरह हारे हुए पक्ष के हज़ारों-लाखों लोग माल-असबाब की भाँति उनके द्वारा जीती हुई धरोहर का हिस्सा बन जाते। धरोहर पाकर वे और लूटपाट करते, युद्ध करते।

धीरे-धीरे ग़ुलामों का कारोबार सत्ता के अर्थशास्त्र का केंद्रीय और एकीकृत हिस्सा बन गया और फिर एक दिन ऐसा आया जब ग़ुलामी के इस अर्थशास्त्र में आपूर्ति (सप्लाई), माँग (डिमांड) से आगे निकल गई। हर कोई युद्ध लड़ रहा था, लूटपाट में व्यस्त था। असंख्य पुरुष बाज़ार में बैठे थे और कोई ख़रीदार न था। ग़रीब से ग़रीब तबक़े के लोग, जो ख़ुद अपना पेट ठीक से नहीं भर सकते थे, ग़ुलामों को पाले हुए थे। इस माँग-आपूर्ति के बिगड़े हुए समीकरण के फलस्वरूप लुटेरों ने पुरुषों को जीत की धरोहर मानना बंद कर दिया; अब वे बोझ बन चुके थे। अब सिर्फ़ औरतों को अपनी हवस के लिए अपने साथ ले लिया जाता और पुरुषों और बच्चों का वहीं क़त्ल-ए-आम कर दिया जाता।

मोहम्मद बिन क़ासिम ने जब देवल को लूटा, तो सोलह हज़ार क्षत्रियों और ब्राह्मणों का वध किया और दैहिक सुन्दरता के आधार पर स्त्रियों को चुन-चुनकर

क़िश्तों में ख़लीफ़ा के पास उपहार-स्वरूप भेजा। बाक़ी बची हुई स्त्रियों को उसने अपने सैनिकों को उनकी हवस मिटाने के लिए परोस दिया। वह आगे बढ़ा तो रावर के तीन दिन के प्रवास में उसने छह हज़ार काफ़िरों के गले काटे। स्त्रियों और बच्चों को ग़ुलाम बनाकर या तो ख़लीफ़ा को भेज दिया गया, या फिर उन्हें बेच दिया गया। तीन सौ साल बाद महमूद ग़ज़नवी के आक्रमण के दौरान सात लाख काफ़िरों को ग़ुलाम बनाया गया।

हज़ारों की संख्या में युद्ध में जीती हुए स्त्रियाँ और बच्चे, ख़लीफ़ाओं और शहंशाहों के हरम में पहुँचने लगे। मानवीय संवेदना और दुःख-दर्द के परे इन हरम की ऐयाशियों ने सभ्यता को गर्त में पहुँचा दिया था। शायद इसी दौर में ये अनमोल खोज हुई होगी कि मनुष्य एक सामाजिक पशु है।

12

बंगाल के किन्नर

अरब शासकों के शासन के दौरान इस्लाम फला-फूला। उसके संरक्षक के तौर पर, धर्म-प्रसार की एक अलिखित शर्त के रूप में इन अरब शासकों की अच्छी-बुरी प्रथाएँ भी इस्लाम को क़ुबूल करनी पड़ीं। इन शासकों के हरम में स्त्रियों को किसी बाह्य यौन-संसर्ग से वंचित रख, उनकी देखभाल करने के लिए किन्नरों को नियुक्त किया जाता था। इसके अलावा चूँकि किन्नरों का कोई वंश संभव नहीं था, उनकी वफ़ादारी निर्विवाद होती थी। चूँकि प्राकृतिक किन्नरों की संख्या, माँग से कहीं कम थी, इसलिए भले-चंगे स्वस्थ लोगों को किन्नर बनाने के कारखाने दुनिया के हर हिस्से में फलने-फूलने लगे। तुर्की के ओटोमन वंश, फारस के सफ़ाविद, सैय्यद, अब्बासी, अफ़शारी, क़ज़ारी उन इस्लामिक शासकों में से थे, जिन्होंने इस्लाम को बढ़ावा तो दिया, पर उन सब कुरीतियों को जाने-अनजाने इस्लाम का हिस्सा बना दिया, जो मानवीय तितिक्षा की किसी भी आधुनिक परिभाषा में फिट बैठने के लायक़ नहीं थीं।

हरम में किन्नरों के अलावा एक और प्रजाति थी; ग़िलमा। ग़िलमा नई उम्र के वे लड़के थे, जिन्हें बधिया कर उनका पुरुषत्वहरण कर लिया जाता था। अरब के राजघरानों में ग़िलमाओं को नियुक्त कर उनके साथ यौन- सम्बन्ध बनाना आम शौक़ था। इस्लाम के अनुसार जिसे जन्नत नसीब होगी, वह हूरों के सिवा उन अमर, मोती-सी चमक वाले ग़िलमाओं की सेवा का भी आनंद लेगा, जो मख़मल के हरे रंग के, ज़री और बेलबूटे से सुसज्जित लिबास में, चाँदी के कंगन पहने, जन्नत में आपके स्वागत के लिए उपस्थित होंगे।

यौन-कलुषित शासकों के इस अमानवीय शौक़ को इस्लाम ने ज्यों का त्यों स्वीकार कर लिया। बग़दाद के मुक्तदिर ख़लीफा के महल में ग्यारह हज़ार

किन्नरों और ग़िलमाओं की फ़ौज थी, जिनमें सात हज़ार अश्वेत थे और चार हज़ार श्वेत। अकबर के हरम की पाँच हज़ार औरतों की देखभाल के लिए एक हज़ार किन्नर थे। जहाँगीर के हरम में बारह सौ किन्नर थे। अलाउद्दीन ख़िलजी की सेवा में पचास हज़ार जवान लड़के उसके साथ तब भी रहते थे, जब वह युद्ध पर जाता था। इसी तरह मोहम्मद तुग़लक के पास बीस हज़ार और फ़िरोज़ तुग़लक के पास चालीस हज़ार लड़कों की भीड़ थी।

ग़िलमाओं की माँग बढ़ी, तो गाँवों और छोटे-छोटे क़स्बों से उन किशोर लड़कों को खोजा जाने लगा, जो दिखने में बलिष्ठ और सुन्दर थे। कृत्रिम तरीक़ों से, कारखानों में लाकर उनका पुरुषत्वहरण किया जाता और उन्हें अरब के देशों में निर्यात कर दिया जाता।

काबुल होते हुए चग़ताई शासक जब हिंदुस्तान पहुँचे, तो अपने सारे नवाबी शौक़ अपने साथ लेकर आये। बख़्तियार ख़िलजी ने 1205 में जब बंगाल पर कब्ज़ा किया, तो उसे अपनी ताक़त बनाए रखने के लिए खज़ाने की ज़रूरत पड़ी, जो कि बंगाल में बचा ही नहीं था। पहले, इन ग़िलमाओं के निर्यात से अपना ख़ज़ाना भरने के लिए और फिर अपने शौक़ के लिए उसने व्यापक स्तर पर पुरुषों और किशोरों को बधिया करने के कारखाने लगाए। ये भी एक अजीब विडम्बना थी, कि किसी ग़ैर-मुस्लिम को ही बधिया किया जा सकता था। शुरूआत से ही क़त्ल-ए-आम की प्रथा पर निर्भर रहने वाले इस्लाम में किसी मुस्लिम के शारीरिक अंगों को बेधने पर पाबंदी थी, इसलिए बधिया करने के लिए ज़्यादातर गैर-इस्लामी लोगों को निशाना बनाया जाता था। तेरहवीं सदी में मार्को पोलो, मुग़लकाल में बारबोसा और फ्रंकोई पैरार्ड के यात्रा-विवरणों में कई बार ज़िक्र मिलता है, जिनमें बंगाल को किन्नरों और ग़िलमाओं का प्रमुख केंद्र बताया गया है।

अकबर के मनसब, अपने सूबों से लगान इकट्ठा करते और उसका एक हिस्सा अकबर को भेंट कर देते। कुछ सूबों में मनसब किसी राजा से कम नहीं था। उसकी हैसियत शहंशाह से कम न थी; पर कुछ सूबों में मनसब सिर्फ एक वेतनभोगी अधिकारी था। शहंशाह उसे एकमुश्त राशि वेतन-स्वरूप देता था। सूबे के राजस्व में उसका कोई हिस्सा न होता। ऐसे मनसब अक्सर अपनी आमदनी बढ़ाने के लिए नए-नए तरीक़े ढूँढते रहते।

अफ़ज़ल खान ऐसे ही मनसबों में से एक था। जब तक शहंशाह की कृपा-दृष्टि है, सिर्फ़ तब तक उसके राजसी ठाठ क़ायम हैं। उसे ख़ुद नहीं मालूम कि एक दिन किस बात पर शहंशाह की कृपा-दृष्टि उठेगी और वह राजा से फ़कीर बन जायेगा; इसीलिए शहज़ादे सलीम के साथ मिलकर उसने ग़ुलामों को निर्यात करने का कारोबार खड़ा किया था। अकबर द्वारा शासित सभी बारह सूबों में किन्नर, ग़िलमा और ग़ुलाम उसी के द्वारा सप्लाई किए जाते थे।

कहने को अकबर ने ज़बरन धर्मान्तरण, पुरुषत्व-हरण और किन्नरों के व्यापार पर रोक लगा रखी थी; पर ये रोक सिर्फ अबुल फ़ज़ल के इतिहास को ख़ूबसूरत बनाने के लिए थी; एक दूरगामी प्रपंच था। अकबर जानता था कि इसके पूर्वज मध्य एशिया से आये लुटेरों के सिवा कुछ न थे। इतिहास अगर सिर्फ लुटेरों की तरह याद रखे, ये उसे स्वीकार्य न था। अकबर की अपनी प्रतिष्ठा उसके पूर्वजों के इतिहास से जुड़ी हुई थी; इसलिए दो इतिहास रचे गए; एक वह जो आजकल स्कूलों में विद्यार्थियों को पढ़ाया जाता है और दूसरा वह, जो मध्यकालीन भारत के मुग़ल शासकों की बर्बरता और पतन की वास्तविक सच्चाई बयान करता है।

भारत के स्वतंत्रता-संग्राम के दौरान अंग्रेजों के 'बाँटो और राज करो' के मंत्र के विरुद्ध, चूँकि हिन्दू-मुस्लिम एकता एक अनिवार्य अस्त्र बन चुकी थी, मुग़ल इतिहास की सारी गन्दगी को झाड़कर कालीन के नीचे छुपा दिया गया और अबुल फ़ज़ल का झूठा, चाटुकार और नक़ाबपोश इतिहास हिंदुस्तान की सच्चाई बन गया। वह इतिहास, जिसमें अकबर एक उदार और धर्मनिरपेक्ष शासक था, जिसमें जहाँगीर न्याय का फ़रिश्ता था और जिसमें शाहजहाँ मोहब्बत का मसीहा था।

औरंगज़ेब के समक्ष शक्तिशाली मराठा राज्य स्थापित हो चुका था और राजपूत एवं सिख शक्तियाँ भी अपने चरम पर थीं। इन ग़ैर-मुस्लिम शक्तियों के इतिहास को दबाना साफ़ तौर पर मुस्लिम इतिहास का तुष्टीकरण होता, इसलिए औरंगज़ेब को 'ज़रा सा खराब' शहंशाह बनाकर प्रस्तुत किया गया। मराठा इतिहास को तो फिर भी थोड़ी-सी जगह दी गई, पर सिख इतिहास को उसकी क्षेत्रीय अपील के कारण सिरे से नज़रंदाज़ कर दिया गया। कुछ कहानियाँ ही बाक़ी रह गईं, जो किंवदंति की तरह सिख माएँ अपने बेटों को बड़ा करने के क्रम में सुनाती हैं। जैसे कुशल और जानकार किसान सारी मेहनत बीज को रोपने

में खर्च करता है, उसी तरह कलुषित इतिहास का बीज इतनी कुशलता से रोपा गया, कि उसे बाद में हवा और पानी की आवश्यकता ही नहीं पड़ी; सब कुछ अपने आप फलता-फूलता चला गया, हासिल कुछ भी नहीं हुआ। हिन्दू-मुस्लिम एकता के हज़ार दंभ भरने के बावजूद पाकिस्तान का सृजन हुआ। इस बात का आकलन करने का प्रयास ही नहीं किया गया कि जिस कारण ये दंभ भरा गया था, उसका परिणाम अनुकूल हुआ या प्रतिकूल। अबुल फ़ज़ल का लिखा हुआ इतिहास हमारी संस्कृति बन गया और हमने अपने प्राचीन गरिमामय इतिहास को बहुत आसानी से ठुकरा दिया, क्योंकि उस इतिहास में मुस्लिम-तुष्टीकरण का समन्वय होना कठिन था और शायद घातक भी।

वीरजी सेठ आमतौर पर उन मेहमानों में शामिल नहीं किया जाता था। उसे बुलाने का अफ़ज़ल खान का एक ख़ास उद्देश्य था। ग़ुलामों को निर्यात करने के लिए जहाज़ों की ज़रूरत थी और ग़ुलामों की सप्लाई-चेन स्थापित करने के लिए वीरजी सेठ से बेहतर लोजिस्टिक्स (सञ्चालन और क्रियान्वयन) किसी के पास नहीं था। अफ़ज़ल ख़ान की दिक़्क़त बस इतनी थी, कि वीरजी सेठ बहुत बड़ी मछली थी; अकबर के प्रमुख मंत्रियों का उस पर हाथ था। व्यापार और वाणिज्य की कोई भी नीति वीरजी सेठ की सहभागिता के बिना संभव ही न होती थी। ग़ुलामों के व्यवसाय के लिए वीरजी सेठ को मनाना आसान न था, क्योंकि वह एक कट्टर जैन था।

राज्य की तमाम ज़बरदस्तियों के बावजूद ऐसे कई जैन और हिन्दू व्यवसायी थे, जिन पर सल्तनत का ज़ोर कभी चला ही नहीं। एक नीति के रूप में ग़ुलामों के व्यापार पर अकबर ने प्रतिबन्ध लगा रखा था। हालाँकि ये प्रतिबन्ध उसकी आँखों पर पट्टी के सिवा कुछ न था, जो उसने स्वयं बाँधी हुई थी; फिर भी अफ़ज़ल ख़ान को डर था कि कहीं दूसरे मंत्रियों के कान भरने पर अकबर नाराज़ होकर उसके विरुद्ध क़दम न उठा ले। उसे सूबेदारी से पदच्युत भी किया जा सकता था, इसलिए निर्यात का पूरा आयोजन राज्य की नज़रों से छुपाकर किया जाना था। आमदनी अच्छी थी और ऊपर से शहज़ादे का हाथ भी उसके सिर पर था, तो जोखिम उठाना ठीक ही जान पड़ता था।

बकरे का काटना वीरजी सेठ की आँखों के सामने नहीं हुआ था, पर पीर मोहम्मद का धड़ उसके ठीक आगे, चार क़दम के फ़ासले पर पड़ा हुआ था। उसने देखा था, दम तोड़ने से कुछ देर पहले तक वह धड़ छटपटाता रहा था।

रक्त का बहाव कम हो गया था और मक्खियाँ भिनभिनाती हुई उसके कटे हुए धड़ के पास जमा हो गई थीं। तेईस साल के एक शाकाहारी जैन व्यापारी के लिए यह दृश्य एक चार साल के बच्चे के उस दुःस्वप्न की तरह था, जिसमें नींद खुलने से ठीक पहले राक्षस उसे अपने मुँह में रख चुका होता है। जागने के बाद जैसे देर तक माँ के आँचल से लिपटकर रोता है बच्चा, वैसे ही उसके हृदय का शून्य-रुदन उसके बदन में कंपन्न उत्पन्न कर रहा था।

'वीरजी!' अफ़ज़ल खान वीरजी से मुख़ातिब हुआ।

भय था तो क्या! ऐसे भय से भागकर तो हो लिया व्यापार। उसने समस्त देवताओं का आह्वान किया और मन ही मन स्वयं को व्यवस्थित किया।

"हुक्म सरकार!" कंपन्न को नियंत्रित करने में उसे एक क्षण भी न लगा। उसके पास सामर्थ्य न थी, बस बुद्धि थी; बुद्धि-बल का प्रयोग ही उसे इस नारकीय व्यवसाय में पाँव गंदे करने से बचा सकता था। सलाह के लिए उसके विश्वस्त गुलाब राय और कालिदास पारेख भी साथ न थे।

"किन्तु हमारे जहाज़ तो बस सूरत तक आते हैं, हमारा सारा कारोबार सूरत से ही होता है।"

'तो?'

"दस हज़ार ग़ुलामों को बिना किसी शोर-शराबे के बंगाल से सूरत ले जाना ख़तरे से ख़ाली नहीं है हुकुम; अगर शहंशाह को ज़रा-सी भी ख़बर लग गई, तो सबसे पहले मेरा सिर धड़ से अलग होगा।"

वीरजी जानता था कि सिर्फ़ शहंशाह के नाम से ही अफ़ज़ल ख़ान को क़ाबू में किया जा सकता था; पर उसे वह भय परोसने में सतर्कता बरतनी होगी। शहंशाह का डर यदि सीधे अफ़ज़ल ख़ान के नाम पर दिखाया, तो वह शायद इसे गुस्ताख़ी समझ ले। चतुराई से उसे यह डर इस तरह परोसना है कि वह अफ़ज़ल के मस्तिष्क में बसे; उसके दिल में नहीं, इसीलिए उसने डर को अपने नाम से परोसा और संभवतः उसकी युक्ति काम कर गई।

"जोख़िम तो है..."

"छोटा-मोटा जोख़िम नहीं, बल्कि अपार जोख़िम है; यदि शहंशाह को

भनक लगी तो ग़ुलामी का घरेलू व्यवसाय भी बंद हो सकता है; आपको तो सब मालूम है।''

लोहा गर्म देखते ही वीरजी ने हथौड़ा मार दिया। जैसे ही अफ़ज़ल ख़ान ने जोख़िम स्वीकार किया, वीरजी सेठ ने उसी ज़ोखिम का रौद्र रूप उसके सामने रख दिया। वीरजी तेईस साल का ज़रूर था, पर अफ़ज़ल ख़ान जानता था कि बुद्धि और चपलता में उसका कोई सानी नहीं है। उसके भय को अनदेखा करना ठीक नहीं था।

''तो रास्ता क्या है? ये काम तो करना है, कुछ भी करो; रास्ता तुम्हें निकालना है।''

वीरजी जानता था कि इतनी आसानी से पीछा छूटने वाला नहीं।

''यदि आपके ग़ुलाम सूरत के आस-पास से हों...''

उसने आहिस्ता से कहा। वह जानता था कि अफ़ज़ल ख़ान की बादशाहत इलाहाबाद की सीमाओं में ख़त्म हो जाती है। ग़ुलामों का निर्यात सूरत से होता ही था, पर वीरजी सेठ नहीं करता था और उस पर अहमदाबाद के सूबेदार का अधिकार था। अफ़ज़ल ख़ान के बस का न था कि वह इलाहाबाद से सूरत होते हुए ग़ुलामों का निर्यात करे।

''या फिर, शहंशाह को सिफारिश कर ढाका में बंदरगाह का निर्माण किया जाय।''

दोनों ही विकल्प अफ़ज़ल ख़ान के बस के बाहर थे। अफ़ज़ल ख़ान विवश हो गया।

''हम शहंशाह से सिफारिश करेंगे; शाम को महफ़िल सजेगी; आप आ रहे हैं?''

''जी हुकुम, बिलकुल।''

उसने अफ़ज़ल ख़ान का सिर झुककर अभिवादन किया और वहाँ से चला गया।

13

रेतीली मोहब्बत

यौवन के जोश में सरजू ने मुसलमान हो जाना स्वीकार तो कर लिया था, पर धर्मांतरण की राह जितनी आसान दिखती थी, उतनी थी नहीं। ग़ुलाम वंश के शासकों से लेकर औरंगज़ेब तक हिन्दुओं को मुसलमान बनाने के कार्यक्रम यदा-कदा ज़ोर पकड़ते रहते थे। कई शासकों ने इस प्रयोजन से एक विभाग तक की स्थापना कर दी थी, जो सिर्फ़ धर्मान्तरण को बढ़ावा देता था। फिर भी करीब सात सौ साल के मुस्लिम-शासन में मुसलमानों की संख्या कुल जनसंख्या के सातवें हिस्से के पार नहीं पहुँच पाई थी। धर्मान्तरण के प्रभाव का विश्लेषण किया जाय तो यह संख्या किसी भी हिसाब से कम न थी। एक टीस फिर भी रहती थी इन मुग़ल शासकों के मन में, कि सारे हिंदुस्तान को मुसलमान क्यों नहीं बनाया जा सकता। इसके दो मुख्य कारण थे।

सरसरी तौर पर देखें तो हिन्दुओं की सांस्कृतिक-उम्र मुसलमानों से कहीं ज़्यादा थी। इस्लाम सिर्फ छह सौ साल पुराना था और सनातन धर्म हज़ारों साल पुराना। पुरानी दीवारों पर नया रोग़न करना आसान नहीं है; वह टिक ही नहीं सकता। हिन्दू न सिर्फ सांस्कृतिक रूप से समृद्ध थे, वरन् आर्थिक रूप से भी बहुत समृद्ध थे। वर्ण-व्यवस्था का सबसे अच्छा प्रभाव ये रहा कि हर किसी के लिए काम था। व्यवस्था में जिसका क़द छोटा था, उसके पास भी रोज़गार था; इसी कारण आर्थिक-संसाधनों का वितरण, व्यवस्था के अंतिम पायदान पर खड़े आदमी के लिए भी मयस्सर था।

मुग़लकाल में हिन्दू और जैन व्यापारियों की आर्थिक-समृद्धि मुस्लिम शासकों पर सदैव दबाव बनाये रखती थी, कि वे धर्मान्तरण को लेकर ज़्यादा प्रपंच न करें। हिन्दुओं में जाट और राजपूत जैसे कुछ वर्ग बहुत शक्तिशाली थे

और वे धर्मान्तरण के प्रयासों को ज़बरन थोपने के विरोध में विद्रोह करने से भी न चूकते थे। शासकों के लिए लगान वसूली और अपनी ऐयाशी सबसे प्रिय थी, इसलिए विद्रोह सहन कर शासन करना उनके बस की बात नहीं थी। जब भी कोई नया शहंशाह आता, वह कुछ दिन धर्मान्तरण पर ज़ोर देता और फिर धीरे-धीरे सब कुछ भूलकर अपनी ऐयाशियों में मशग़ूल हो जाता।

एक और कारण था, जिसने धर्मान्तरण को क़ाबू करने में महत्त्वपूर्ण भूमिका निभाई; यह था हिन्दुओं का उत्तराधिकार का क़ानून। इस क़ानून के अंतर्गत हिन्दू से मुसलमान बनने वाले पुत्र को, हिन्दू पिता की पैतृक-संपत्ति के अधिकार से वंचित होना पड़ता था। पूरी तरह कृषि पर आधारित अर्थ- व्यवस्था में एक पुत्र के संपत्ति से बेदख़ल होने का अर्थ था- अपने पेट पर सदा के लिए लात मारना। तमाम ज़ुल्म सहकर भी हिन्दू आख़िरी साँस तक कोशिश करते कि वे हिन्दू बने रहें।

कुछ शासकों ने हिन्दुओं के आंतरिक क़ानून में फेरबदल करने की अपेक्षा दूसरे आसान उपाय अपनाए, पर वे उतने कारगर सिद्ध नहीं हुए। अक्सर कोई प्रलोभन देकर या फिर किसी मुजरिम की सज़ा माफ़ करने या उसकी जान बख़्श देने के बदले में ज़्यादा धर्मांतरण हुए। सरजू भी जानता था कि मुसलमान हो जाने पर उसे उसकी पैतृक-संपत्ति का सूई बराबर हिस्सा भी नहीं मिलने वाला। जीवन-मरण का प्रश्न तो था, पर उसे किसी भी हाल में इन्तिसार को भुला देना स्वीकार्य न था। और फिर अब तो वह एकदम अकेली थी। उसे सरजू की आवश्यकता शायद इतनी कभी न थी। इन्तिसार की खिड़की पर जाने का उसका सिलसिला जारी रहा। मुर्ग़ों के बाँग देने से ठीक पहले वह उसकी खिड़की पर पहुँच जाता और कभी अँधेरे में तो कभी उजाले में उसकी खुली खिड़की से उसके चेहरे पर उतर आई लटों का दीदार करता। इन्तिसार को उसका आना अच्छा लगता था।

एक रोज़ सुबह-सुबह वह उसकी खिड़की पर पहुँचा तो वह वहाँ नहीं थी, खिड़की पर परदा गिरा हुआ था। उसने आवाज़ दी, पर अन्दर से कोई उत्तर न आया। वह देर तक वहीं रुका रहा और सोचता रहा कि आख़िर वह कहाँ चली गई। मुर्ग़े बाँग देकर थक चुके थे; जिसे जागना था वह जाग चुका था और जिसे बस यूँ ही आलस में आँखें मींचे पड़े रहना था, वह अब भी बिस्तर पर लेटा हुआ अंगड़ाईयाँ ले रहा था। थोड़ी देर बाद उसने देखा- इंतिसार के दरवाज़े पर एक

पालकी आकर रुकी। कहारों ने अपने कंधे झुकाकर पालकी ज़मीन पर रख दी। सजी हुई दुल्हन की तरह इन्तिसार उसमें से बाहर निकली और अपने घर में चली गई। बिना एक भी शब्द बोले, कहारों ने पालकी उठाई और वापस चल दिए। सरजू को कुछ समझ न आया। एक बार उसे लगा कि वह इन्तिसार नहीं, कोई और था। उसका चेहरा बुर्क़े में ढका हुआ था। घर में घुसते हुए उसने इन्तिसार के पैरों में पाज़ेब की हलकी-सी झंकार सुनी। सुबह की नीरवता में वह महीन झंकार उसके कानों तक साफ़-साफ़ सुनाई दी। उसे विश्वास हो गया कि वह इन्तिसार ही थी।

अब खिड़की पर वापस जाना ठीक न था। लोगों का आवागमन शुरू हो गया था और यूँ किसी अजनबी के घर में ताक-झाँक करते हुए पकड़े जाना उसे ठीक न लगा। एक पल उसे विचार आया कि वह इन्तिसार से बात करे, पर उसे कारखाने जाने के लिए देर हो रही थी। उसने तय किया कि शाम को कारखाने से लौटकर वह उससे ज़रूर बात करेगा।

चरखे का गोल पहिया सुस्त रफ़्तार से चल रहा था। सरजू के हाथों में जैसे जान बाक़ी ही न थी; मन एक बोझ से दबा हुआ था। तभी कारखाने का सरकार उसे डपटता हुआ वहाँ पहुँचा। पिछले कई दिनों से सरजू का मन काम में नहीं लग रहा था। इन्तिसार से निकाह के लिए धर्मान्तरण और पैतृक-संपत्ति से बेदख़ली का द्वंद्व उसके कामकाजी मन में ठौर बना बैठा था। सरकार ने बुलंद आवाज में लताड़ा और धमकी दी, कि अगर उसने ठीक से काम नहीं किया तो उसे नौकरी से हाथ धोना पड़ सकता है।

पिछले कई दिनों से वह कपास की क़िस्मों में भेद करना भूल गया था। धुनिया से कभी वह पीली कपास ले आता, तो कभी सफ़ेद; कभी धुनी हुई ले आता, तो कभी बिना धुनी। बिना धुनी हुई कपास में उसके बीज भी आ जाते थे; कभी छोटे बीज तो कभी मोटे बीज। उस बीज वाले कपास को वह चरखे पर चलाता, तो धागा बार-बार टूट जाता। सूत कभी पतला हो जाता था तो कभी मोटा। सूत में गाँठें भी बहुत आने लगी थीं। तकली के एक ही सिरे पर पूरा सूत लिपटा हुआ होता और बाक़ी का हिस्सा एकदम ख़ाली रह जाता। बुनकरों को इससे दिक़्क़त होती थी। जब सरकार उसे धमकी देकर चला गया, तो धुनी हुई कपास की गठरी को उसने ठीक से निहारा। उसे विश्वास हो गया कि वह सही गठरी का प्रयोग कर रहा है। मन की पूरी शक्ति उसने चरखे में उड़ेल दी और

चरखा घूमने लगा। तकली को उसने अपने एक हाथ में ठीक से पकड़ लिया।

"अब देखता हूँ कैसे काम नहीं होता।" उसने सोचा।

काम से छूटा, तो वह सीधे इन्तिसार के घर जा धमका। सूरज छुप चुका था और शाम का झीना-झीना अँधेरा उतर आया था। रोशनी के लिए दूर चौराहे पर मशाल जलाई जा चुकी थी। दस्तक सुनकर इन्तिसार ने बिना सवाल किए ही दरवाज़ा खोल दिया, जैसे कि उसे मालूम हो कि कोई आने वाला है। सरजू ने अन्दर आने के लिए इजाज़त नहीं ली। उसने देहरी के अन्दर क़दम रखा, तो देखा कि इन्तिसार उसी राजसी लबादे में सजी-धजी तैयार बैठी थी, जिसमें सुबह वह पालकी से उतरी थी। एक पाँव आगे बढ़ाया तो सरजू ने वही पाज़ेब की छन-छन सुनी। वह देहरी के अन्दर क़दम रख चुका था। उसे देखकर इन्तिसार खुल के मुस्कुराई। वह उसे बैठक में ले गई, जहाँ लाख का दिया अपनी छोटी सी लौ के साथ कमरे में रोशनी बिखेर रहा था। कमरे के एक कोने में रूई वाले गद्दों से भरा हुआ एक दीवान पड़ा हुआ था, जिस पर उसके अब्बू कभी-कभार लेट जाया करते थे।

"बैठो सरजू।"

उसने सरजू को आमंत्रित करते हुए कहा। वह खड़ा रहा। उसके अन्दर उबलते हुए सवालों ने उसे बैठने की अनुमति दी ही नहीं।

"देखो, ये शाही चोगा मुझ पर कितना फबता है!"

उसने खड़े-खड़े अपने पहनावे की नुमाइश करते हुए कहा। दिये की रोशनी में इन्तिसार के चेहरे की रंगत आकर्षक लग रही थी। लिबास पर की हुई ज़री की कढ़ाई और चाँदी के बेलबूटे चमक रहे थे। सरजू चुपचाप खड़ा उसे निहारता रहा। इन्तिसार उसके उत्तर की प्रतीक्षा किए बिना दीवान पर लेट गई।

"कभी-कभी पैरों में लचक आ जाती है तो मन करता है कोई होता जो पैर दबा देता।"

उसने एक-एक शब्द पत्थर की तरह सरजू के दिल पर चलाया। वह फिर भी कुछ न बोला। एक अवांछनीय ख़ामोशी फैल जाती। बीच में इन्तिसार कुछ कहती और फिर वही ख़ामोशी।

“सुबह कहाँ से आई थीं तुम इन्तिसार?” आख़िर उसने पूछ ही लिया।

“मेहरू कहो, मेहरू हैं हम; इन्तिसार को गुज़रे हुए एक अरसा हो गया; शहज़ादी हैं हम।”

“तुम दबाओगे हमारे पैर?”

उसने पूछा और उस शाही लिबास का पेटीकोट अपने पैरों से ऊपर खिसका लिया।

“आओ, सचमुच दर्द हो रहा है सरजू।”

वह आगे बढ़ा और उसने अपना हाथ इन्तिसार के तलवे पर रख दिया। धीरे-धीरे वह हाथ आगे बढ़ता गया। इन्तिसार अपना पेटीकोट और ऊपर खींचती चली गई।

“तुमने देखे हैं गिलमा?” इन्तिसार ने पूछा। सरजू चुपचाप अपना काम करता रहा।

“आदमी ही होते हैं; सत्रह-अठारह साल के नौजवान लड़के, जो शहज़ादे की मालिश करते हैं; उस लड़की की भी मालिश करते हैं, जो अगर शहज़ादे के साथ सो जाय तो शहजादी होकर जागती है। गिलमा वे लोग होते हैं, जो बिना हवस के औरत के स्त्रीत्व को जगा सकते हैं।” सरजू सुन रहा था।

“थोड़ी देर में आएँगे मुझे लेने। देखो नींद में हूँ मैं; सो रही हूँ, मेरी नींद टूट न जाए; अगर नींद टूट गई तो मैं शहज़ादी न बन सकूँगी।”

सरजू को समझने में देर लगी; पर अब और नहीं; अब सब कुछ साफ़-साफ़ समझ में आ रहा था। वह उठा और जाने के लिए दरवाज़े की ओर मुड़ा।

“ठहरो! तुम किसी काम से आये थे?” उसने पूछा।

“मेरे तागों का आकार खो गया है; पतले तागे कातना चाहता हूँ तो मोटे कतते हैं और मोटे कातूँ तो पतले; बार-बार टूट जाता है सूत, तकली सँभलती ही नहीं, सारा सूत एक छोर पर जमा हो जाता है; ऐसा लगता है जैसे मैं कतेरा नहीं, कोई और हूँ।”

इन्तिसार दीवान से उठकर खड़ी हो गई। एक सिसकी के साथ आगे बढ़ी और सरजू की पीठ को बाँहों में भर लिया।

''मुझे निकाल लो इस नर्क से सरजू; कुछ ही देर में शहज़ादे की पालकी आएगी और मुझे ले जाएगी; मैं नहीं जाना चाहती उस महल में।''

उसने रोते हुए सरजू का कंधा नम कर दिया। वह जानती थी कि शहज़ादे की ताक़त के आगे सरजू कुछ नहीं कर सकता। वह उसे आजमाना हरगिज़ नहीं चाहती थी, फिर भी रोक न सकी और सच्चाई कह डाली; शायद कोई सूरत निकल ही आये। उस रात इन्तिसार को लेने शहज़ादे की पालकी नहीं आई। सरजू वहीं देर तक बैठा रहा। रात काफी उतर गई तो उसने इन्तिसार को अलविदा कहा और अपने घर चला गया।

इश्क़ का चाँद, जो कुछ देर के लिए शाही बदलियों के पीछे छुप गया था, फिर से बाहर निकल आया। शहज़ादे का जब मेहरू से मन भर गया, तो उसकी पालकी का आना अपने आप कम हो गया। कुछ और दिन गुज़रे तो पालकी बिलकुल बंद हो गई। दूसरे लोग आने लगे थे। जैसे शेर के शिकार करने के बाद बचा-खुचा मांस नोचने कुत्ते आ धमकते हैं, वैसे ही कभी कोतवाल, तो कभी क़ानूनगो, तो कभी पटवारी, कोई न कोई अपनी फरमाइश लिए आता ही रहता। इन्तिसार का मन न होता तो भी कभी-कभी उसे जाना पड़ता। सरजू को अच्छा न लगता था, पर इन लोगों से बैर लेना उसके बस की बात नहीं थी और दूसरे वह हिन्दू था; अगर उनके इश्क़ की भनक इन मुलाज़िमों को लग गई तो सरजू की फाँसी लगभग तय थी। जितना हो सकता, सरजू उन्हें अनदेखा करता। इन्तिसार की इस मजबूरी से सरजू के इश्क़ में कोई कमी न हुई थी। दिन में जब कभी मौक़ा मिलता, वह एक-दूसरे से मिलते। कभी बाज़ार में मिलते, जहाँ इन्तिसार बुर्क़ा पहनकर अपनी पहचान छुपा लेती; तो कभी शाम को बाज़ार से लौटते हुए जमुना के किनारे मिलते और घंटों उसकी रेत पर बैठ जमुना के पानी को निहारते रहते। बीच-बीच में सरजू उसे जमुना किनारे कृष्ण और गोपियों के प्रेम की आधी-अधूरी कहानियाँ सुनाता तो वह प्रभावित हो जाती। सरजू की बहन वेदी को शक होता तो वह उसे अपने तरीक़े से आगाह करने का प्रयास करती; पर सरजू अब रुकने वाला कहाँ था।

सरजू और इन्तिसार के इश्क़ के चर्चे जब पड़ोस में होने लगे, तो वेदी को

लगा कि अब सही समय आ गया है। इससे पहले कि क़िस्सा कोतवाल तक पहुँचे और एक हिन्दू लड़के के मुसलमान लड़की के साथ विवाह में कोई ऊँच-नीच हो; परिवार में सबको मालूम हो जाना चाहिए कि सरजू क्या कर रहा है। वेदी ने बुलावा भेजा, तो सरजू को समझाने उसके माँ-बाप के अलावा उसका बड़ा भाई बंशी भी आया। उनके लाख समझाने पर भी सरजू डटा रहा। उसने तय कर लिए था कि वह इन्तिसार से निकाह करके ही दम लेगा, फिर चाहे उसे मुसलमान बनकर सारी पैतृक-संपत्ति से हाथ ही क्यों न धोना पड़े। जाते-जाते बंशी ने उसे धमकी देते हुए कहा कि उसके निकाह के बाद माँ-बाप अपना रिश्ता रखना चाहें तो बेशक रखें, पर संपत्ति में अधिकार उसे हरगिज़ न मिलेगा। सरजू के इश्क़ का कहीं वेदी पर कोई प्रतिकूल प्रभाव न पड़े, इसलिए माँ-बाप उसे साथ ही ले जाना चाहते थे, पर वेदी ने खुद ही कुछ दिन रुक जाने का निर्णय लिया।

कुछ दिन गुज़रे और जब सब ठीक लगने लगा, तो वह क़ाज़ी से निकाह पढ़वाने की बात सोचने लगा। एक शाम को दो घुड़सवार इन्तिसार के घर आ धमके। सरजू के कारखाने में ऊँचे ओहदे पर सरकार के आदमी थे; अपनी हवस की आग बुझाने के लिए इन्तिसार को लेने आए थे। इन्तिसार ने प्रतिरोध किया तो नशे में धुत उन घुड़सवारों ने हंगामा खड़ा कर दिया। बस्ती में शोरगुल सुन, कुछ और भी लोग बाहर निकल आये; उनमें सरजू भी था। शाम पूरी तरह ढल चुकी थी और दूर, चौराहे की मशाल को जलते हुए काफी समय हो गया था। बस्ती के लोगों से उन घुड़सवारों की हाथापाई होने लगी। दोनों के ही पास कोई हथियार न था। जब घुड़सवार भारी पड़ते हुए दिखाई दिए तो सरजू अपने घर से हँसिया निकालकर ले आया। अँधेरे में किसी को दिखाई न दिया और सरजू ने हँसिए के वार से एक घुड़सवार का पैर काट डाला। दूसरे घुड़सवार ने उसकी चीख़ सुनी तो उसने ज़ोर से घोड़े की लगाम खींची और वापस लौट गया। घायल घुड़सवार भी उसके पीछे-पीछे चला गया। सरजू ने चैन की साँस ली। इन्तिसार के लिए लड़ने की हिम्मत उसमें आ गई थी।

घुड़सवार कौन थे और कहाँ से आये थे, सरजू को नहीं मालूम था; पर वह इतना ज़रूर जानता था कि घायल घुड़सवार पलटवार करने अवश्य आएगा और जल्दी ही आएगा। इस ख़्याल से उसकी रूह काँप गई। आज तो भीड़ थी और उनके पास हथियार भी न थे, पर कल वे निहत्थे नहीं आएँगे।

कुछ दिन यूँ ही गुज़र गए। सरजू का डर ग़लत निकला। उसे भी लगा कि शायद बात आई-गई हो गई हो। फिर एक दिन वह जब कारखाने से वापस घर आया तो देखा कि एक आदमी उसके घर में घुसकर उसकी बहन के साथ ज़बरदस्ती कर रहा था। वेदी चीख़ रही थी, पर उसकी आवाज़ बाहर किसी को सुनाई नहीं दे रही थी। उसके मन में उन घुड़सवारों के पलटवार का ख़याल कौंध गया। बिना कुछ समझे, उसने हँसिया उठाया और उस अकेले हमलावर का गला काट दिया। उसका अंदाज़ा सही निकला; वह सरकार का ही आदमी था; सरकार के कहने पर आया था या अपने मन से, पता नहीं।

ख़बर पूरी बस्ती में फैल गई कि सरजू ने किसी शाही अफ़सर को मार डाला। थोड़ी ही देर में कोतवाल अपने आदमियों को लेकर पहुँच गया। ज़ंजीरों में बाँधकर उसे ले जाया जाने लगा तो इन्तिसार ने अपने दरवाज़े के आगे से उसे गुज़रते हुए देखा। सरजू ने घृणा, ग़ुस्सा, प्रायश्चित और बिछोह के सम्मिलित भावों से इन्तिसार को देखा। वह पीछे छूट रही थी। पिछली बार के उत्पात को मिलाकर, शाही अफ़सरों के ख़िलाफ़ दो मज़बूत इलज़ाम उसके सिर पर थे।

इन्तिसार उसे दूर तक जाते हुए देखती रही, जब तक गोधूलि बेला की व्याकुल धूल उसे अपने अस्तित्व में घोलकर ओझल न कर गई। वापस अपने घर की बैठक में आई तो उसी दीवान पर लेट गई। उसे याद आया कि शाही लिबास उसने उतारकर एक कोने में फेंक दिया था। वह उठी और कोने में पड़े शाही लिबास को उठाकर अपने होठों से चूम लिया।

सल्तनत के क़ानून के अनुसार सरजू की फाँसी तय थी।

14

चीतल का मांस

अकबर की बादशाहत, बर्बरता की उन्हीं मिसालों से जन्मी थी, जिनकी लम्बी पूँछें मंगोल और फ़ारसी भगोड़े पहले छोड़कर गए थे। अबुल फ़ज़ल के उदार और सहिष्णु अकबर को इसलिए महान कहा गया, क्योंकि वह ग़ुलाम वंश और मुग़ल वंश के अन्य शासकों की तुलना में 'थोड़ा कम बर्बर' था। छोटे राजपूत राज्यों में से कुछ ने उसकी सत्ता तुरंत स्वीकार कर ली, क्योंकि वे उसकी बर्बरता की परीक्षा लेने के अभियान में अपने सैनिकों, किसानों, बच्चों और औरतों की बलि चढ़ाने को न्यायसंगत नहीं मानते थे। उन्हें मालूम था कि अकबर की बारूदी तोपों के सामने उनके तीर-कमान वाले राजपूतों का संघर्ष कुछ मिनटों या फिर कुछ घंटों से ज़्यादा नहीं टिकेगा। इस मूक-समर्पण को चूँकि अकबर की बर्बरता की ज़रूरत ही नहीं पड़ी; इतिहास ने ज़बरन व्याख्या से बचने के लिए, अकबर की उदारता में समाहित कर दिया।

लेकिन मेवाड़ को अकबर की सत्ता हरगिज़ मंज़ूर नहीं थी। हज़ारों सैनिकों की बलि चढ़ती है तो चढ़ जाय; वे जानते थे कि अकबर की सत्ता का अर्थ सिर्फ महलों, मुकुटों और राजधानियों का हस्तांतरण नहीं था।

मुग़लों का प्रभुत्त्व स्वीकार करने वाले अनेक राजपूतों ने न सिफ़र् स्वाभिमान में उचके अपने सिरों से समझौता किया था, वरन् अपनी स्त्रियों, बच्चों और किसानों की आबरू भी बर्बर मुग़लों के हाथों सौंप दी थी, जिसे वे जब चाहते अपने पैरों तले रौंदते। लोदी वंश के पतन के बाद राजपूत-शक्ति तेज़ी से उभरी और मुग़लों के लिए एक अभेद चुनौती बनकर खड़ी हो गई। मेवाड़ सदा से ही स्वतंत्र रहा और अकबर की लाख कोशिशों के बावजूद, जब तक उदारता का मुखौटा उसके मुँह से नोंच न लिया गया, वह असफ़ल ही रहा।

राजपूतों से अनवरत द्वंद्व के बावजूद, अकबर की सेना चित्तौड़गढ़ किले को बेधने में असफल रही। अंततः अकबर स्वयं पाँच हज़ार सैनिकों के साथ 23 अक्तूबर 1567 को क़िले की छह मील लम्बी परिधि में डेरा जमाकर बैठ गया। ऊँचाई पर स्थित बचाव करती राजपूत सेना के पास प्राकृतिक बढ़त थी। मुग़ल सेना की तोपों के गोले क़िले की ऊँचाई तक पहुँचने में असफ़ल रहे। तमाम तिकड़में लगाई गईं, पर कुछ न हुआ। महान अकबर का महान धीरज टूटने लगा। सुरंग बनाकर जब उसके सवारों ने क़िले के द्वार तक पहुँचने की कोशिश की, तो बारूद सुरंग में ही फट गया और उसकी अपनी सेना के सौ से ज़्यादा सवार ढेर हो गए।

उसके सैनिक निरंतर राजपूत प्रत्युत्तर का शिकार हो रहे थे। मुग़ल सेना के दो सौ से ज़्यादा सैनिक, राजपूतों के तीरों का प्रतिदिन निशाना बन रहे थे। अकबर बिलबिला उठा। उसने मुग़ल सेना की संख्या बढ़ाकर साठ हज़ार कर दी और अजमेर के सूफ़ी ख़्वाजा से दुआ माँगी कि यदि वह चित्तौड़ को जीतने में सफ़ल रहा तो वह ख़ुद सूफ़ी दरगाह पर हाज़िरी लगाने जाएगा।

चार माह तक चले इस घेराव में एक दिन राजपूत सेना का कमांडर जैमल मारा गया और राजपूत सेना का हौसला बिखर गया। 23 फरवरी 1568 को अकबर की सेना क़िले के अन्दर घुसी। पच्चीस हज़ार राजपूतों को मौत के घाट उतार दिया गया और स्त्रियों ने सामूहिक जौहर में अपने प्राणों की बलि दे दी। विजेता अकबर को इतिहास में जगह मिली और महानता का तमग़ा भी। जौहर करने वाली स्त्रियाँ और अपनी मातृभूमि पर शहीद होने वाले पच्चीस हज़ार राजपूत सैनिक किंवदंति बनकर रह गए।

राजपूत शौर्य की इन गाथाओं पर इस कदर तेज़ाब छिड़का गया है कि एक माँ अपने छोटे बच्चे को ये कहानियाँ सुनाती भी है, तो बच्चे को लगता है कि ये कहानियाँ परियों की कहानियों की तरह ही काल्पनिक हैं और एक दिन बड़े होकर उसे सब भूलनी ही हैं। ऐतिहासिक मापदंडों पर ये कहानियाँ जैसे उसके किसी काम की न हों। क़िला तो अकबर ने जीत लिया; पर उस राजपूत शौर्य को न जीत सका, जो चित्तौड़ जैसे हज़ारों क़िले रचकर अकबर की सत्ता को हुंकारने की शक्ति रखता था। राणा उदय सिंह ने पलायन कर अरावली की पहाड़ियों में शरण ली; एक नया शहर बसाया उदयपुर, जो उनकी नई राजधानी बना।

उदय सिंह के बेटे महाराणा प्रताप ने अकबर के विरुद्ध राजपूत चुनौती की कमान सँभाली। चित्तौड़ और उसके बाद हल्दीघाटी के युद्धों से अकबर को समझ आ गया कि हर बार जीत की मन्नतों के लिए सूफ़ी फ़क़ीर की दरगाह पर हाज़िरी लगाना उसके बस की बात नहीं। शेखू की पैदाइश से लेकर हर विद्रोह, हर जंग में उसे सूफ़ी संत को याद करना पड़ता था। राजपूतों को दरकिनार कर कुछ दिन अकबर ने अपने साम्राज्य को सुदृढ़ करने का निश्चय किया। दूर-दराज़ के सूबों में विद्रोह के स्वर मुखर हो रहे थे। साम्राज्य की उत्तर-पश्चिमी सीमाओं पर हो रहे विद्रोहों से निबटने के लिए अकबर ने लाहौर में ठिकाना बनाया और राजपूतों पर उसकी पकड़ ढीली पड़ती गई। बारह साल बाद अकबर वापस आगरा आया। राजपूतों की नाक में नकेल कसने के लिए उसने शहज़ादे सलीम की अगुवाई में एक टुकड़ी अरावली के जंगलों में भेजी। मेहरुन्निसा का शौहर अली कुली इस्तुज्लू, उस टुकड़ी का सेनापति था।

उत्तर में दिल्ली से लेकर पश्चिम में अहमदाबाद तक फैली हुई अरावली पहाड़ियों में कई नदियों का उद्गम है। बनास, लूनी, साहिबी, सखी, चम्बल और साबरमती के पानी ने इन पहाड़ियों को मनुष्य एवं जंगली जानवरों के निवास के लिए बेहद अनुकूल बना दिया था। झीलों का शहर उदयपुर इन्हीं पहाड़ियों में स्थित है। माउंट आबू की 5640 फिट ऊँची श्रेणी गुरु-शिखर, इन पहाड़ियों की सबसे ऊँची पर्वत श्रेणी है। तेंदुआ, नीलगाय, हाइना, चीतल, लंगूर, भालू इन पहाड़ियों में बहुतायत में पाए जाते हैं।

शाम ढल चुकी थी। उदयपुर की ओर रवाना हुई मुग़ल सैनिकों की टुकड़ी को विश्राम के आदेश दे दिए गए थे। उदयपुर से बीस मील दूर पूरब में एक झील के किनारे पड़ाव डाला गया था। योजनानुसार, इस्तुज्लू ने पहले से ही सारा प्रबंध कर रखा था। सवारों और सिपाहियों के खाने का प्रबंध खुले आकाश के नीचे ही किया गया था। शहज़ादे और सेनापति इस्तुज्लू के खाने का प्रबंध एक तम्बू में किया गया था, जो सैनिकों के सोने के स्थान से क़रीब सौ क़दम की दूरी पर था। शहज़ादे के लिए अफ़ीम, शराब और औरत का प्रबंध इस्तुज्लू ने कर दिया था। एक रात ठहरकर उन्हें उदयपुर पर चुपके से हमला बोलना था। इस्तुज्लू ने स्वयं न शराब पी और न अफ़ीम। उसे उस औरत से भी कोई सरोकार न था, जो शहज़ादे के लिए पालकी में बिठाकर कारवां के साथ लाई गई थी।

पहरेदारों के सुरक्षा घेराव में, तम्बू के बाहर बैठे हुए दोनों चीतल के ताज़ा

पके हुए मांस का आनंद ले रहे थे। इस्तुज्लू खाने में व्यस्त था, जबकि सलीम शराब और अफ़ीम में व्यस्त था। कभी-कभी चीतल के स्वादिष्ट मांस का ज़ायक़ा ज़ुबान पर चटख जाता, तो वह मांस के टुकड़े को चबाने लगता। वातावरण में एक असमंजस था; एक तनाव, जो सलीम और इस्तुज्लू की नपी-तुली बातों में साफ़ उजागर हो रहा था। ऐसा नहीं लगता था जैसे एक शहज़ादा अपने सेनापति से बात कर रहा था। ऐसा प्रतीत होता था जैसे एक आस्तीन का साँप दूसरे आस्तीन के साँप से मुख़ातिब हो। शहज़ादे के सिर पर जब अफ़ीम का असर छाने लगा, तो उसकी ज़ुबान नियंत्रण खोने लगी। मेहरुन्निसा एक ऐसा विषय थी, जिसे सलीम अपनी ज़ुबान पर परोसने में परहेज़ करता और इस्तुज्लू अपने कानों में पनाह देने में। पर विषय था और बहुत ताज़ा था; चीतल के मांस की तरह। उसका चटख स्वाद अब भी सलीम की इन्द्रियों ने भुलाया नहीं था।

''मेहरू...''

उसके लरज़ते होठों पे उसका नाम आया। इस्तुज्लू ने बिना कोई प्रतिक्रिया दिए सलीम की ओर देखा। उसकी आँखों में प्रतिरोध की एक झलक भर दिखी। उस प्रतिरोध को सलीम ने जल्दी ही ताड़ लिया।

''कैसी है मेहरू?''

सलीम ने अपने प्रश्न को जल्दी ही समाप्त किया। इस्तुज्लू ख़ामोशी से सलीम को देखता रहा। उसे उम्मीद नहीं थी कि सलीम का प्रश्न इतनी जल्दी ख़त्म हो जाएगा।

''बहुत स्वादिष्ट है...है न?''

सलीम, चीतल के मांस को अपने दाँतों में भींचते हुए बोला।

''चीतल का मांस बहुत स्वादिष्ट है...है न?''

''जी जहांपनाह, बेहद स्वादिष्ट है।''

इस्तुज्लू ने बस इतना कहा। एक पराजित आशिक़ की आँखों में हवस देखकर वह मन ही मन इतराया। वह जानता था कि आज सलीम के हाथों में कुछ भी नहीं है। इस्तुज्लू इस शाम का विधाता था। जैसे-जैसे रात घनी होगी, सलीम की मुश्किलें बढ़ेंगी और हवाओं का रुख़ आज उसके पक्ष में था। सलीम ने

इस्तुज्लू की आँखों में गहराई तक देखा और वह समझ गया कि मेहरू का ज़िक्र उसे अच्छा नहीं लगा। चीतल के मांस पर कुछ और बातें हुईं। एकाएक सलीम, वार्तालाप को बीच में ही छोड़कर उठ खड़ा हुआ। उसके लड़खड़ाते पैर तम्बू के अन्दर जाने के लिए आगे बढ़े। उसे लड़खड़ाता देख इस्तुज्लू ने सहारा देने के लिए हाथ आगे बढ़ाया तो अपने हाथ के सख़्त इशारे से उसे रोक दिया।

'नहीं!' सलीम ने लगभग चीख़ते हुए कहा।

वातावरण का तनाव उनकी सुलझी हुई नज़रों ने कम कर दिया था। कुछ देर बाद अपना खाना ख़त्म कर इस्तुज्लू भी अपने तम्बू में पहुँच गया। बिस्तर पर लेटकर वह आने वाले पलों के विषय में सोचने लगा।

अकबर के बाद सलीम हिंदुस्तान का शहंशाह बनने वाला था। अकबर की लाख नफ़रतों के बावजूद कभी-कभी लगता था कि सलीम का शहंशाह बनना तय है; ऐसे में उसे अपनी योजना पर अमल करना ठीक न लगा। बाप और बेटे के बीच इस गहरी खाई का लाभ उठाने का कोई न कोई दूसरा रास्ता अवश्य होगा। क्या यह ज़रूरी है कि सलीम की हत्या की जाय। उलझे विचारों की भँवर उसके मस्तिष्क में उमड़ी, तो अपना खंज़र एक ओर रखकर वह शैया पर लेट गया।

अभी उसे नींद आई ही थी, कि उसने शहज़ादे सलीम के तम्बू से एक ज़ोर की चीख़ सुनी। वह दौड़कर बाहर आया और शहज़ादे के तम्बू में घुस गया। सलीम के साथ सोने वाली स्त्री डरी-सहमी शय्या के नीचे पड़ी थी। एक झीना-सा आँचल उसके बदन पर लिपटा हुआ था। अर्धचेतन अवस्था में सलीम, शैया के एक कोने में सिमटा हुआ था। उसकी नशीली आँखें फूलकर बाहर आने को आतुर थीं। शैया के एक ओर तेंदुआ अपने नुकीले दाँत खोले हुए मंद ध्वनि में गुर्रा रहा था।

चीतल के भुने हुए मांस की ख़ुशबू अब भी हवा में मौजूद थी। शायद उसी ख़ुशबू को सूँघते हुए तेंदुआ अपनी भूख मिटाने की फ़िराक़ में वहाँ आ पहुँचा था। सलीम की आँखों में जितना भय था, उससे कहीं ज़्यादा भूख तेंदुए की आँखों में थी। तेंदुए ने इस्तुज्लू को अन्दर आते देखा तो वह सलीम पर कूद पड़ा। इससे पहले कि कोई उसके शिकार को वहाँ से ले जाए, उसे अपने आहार पर प्रहार करना होगा।

हतप्रभ इस्तुज्लू ने तेंदुए का प्रहार देखा तो अपना खंज़र बाहर निकाल लिया। पहले उसने तेंदुए को अपनी आवाज़ से भगाने की चेष्टा की, पर वह नहीं भागा। उसकी दहाड़ और भी तेज़ हो गई। तेंदुए की दहाड़ सुनकर दूर सोए हुए सैनिक जाग गए और तुरंत शहज़ादे के ख़ेमे के बाहर पहुँच गए। इस्तुज्लू ने उन्हें बाहर ही रुकने का इशारा किया। इस्तुज्लू की डपट जब बेअसर हो गई, तो उसने ज़ोर की छलाँग लगाई और तेंदुए की पीठ को अपनी बाँहों में भर लिया। अपने ऊपर आक्रमण होता हुआ देख तेंदुआ तेज़ी से पलटा और अपने वेग से इस्तुज्लू को नीचे पटक दिया। सलीम को जान बचाकर भागने का अवसर मिल गया। वह भागकर तम्बू से बाहर निकल गया।

भूख से बिलबिलाते तेंदुए को दूसरा शिकार मिल गया था। वह अपने पूरे बल से, नीचे गिरे हुए इस्तुज्लू पर झपटा। तेंदुआ अपने पैने पंजों से उस पर वार करता और इस्तुज्लू उसके हर वार को अपने खंज़र से निष्प्रभावी कर देता। तम्बू के बाहर सिपाहियों के सुरक्षा घेरे में खड़ा सलीम, नज़ारा देखकर हतप्रभ था। इस्तुज्लू ने अपनी जान जोख़िम में डालकर सलीम की जान बचाई थी। यह विचार उसके उस विचार के बिलकुल उलट था, कि इस्तुज्लू को शहंशाह ने सलीम की हत्या करने के लिए भेजा था।

राजपूत अपने क़िले में शांत थे; कहीं कोई हलचल न थी। फिर क्या कारण था कि शहंशाह अकबर ने उनके खिलाफ़ मोर्चा खोलने का निर्णय लिया। वह अच्छी तरह समझता था कि ये पूरी बिसात सलीम को ख़त्म करने के प्रयोजन से ही बिछाई गई थी। फिर अचानक इस्तुज्लू की भूमिका बदल कैसे गई? क्या उसे राजनीति की सही समझ है भी? अपने विचारों के भँवर में वह एक बार फिर उलझ गया।

उधर तेंदुए से पार पाने के प्रयास में इस्तुज्लू का संघर्ष अब भी जारी था। कभी तेंदुआ उस पर हावी हो जाता, तो कभी, जब उसे अपने खंज़र पर मज़बूत पकड़ बनाने का अवसर मिल जाता, इस्तुज्लू उसे क़ाबू करने में सफ़ल हो जाता। वह तेंदुए पर उस फुर्तीले और शक्तिशाली वार की फ़िराक़ में था, जो एक ही झटके में उसकी गर्दन धड़ से अलग कर देता। क़रीब दस मिनट की उठापटक के बाद अंततः उसे वह अवसर मिला। वह तेंदुए की बलशाली भुजाओं को दबोचकर उसे चित करने में सफ़ल हो गया था। शरीर का पूरा बल उसने अपने दाहिने बाजू में समेटकर, बिजली की फुर्ती से उसके गले पर वार किया और

तेंदुआ एक तीव्र चीख़ निकालकर ढेर हो गया। तेंदुए के पंजे के पैने नाखुनों ने उसके चेहरे, भुजाओं और छाती को क्षत-विक्षत कर दिया था। उसने उठकर अपने चेहरे से ख़ून के धब्बे साफ़ किये और तम्बू से बाहर आ गया। बाहर, सैनिक, जो सलीम की सुरक्षा में घेरा बनाए खड़े थे, तम्बू के अन्दर चले गए। सलीम ने इस्तुज्लू को सीने से लगा लिया। मस्तिष्क में उसके, विचारों का द्वंद्व अब भी जारी था। एक बार उसके मन में आया भी, कि संभवतः सब उसके मन का भ्रम था। अपने वफ़ादार सिपहसालारों से उसने जो कुछ सुना था, वह सब एक भ्रम था।

''भला कोई बाप अपने बेटे को मारने की साज़िश कैसे कर सकता है।'' उसने सोचा और इस्तुज्लू को अपनी बाँहों की जकड़ से मुक्त कर दिया।

''शेर हो तुम! मुझे नाज़ है तुम पर!'' लड़खड़ाती ज़ुबान में सलीम ने कहा।

''शुक्रिया जहांपनाह।'' उसने बस इतना ही कहा।

''शेर अफ़गान! आज से तुम्हारा नाम यही होगा।''

'' शुक्रिया जहांपनाह!''

इस्तुज्लू घायल था। तेंदुए के वार ने उसके बदन को खरोंचों से भर दिया था। सेनापति को घायल देख सलीम ने राजपूतों से टकराने का फैसला रद्द कर दिया और अपनी टुकड़ी को लेकर वापस आगरा चल दिया।

15

सूखी हुई नदी

मुर्ग़े की बाँग सुन वह बिस्तर पर उठकर बैठती, तो सबसे पहले आँखें मलकर उन मुलायम सुबहों को कुचल देती, जो खिड़की के बाहर उसके चेहरे को निहारते सरजू के आभास से जगमगा उठती थीं। सोने से पहले वह अपने बालों को जूड़े में कसकर बाँध लेती, ताकि सुबह उसके कपोल पर फिसली हुई लट उसे सरजू की अनुपस्थिति का एहसास न कराए। भूले से भी यदि आइने के सामने से गुज़रती, तो दुर्भाग्य पर मन ही मन अट्टहास करती। सौंदर्य के भाग्य में ये उलझनें कैसी। उस पुष्प का दुर्भाग्य तो समझ में आता है, जिस पर कई भँवरे मोहित हों। अपनी ही ज़िद में मस्त भँवरे नहीं देख पाते कि, पुष्प को पाने की होड़ में उसकी पंखुड़ियाँ ज़ख़्मी हुई जाती हैं। इन्तिसार पर तो एक ही भ्रमर मोहित था; फिर ये बदन पर ख़रोंचें क्यों?

एक दिन सब कुछ भुलाकर उसने अपने सौंदर्य को आइने में जी भर के निहारा। वह बहुत सुन्दर थी। दूधिया आभा में दमकता उसका चेहरा-शाम के धुँधलके में भी साफ़ नज़र आता था। एक उन्मुक्त नदी के बहाव-सा उतरता है दिन उसके चेहरे पर और ऊर्जा से भर देता है उसकी आँखों के दोनों कुँए। पलकों पर पुतलियाँ रहट बनकर उठती और गिरती हैं; उन कुँओं से पानी उड़ेलती हैं और सींच देती हैं तन का कोना-कोना। ऊर्जा की धार पहले माँग की धमनियों को छूकर माथे पर फ़ैल जाती और अपना एक अलग ही आकाश रच देती।

दो उप-नदियाँ नाक के सिरहाने से उतरतीं और बर्फ़ीली चादर वाले सपाट पर्वतीय ढलानों से जुड़े हुए कपोलों के समतल में समा जातीं। आँखों के नीचे दूधिया-सौंदर्य में लहलहाते कपोल वैसे ही लगते, जैसे वज़नी बालियों से लदी

हुई गेहूँ की अधपकी फसल। अधरों के कटावों को छूकर जलधाराएँ गुज़रतीं, तो दे जातीं अथाह रस; जो भँवर में मथता रहता, उस भ्रमर की प्रतीक्षा में, जो उसके रस-पान से करेगा उन धाराओं को मुक्त और फिर छोड़ देगा आगे बहने के लिए। यौवन की नवीन आर्द्रता से भरपूर उसकी त्वचा वैसे ही दमकती, जैसे सूर्योदय के समय नदी की सतह पर किरणें गिरकर पानी को चमकाती हैं। ग्रीवा की लम्बी यात्रा के पश्चात् नदी छाती पर गिरकर घुमड़ने लगती। नवयौवना की शारीरिक-संरचना में आये बदलावों ने उस प्रवाह को जैसे भटका दिया हो; न मार्ग दिखाई देता था और न मंज़िल। हृदय के आस-पास रक्त वाहिनियों के समानांतर चलते हुए उसकी नाभि और पेट पर जाकर लोट जातीं।

यौवन की उफनती नदी, नयनाभिराम मैदानों को देर तक सींचती रहती। जल-प्रपात की तरह उसकी कमर से पैरों में गिरती और अंततः क़दमों को चूमती हुई उसके नाखूनों में समा जाती; नाखून, जो लजाती नवयौवना को क़दमों के नीचे की ज़मीन खुरचने का हुनर सिखाते। वही नाखून, जो नव विवाहिता के पैरों में आलता का आवरण ओढ़, आभूषण बन इतराते। वही निर्जीव नाखून, जो अपने दायरों के बाहर ज़रा-सा बढ़ जाने पर अनावश्यक अवशेष की तरह शरीर से अलग कर दिए जाते। सौंदर्य की पूरी नदी उन नाखूनों में जाकर सूख जाती। हर नदी को एक दिन नाखूनों में समाना ही होता है। पानी ही तो है शरीर... और पानी ही है सौंदर्य। पानी न हो तो दूधिया सौंदर्य भी काजल की कालिमा से कम नहीं। सौंदर्य, दूध के रंग में नहीं; सौंदर्य उस पानी में है, जो दूध का अविभाज्य हिस्सा है।

आइने के सौंदर्य-वाचन से जब उसका ध्यान हटा, तो उसने इतराकर अपने होठों को सजावटी मुद्रा में साधना चाहा। होठ हिले और ठिठुरकर टूट गए। एक भूचाल आया और उस नदी को धूल-धूसरित कर उड़ गया। अपने सूखे होठों पर प्यास की आग महसूस कर वह बेचैन हो उठी। मरुस्थल में एक नदी बह रही थी, एक बुझा हुआ हृदय लेकर। सब कुछ सूखा-सूखा सा था।

सूरज की उभरती रौशनी के साथ जब उसके सरजू की याद धूमिल होने लगती, तो आँसुओं की लकीरें उसके गालों पर क़ाबिज़ हो जातीं।

''सब कुछ कितनी जल्दी हो गया?''

वह सोचती और सिहर जाती। कुछ ही साल तो हुए थे। एक भरा-पूरा

परिवार था, अब्बू की अच्छी कमाई थी और समाज में अच्छी प्रतिष्ठा भी। फिर अचानक एक दिन अम्मी चल बसीं और उसके कुछ ही महीनों बाद अब्बू घर छोड़कर चले गए। सरजू में उसे वह राजकुमार दिखाई देने लगा था, जो उसके अब्बू और अम्मी, दोनों की कमी को कुछ भर सकता था। अब वह सहारा भी उसके पास नहीं था। वह अकेली थी। शहंशाहों के प्रिय ग़ुलामों के क़दमों तले कुचले जाने वाले शहर में नितांत अकेली। पता नहीं कि कल कोई सूरज उगेगा भी या नहीं और उगा भी तो पता नहीं कि इन्तिसार की नदी से पल्लवित बग़ीचों में बहार आएगी कि नहीं। दूर आकाश में नज़रें गड़ाए वह ढूँढ़ती रहती समय के उस कतरे को, जो एक दिन उसके सारे घाव भर देगा। अब्बू कहते थे, समय सबसे बड़ा मरहम है; फिर अब्बू ने ख़ुद क्यों नहीं लगाया अपने ज़ख़्मों पर ये मरहम; वह क्यों दूरियों की पनाह में चले गए अपने दर्द का इलाज ढूँढ़ने?

जब तक पालकी और घुड़सवारों का आना लगा रहा, एकबारगी ये भुलावा भी अच्छा लगता था कि वक़्त मरहम है। ज़ख़्म की टीस महसूस करने के लिए वक़्त ही न मिलता था। बिस्तर पर आदमी के बोझ तले बिखरती रूह, जिस पल नया ज़ख़्म पहन रही होती थी, उस पल पुराने ज़ख़्मों से राहत-सी मिल जाती थी; अब्बू, अम्मी, सरजू कुछ भी न याद रहता था। पालकी का आना लगभग बंद हो चुका था। मेहरू की भूख शहज़ादे की अँतड़ियों में ज़्यादा दिन न टिकी।

वास्तव में सलीम को मेहरू की भूख थी भी नहीं; उसे तो बस उस शिकस्त से पार पाने की ज़िद थी, जो मेहरू का निकाह पढ़वाकर शहंशाह ने सलीम के बदन पर चस्पाँ कर दी थी।

दिनचर्या का सूर्य जब पागल हुकूमत की मर्ज़ी के ख़िलाफ़ अस्त होता है, तो जाहिल बादशाह, रोशनी के लिए उन झोपड़ियों में आग लगाते हैं, जो उनकी हुकूमत का हिस्सा हैं। मेहरुन्निसा का सूर्य, सलीम की मर्ज़ी के ख़िलाफ़ अस्त हुआ था; इन्तिसार का झोंपड़ा जलना लाज़िमी था। घुड़सवारों की भीड़ भी कम हो गई थी। घुड़सवारों की भीड़ के कम हो जाने के पीछे अलग कारण था।

आगरा का एक नामचीन फ़ौजदार था अमीर शिराज़ी। मिर्ज़ा गयास बेग़ के साथ ही उसे भी फ़ारस से निर्वासित कर दिया गया था। गयास बेग़ के कारवां के साथ सफ़र करते हुए; उसकी सेवा-सुश्रूषा करते हुए उसने मिर्ज़ा का विश्वास जीत लिया था। अब्दुर्रहीम खानखाना की सिफ़ारिश से गयास बेग़ को दरबार में

पद मिला तो गयास बेग़ ने अमीर शिराज़ी की सिफ़ारिश कर उसे आगरा का फ़ौजदार बनवा दिया। वह बयालीस साल का रौबदार व्यक्ति था; पूरे आगरा शहर के प्रशासन की बागडोर उसके हाथ में थी। गालों के कुछ हिस्से को छोड़कर लम्बे-चौड़े पठानी क़द वाले अमीर शिराज़ी का पूरा चेहरा घनी दाढ़ी से भरा हुआ; कद छह फुट से भी ज़्यादा था।

शहंशाह के जन्मदिन पर मिलने वाली सात टुकड़ों वाली पोशाक पहने; अकबर की राजधानी आगरा में कानून-व्यवस्था बनाए रखने का भार वह अपने बलिष्ठ कन्धों पर कुशलता से निभाने का प्रयास करता था। कभी-कभी घोड़े पर सवार हो वह अकेला ही राजधानी की सैर को निकल पड़ता था। घर में दो बीवियों से तीन बच्चे थे। एक बीवी मर चुकी थी और दूसरी बीवी लकवाग्रस्त थी, घर में पड़ी रहती थी। काम करने के लिए नौकर-चाकर थे; व्यवहार से थोड़ा संजीदा था।

आदतों का कमज़ोर नहीं था और न कोई ख़ास व्यसन करता था; पर इधर जब से उसकी दूसरी बीवी बीमार पड़ी, तो उसकी शारीरिक ज़रूरतों ने उसे बाहर मुँह मारने पर विवश कर दिया। इन्तिसार से उसकी पहली मुलाक़ात सरजू के अपराध के सिलसिले में हुई थी, जब वह तहक़ीक़ात करने उसके घर तक आ पहुँचा था। इन्तिसार पहली नज़र में ही उसे भा गई थी। एक-दो बार वह सरजू के बहाने से उससे मिला और फिर उनकी मुलाक़ातों का सिलसिला नियमित हो गया।

अक्सर; क़रीब-क़रीब रोज़ाना ही, शाम ढलते, जब लोगों की नज़र बचाकर गुनाह करने भर का अँधेरा हो जाता, वह इन्तिसार के घर आ धमकता। रौबीले फ़ौजदार को दूसरे घुड़सवारों ने उसके घर की राह पकड़ते देखा, तो उन्होंने आना बंद कर दिया। एक ख़ाली जगह थी, जो सरजू ने छोड़ी थी, उसके वक्त के हिस्से वाला कमरा भर गया था, पर उसकी सत्ता वाला कमरा ख़ाली था। हड़बड़ी में क़लम चली और टटोलती रही काग़ज़ की नब्ज़ें। स्याही फैली तो ज़रूर, पर लाख जतन के बाद भी वे शब्द नहीं बन पाई, जो किरदार को कहानी अता करते हैं। यूँ तो इतना भी कम न था। सत्ता हो या न हो, कुछ हासिल हो या न हो, सुकून हो या न हो; कम से कम गुमनाम किरदारों के चीख़ते सवाल तो न थे, जो उससे हर पल उसके वजूद का औचित्य पूछते कचोटते रहते थे। ये बेमानी-सी चहलक़दमी उन ज़ख़्मों को ज़रूर राहत देती थी, जिसका मरहम सिर्फ़

और सिर्फ़ वक़्त था।

अमीर शिराज़ी एक प्रभावी शख़्स था। दूसरे घुड़सवारों की तरह वह स्वार्थी नहीं था- कि मतलब निकला और घर की राह पकड़ी। वह आया ज़रूर था अपनी स्वार्थी ज़रूरतों को पूरा करने; पर जैसे-जैसे इन्तिसार एक औरत से आगे एक इंसान होकर खुलती गई, वह उसे फ़ातिहे की तरह पढ़ने लगा। अमीर ने पहले इन्तिसार के अब्बू का छोर पकड़ा और फिर उसकी अम्मी का। उसने पढ़ा कि इस दुनिया में अब उसकी थाह लेने वाला कोई नहीं था। फिर उसने सरजू का पन्ना पकड़ा और उसने पढ़ी सरजू की मोहब्बत में उसकी लबरेज़ आँखें। अमीर की ज़रूरत से शुरू हुआ ये रिश्ता, आहिस्ता-आहिस्ता सहानुभूति में बदलने लगा और एक दिन वह सहानुभूति से भी आगे जा बढ़ा।

"निकाह करोगी?" एक शाम जब वह आया तो उसने पूछा। सवाल और भी थे; पर जो सवाल बेताबी में फुदककर ज़बान पर सबसे आगे पहुँच गया, वह बहुत सादा था।

उसने अपनी झुकी हुई पलकों को ऊपर उठाया। एक पल लगा जैसे उम्मीद का नया सूरज उगा है। फिर अगले ही पल उसे सरजू की याद ने घेर लिया। सूरज घने बादलों के पीछे छुप गया।

'करोगी?' सूरज ने फिर दस्तक दी। बादल नहीं हटे।

"मुझे सरजू का इंतज़ार है।" उसने सूरज को ठोकर मारते हुए कहा।

"कोई रिश्तेदार...कोई जानकार नहीं है; अब्बू का क्या भरोसा, अगर नहीं लौटे तो?"

"लाहौर में बड़े अब्बू हैं, उनका अपना कारोबार है वहाँ; मामू का खानदान अहमदाबाद में रहता है। दरअसल मेरे अब्बू लाहौर से यहाँ आकर बस गए थे। अब्बू के जाने के बाद बड़े अब्बू के पास जाना चाहती थी, पर समय ही नहीं मिला। क्या सूरत लेकर जाती। अच्छा ही हुआ कि नहीं गई। सन्देश भिजवाया था, पर जब शहज़ादे का नाम बीच में आया तो सबने कन्नी काट ली।"

अमीर चुप रहा। उसे उत्तर बिलकुल बुरा न लगा। वह बिस्तर पर लेटे-लेटे छत की ओर देखने लगा। इन्तिसार उसके सिरहाने बैठी थी। कुछ देर के लिए

दोनों ख़ामोश रहे। इन्तिसार ने भावनाओं में बहकर सूरज को ठोकर तो मार दी थी, पर वह जानती थी कि अकेले सरजू का इंतज़ार करना आसान नहीं है। आज अमीर है तो वह सुरक्षित है; कल जब अमीर नहीं होगा तो फिर उसे अपना जीवन उस जंगली हिरणी की तरह बिताना होगा, जो चारों ओर शिकारियों से घिरी हुई है... और फिर सरजू का लौट आना भी तो तय नहीं था।

असल में सरजू का लौटकर न आना लगभग तय था। फिर अचानक एक ख़याल आता कि क्या अमीर, सरजू को वापस लाने में उसकी कोई मदद नहीं कर सकता। वह तो फ़ौजदार है। पहले भी उसने अमीर से सरजू की वापसी का ज़िक्र छेड़ा था; अमीर ने साफ़-साफ़ कह दिया था कि मामला क़त्ल का है। पर अब, जब अमीर ने खुद निकाह का प्रस्ताव रखा, तो उसने सोचा कि एक आख़िरी ज़ोर लगा लेने में क्या हर्ज है। व्यापार का मनोविज्ञान भी कुछ यही कहता है; ख़रीदार की उत्सुकता संकेत है कि विक्रेता को मूल्य बढ़ा देना चाहिए। अमीर इस मनोविज्ञान को भली-भाँति समझता था। इस पल में अमीर ख़रीदार नहीं था; वह तो सिर्फ एक हमदर्द बनकर इन्तिसार को प्रसन्न देखना चाहता था।

''अगर सरजू न आया तो?''

''मुझे मालूम है वह नहीं आएगा; फिर भी उसके इंतज़ार को दिल बेताब है।''

अमीर चुप रहा।

इन्तिसार ने अमीर के चेहरे पर हाथ फेरते हुए उसकी आँखों में देखा। उसकी बड़ी-बड़ी आँखों में उसके प्रस्ताव की दस्तक अभी भी बुझी नहीं थी।

''मुझे कुछ बुरा नहीं लगा....'' इन्तिसार ने हौले से कहा।

''शिराज़ी साहब...!'' उदासी की एक परत उसके चेहरे पर पसर गई। अमीर सुन रहा था।

''मेरी सबसे नाज़ुक उम्र में मेरी अम्मी चल बसी। वो उम्र, जिसमें माँ अपनी बेटियों को एक औरत की तरह पेश आने के नए सलीक़े सिखाती है, उस उम्र में मेरी अम्मी चल बसी। मुझे बुरा नहीं लगा...। मेरे अब्बू, जिन्हें अम्मी के जाने के बाद अम्मी का फ़र्ज़ भी निभाना था, छोड़कर चल दिए; मेरे अन्दर की औरत को तोड़कर बिखेर दिया...मेरे अपने अब्बू ने; मुझे वह भी बुरा नहीं लगा।

सराय की चादर की तरह कभी इस बिस्तर कभी उस बिस्तर मुझे बिछाया गया; वह भी बुरा नहीं था। एक अदद इंसान मिला, जिसने सब कुछ फिर से जगा दिया और मुझे बिना बिछाए बस...जो चादर अपनी सलवटों के अँधेरे लिए कहीं बिछाने लायक़ भी न रह गई थी, उसे...उसे उसने ओढ़ लिया...एक दिन वह भी चल दिया; नहीं बुरा लगा...''

वह सिसकने लगी। अमीर ने उसके गालों पर गिर गए आँसुओं को अपनी हथेली से साफ़ किया।

''अपना पूरा वजूद समेटकर, अगर उसके लिए एक कोशिश भी न की, तो ज़रूर बुरा लगेगा।''

जब उसके आँसू सूख गए तो उसने फिर अपनी नज़रें अमीर के चेहरे पर गड़ा दीं। उन नम आँखों में गुहार की गहराई, अमीर को उद्वेलित कर गई।

''ख़ुदा के वास्ते शिराज़ी साहब, मुझे कोई राह दिखाओ कि मैं सरजू से मिल सकूँ; उसके वापस आने की राह देखनी है या नहीं, एक बार उसी से पूछना चाहती हूँ मैं।''

अमीर के लिए उसकी मदद करना आसान नहीं था। मुक़दमा चलेगा और उस मुक़द्दमे में अमीर की भूमिका भी होगी। मामला शाही अफसर के क़त्ल का है। विरोधी-पक्ष यदि कमज़ोर होता तो संभवतः कुछ ले-देकर मामला निबटाया जा सकता था; पर वे लोग तो जैसे जल्द से जल्द सरजू को फाँसी पर झूलते हुए देखने को बेताब थे। ताक़तवर विपक्ष के आगे सरजू को मुसलमान बनाकर माफ़ीनामा देने का विकल्प भी कमज़ोर ही था। माफ़ीनामे के विचार पर अमीर कुछ देर के लिए रुक गया। शायद कुछ कर पाना संभव हो। अमीर समझ गया कि कुछ हो तो सकता है, पर उसके अपने स्तर पर नहीं।

मुसलमान बनाकर सरजू को माफीनामा दिलाने के लिए उसे महल में किसी दीवान से ही बात करनी होगी। उसे राह तो मिल गई थी, पर इस राह में एक कठिनाई थी। सरजू से अमीर का क्या सम्बन्ध है? इन्तिसार का अमीर से क्या सम्बन्ध है? जब वह दीवान से सिफ़ारिश करेगा तो उसे इन सब सवालों के जवाब देने होंगे। इन सवालों के फेर में पड़ना उसे ठीक न लगा।

''अगर तुम ख़ुद किसी दीवान से बात करो तो बात बन सकती है।'' अमीर

बोला।

"तो मिलवा दीजिये दीवान जी से।" वह उत्तेजित हो उठी।

"मैं नहीं मिलवा सकता; तुम्हें किसी बहाने से ख़ुद ही महल में जाना होगा और दीवान से मिलने भर से काम नहीं होगा; उसे अपने क़ाबू में करना होगा, तभी काम बन सकता है।"

"मैं शहज़ादे सलीम से कई बार मिली हूँ, क्या उनसे कुछ काम बन सकता है?"

"वह शहज़ादा है, कुछ भी कर सकता है; पर तुम्हारे उससे मिलने और उसके तुमसे मिलने में बहुत फ़र्क़ है; मुझे नहीं लगता उसे तुम्हारी सूरत भी याद होगी; फिर भी यदि चाहो तो कोशिश कर सकती हो।"

"पर मैं महल में जाऊँगी कैसे?"

"इंतजाार करो; शहज़ादे की पालकी तुम्हें लेने ज़रूर आएगी।"

"नहीं, शायद नहीं आएगी; बहुत दिन हुए नहीं आई। ...मैं पालकी के इंतज़ार में नहीं बैठ सकती, ज़्यादा समय नहीं है शिराज़ी साहब।"

"ठीक कह रही हो, ज़्यादा समय नहीं है; तीन माह के भीतर मुक़द्दमे का फ़ैसला हो जाएगा। तीन माह से एक दिन भी ऊपर नहीं है तुम्हारे पास।"

"तो फिर?"

"मैं तुम्हें बेगम की कनीज़ बनाकर भिजवा सकता हूँ; हाँ, यह कर सकता हूँ मैं।" अमीर ने आत्मविश्वास से कहा।

"मुझे मंज़ूर है।"

"जहापनाह की बेटी हैं लाड़ली बेगम; निकाह नहीं हुआ। शहज़ादे से अच्छे रिश्ते हैं उनके। लाड़ली बेगम के ज़रिये तुम दोबारा शहज़ादे तक पहुँच सकती हो, या फिर बेगम का विश्वास जीतकर किसी दीवान से भी काम निकलवा सकती हो। मेरा ख़याल है यही ठीक रहेगा। तुम तैयारी करो, मैं तुम्हें लाड़ली बेगम के महल में भिजवाने का इंतिज़ाम करता हूँ।"

"शुक्रिया शिराज़ी साहब!" इन्तिसार के चेहरे पर ख़ुशी झलक उठी।

"यूँ ही मुस्कुराते रहा करो।" उसने बस इतना ही कहा और उठकर चल दिया।

इन्तिसार उसे दरवाज़े पर छोड़ने आई।

"शिराज़ी साहब!" दरवाज़े पर पहुँचे अमीर को उसने पीछे से पुकारा। वह रुका, पर पीछे मुड़कर नहीं देखा।

"मुझे इश्क़ का क़ायदा नहीं मालूम; मेरी ख़्वाहिशों ने आपका दिल दुखाया है, मुझे माफ़ कर देना।"

अमीर, दरवाज़ा खोलकर बाहर निकल गया। आँगन में खड़े घोड़े को खूँटे से आज़ाद किया और कुछ ही पलों में ओझल हो गया।

16

सल्तनत का रिवाज

इलाहाबाद क़िले के मुख्य दरवाज़े को चूहों की दस्तक का इंतज़ार था।

बाबर ने मरते समय अपने बड़े बेटे हुमायूँ से कहा था, "कुछ भी हो जाए, अपने भाइयों के ख़िलाफ़ कभी खड़े मत होना; वे अगर तुम्हें विवश कर दें, तो भी।" नैतिक-शिक्षा सरीखे उस मृत्यु-वाक्य में मुग़ल साम्राज्य का निचोड़ छुपा था।

इतिहासकारों ने बाबर के इसी मृत्यु-वाक्य से प्रभावित होकर उसे दूरदर्शी शहंशाह क़रार दिया। उन्हें इतनी भी समझ नहीं थी कि इस वाक्य में एक शहंशाह की दूरदर्शिता से कहीं परे, एक पिता का अंतिम रुदन था, जो अपने बेटों को एक-दूसरे का हत्यारा होने से रोकना चाहता था। वह जानता था कि आने वाला इतिहास, पत्थर की लकीरों से लिखा जा चुका है। अपने छटपटाते हृदय में वह इस बात का संतोष बसा लेना चाहता था कि आने वाली नस्लों को उसने आगाह किया था। इतिहास की पथरीली लकीरों पर उसकी बुझती साँसों की परत भला उसे कब तक परदे में रखती।

मरने से पहले बाबर ने अपने साम्राज्य को दो बड़े भाइयों में बाँट दिया। कामरान के हिस्से में काबुल और लाहौर आया और हुमायूँ के हिस्से में दिल्ली। मध्य एशिया के चंगेज़ी, तैमूर और उज्बेकी क़बीले शासकों में भी यही प्रथा थी। किसी एक भाई को पूरे क़बीले की बागडोर देने से, दूसरे भाई अपने आप उसके प्रतिद्वंद्वी हो जाते थे और क़बीले पर क़ब्ज़ा करने के लिए अपने ही भाई के विरुद्ध खड़े हो जाते थे। भ्रातृहत्या से बचने के लिए और भाइयों में पारस्परिक-सौहार्द क़ायम रखने के लिए बाबर ने मध्य एशिया की इस प्रथा को मुग़ल वंश में भी

आगे बढ़ाना चाहा। शुरूआत के कुछ सालों में इस प्रथा ने अपेक्षानुसार कार्य किया। जब तक समुद्र की गहराइयाँ शांत खड़ी रहीं और सीमाएँ साफ़-साफ़ दिखाई देती रहीं; मछलियाँ अपने हिस्से के चारे पर गुज़ारा करती रहीं। एक दिन एक भूचाल आया और सारी सीमाएँ धूमिल कर गया।

बाबर के ज़िंदा रहते हुए भी हुमायूँ को एक कमज़ोर शासक के रूप में देखा जाता था। दिल्ली पर मुग़ल वंश का झंडा ज़्यादा दिन नहीं फहरा। शेरशाह सूरी ने उसे लाहौर तक खदेड़ दिया। वह मदद के लिए अपने भाई कामरान की शरण में गया। कामरान उसकी उपस्थिति को ख़तरा भी मानता था और अवसर भी। एक ओर उसे ये भय सताता था कि कहीं हुमायूँ लाहौर और काबुल पर क़ब्ज़ा न कर ले; तो दूसरी ओर हुमायूँ को बेदख़ल कर उसे दिल्ली के तख़्त पर क़ब्ज़ा करने के अवसर की बू भी आती थी। एक टुकड़ी लेकर वह हुमायूँ की मदद को दिल्ली के लिए निकल पड़ा।

हुमायूँ की पीठ पीछे उसने हिंदाल से समझौता किया कि वह हुमायूँ को हटाकर हिंदाल को दिल्ली के सिंहासन पर बिठा देगा। मुग़ल वंश में चूहों की पहली दस्तक लाहौर में सुनाई दी थी। गुजरात के सुल्तान बहादुर और बिहार के शेरशाह सूरी ने हुमायूँ को दोनों ओर से घेर रखा था। ओटोमन शासकों से ख़रीदी गई जिन तोपों के बल पर मध्य एशियाई क़बीलों के छोटे-मोटे गिरहकट, हिंदुस्तान के शहंशाह बन बैठे थे, वही तोपें गुजरात के सुल्तान बहादुर ने पुर्तगालियों से ख़रीद ली थी। अब मुक़ाबला बराबरी का था, जिसमें विदेशी गिरहकट अपनी दाल न गला सके। हुमायूँ को अंततः हिंदुस्तान छोड़कर ईरान के सफ़ाविदों की शरण में भागना पड़ा।

1545 में शेरशाह सूरी की मृत्यु हो गई। ईरान में दस साल निर्वासित रहने के बाद 1550 में दिल्ली पर क़ब्ज़ा करने के उद्देश्य से हुमायूँ फिर वापस लौटा। भाइयों के विश्वासघात ने उसे बदल दिया। पिता की नसीहतें उसने भुला दीं। सफ़ाविदों की मदद से काबुल और लाहौर के रास्ते अपने भाइयों को हराता हुआ वह फिर सूर वंश के शासक इस्लाम शाह सूरी से भिड़ गया, पर दाल फिर भी नहीं गली। यहाँ भी उसके भाइयों ने इस्लाम शाह से मिलकर उसे दग़ा देना चाहा, पर सफल न हुए। 1554 में इस्लाम शाह की मृत्यु के बाद उसने दिल्ली पर क़ब्ज़ा करने का फिर प्रयास किया। दिल्ली का शासक सिकंदर शाह सूरी कमज़ोर पड़ गया और 22 जून 1555 को सरहिंद के युद्ध में हुमायूँ के सामने

उसने हथियार डाल दिए। इस युद्ध में हुमायूँ का सेनापति वही बैरम खां था, जो बाद में अकबर का संरक्षक बना। सरहिंद के युद्ध में बैरम खां की कुशल रणनीति वह मोड़ नहीं थी, जिसने हिंदुस्तान को ढाई सौ साल के लिए ढाई हज़ार साल पीछे खदेड़ दिया।

1556 में हुमायूँ की मृत्यु के बाद, बंगाल के गवर्नर हेमू को मुग़लों से सिकंदर शाह सूरी की हार का बदला लेने और दिल्ली पर वापस क़ब्ज़ा करने का अवसर दिखाई दिया। सेना लेकर वह बंगाल से निकला और दिल्ली में मुग़ल सेना के ख़िलाफ़ मोर्चा खोल दिया। आगरा को जीतने के बाद 7 अक्तूबर 1556 में उसने मुग़ल सेना को दिल्ली के बाहर तुग़लक़ाबाद में धूल चटाई। मुग़लों का हराने के बाद उसने विक्रमादित्य की पदवी धारण की। विक्रमादित्य हेमू, इतिहास के उन निर्वासित चरित्रों में से एक है, जिसे इतिहासकारों ने कूट-कूटकर अपनी चाटुकारिता की भेंट चढ़ाया। आदिल शाह सूरी का सबसे कुशल नागरिक प्रशासक और सबसे सफल मिलिट्री कूटनीतिज्ञ था हेमू।

सूरी वंश ने अकेले हेमू के नेतृत्व में 22 युद्ध जीते थे। तुग़लक़ाबाद में मुग़ल सेना की हार ने दिल्ली में बैठे 13 साल के अकबर के पसीने छुड़ा दिए। एक साल भी न हुआ था हुमायूँ को दफनाये हुए। एक माह बाद, 5 नवम्बर 1556 को पानीपत की दूसरी लड़ाई ने दुनिया की सभ्यतम संस्कृति पर एक गहन अंधकारमय भविष्य की मोहर लगा दी। तुग़लक़ाबाद में हार के बाद अकबर के लिए हेमू को हराना आसान होने वाला नहीं था। अकबर की हार लगभग तय थी। युद्ध क्षेत्र से आठ मील दूर, जहाँ बैरम खां के साथ अकबर अपनी सेना को जूझते हुए देख रहा था; वहीं हेमू युद्ध क्षेत्र के बीचोबीच अपने हाथी 'हवाई' पर बैठ अपनी सेना का नेतृत्व कर रहा था। ऐसा डर था हेमू का।

बायीं ओर का मोर्चा उसके भांजे ने सँभाल रखा था और दायीं ओर अफ़ग़ान सेनापति शादी खान कक्कड़ ने। युद्ध का अंत निकट था और अकबर की पराजय भी। तभी, मुग़ल सेना के किसी सैनिक के एक सिरफिरे तीर ने हेमू को घायल कर दिया और बाज़ी पलट गई।

देशी इतिहासविदों के बीमार रवैये के बाद जिस चीज़ ने भारतीय इतिहास को मोड़ने में सबसे महत्त्वपूर्ण भूमिका निभाई, वह यही तीर था, जो पानीपत की दूसरी लड़ाई में बैरम खां की सेना के एक गुमनाम सैनिक की कमान से निकला

था। ये वही तीर था, जिसने स्थापित कर दिया कि अब जो जीतेगा, वही इतिहास का रचयिता होगा और हारने वालों के लिए इतिहास एक भूलभुलैया से ज़्यादा कुछ नहीं रह जाएगा। ये वही तीर था, जिसने एक संस्कृति को अपने सिर के बल उलट दिया; ये वही तीर था, जिसने श्रवण कुमार के सिर्फ प्राण नहीं हरे थे, बल्कि बहरूपियों की एक असीमित फौज को श्रवण कुमार की जगह, पर लाकर स्थापित कर दिया था। ये फौज सत्ता के लिए अब हर दिन बंधुओं, मित्रों, पितरों और पुत्रों का लहू माँगती थी। श्रवण कुमार की तरह अंधे माँ-बाप को तीर्थ ले जाने की संस्कृति की जगह सत्ता के लिए अपने ही भाइयों की आँखें बेध देने वाली संस्कृति का उदय हो चुका था; और इस संस्कृति का बीज अकबर ने अपने ही हाथों बोया था, उसी पानीपत के मैदान में।

हेमू के घायल होते ही उसकी सेना का हौसला टूट गया। कुछ टिमटिमाते बयान ये भी कहते हैं कि शादी खान कक्कड़ ने जान-बूझकर हेमू की सेना को गुमराह किया था, क्योंकि वह हेमू की जीत के बाद दिल्ली पर हिन्दू शासन को क़ाबिज़ होते हुए देख रहा था। हेमू की सेना युद्ध हार गई और बैरम खां ने ऐसा क़त्ल-ए-आम मचाया कि पानीपत की मिट्टी लाल हो गई। हेमू को बंदी बना लिया गया। बैरम खां ने अकबर को सलाह दी, कि हेमू का सिर धड़ से अलग कर दिया जाय। अकबर सिर्फ तेरह साल का था। बैरम खां अकबर का गुरु था। एक गुरु अपने तेरह साल के शिष्य को सिर काटने का पाठ पढ़ा रहा था। अकबर ने अपनी तलवार के सिरे से हेमू के सिर को छुआ भर; जैसे बड़ी इमारत की नींव रखने के लिए मुख्य-अतिथि अपने हाथों से पहली ईंट स्थापित करता है। इमारत की नींव पड़ते ही बैरम खां ने हेमू का सिर धड़ से अलग कर दिया।

चूहों ने तब भी उत्पात नहीं मचाया था; वे उस दिन भी अपने बिलों में घुसे रहे।

बैरम खां बाबर के साथ ही भारत आया था और हुमायूँ के प्रति अपनी अगाध सेवानिष्ठा और युद्ध-कौशल के चलते वह हुमायूँ का सेनापति बन गया। वह एक कुशल रणनीतिकार था। हुमायूँ की मृत्यु के बाद अकबर को सिंहासन पर बिठाया गया और बैरम खां को अकबर का संरक्षक, उसका वकील-ए-सल्तनत या वज़ीर नियुक्त किया गया। अकबर के दरबार का सुन्नी तबक़े का मध्य एशियाई कुलीन वर्ग उसे हिक़ारत की नज़र से देखता था और उसे अकबर की नज़रों में गिराने के लिए नित नए प्रपंच रचता रहता था। पिता का वफ़ादार

होने के कारण वह बहुत समय तक अकबर का भी विश्वासपात्र बना रहा। पर आख़िर एक दिन कुलीन सुन्नी दरबारियों की राजनीति उस पर हावी होने लगी और धीरे-धीरे अकबर पर उसका प्रभाव कुंद होता गया।

पानीपत का निर्णायक युद्ध जीतने के बाद बैरम खां और उसके सुन्नी साथी, अकबर की इजाज़त के बिना ही सल्तनत के काम-काज में दख़ल देने लगे थे। दूसरी ओर अकबर की छोटी उम्र का लाभ उठाकर उसकी धाय माँ महम अंगा भी सत्ता में हिस्सेदारी करने लगी थी। अकबर की माँ हमीदा बेगम जब अपने पति हुमायूँ के साथ निर्वासन की ख़ाक छान रही थी, तब महम अंगा ने ही अकबर को बड़ा किया था। ज़ाहिर था कि सत्ता में हिस्सेदारी कर वह अपने उपकार का पुरस्कार चाहती थी। एक ओर बैरम खां की बढ़ती मनमानियाँ और दूसरी ओर महम अंगा का 'पेटीकोट शासन' अकबर को रास नहीं आ रहा था।

बैरम खां ने अकबर की इच्छा के विरुद्ध, उससे अड़तीस साल छोटी अकबर की फुफेरी बहन सलीमा बेगम से निकाह कर अकबर के शासन पर अपनी सत्ता थोपने का प्रयास किया। अकबर तब सिर्फ़ चौदह साल का था और उसे बैरम खां की ज़रूरत थी। वह कुछ न कर सका। बैरम खां और महम अंगा के बढ़ते वर्चस्व ने अकबर की नींद उड़ा दी। अकबर ने एक-एक कर उनसे निबटने का निर्णय किया। बैरम खां का नंबर पहले लगा, क्योंकि उसने अकबर के विरुद्ध युद्ध का ऐलान कर दिया था। अकबर ने उसे हराकर माफ़ तो कर दिया, पर तुरंत ही हज पर जाने का हुक्म दे दिया। हज से लौटते समय गुजरात में उसके पुराने शत्रुओं ने धर दबोचा और उसकी हत्या कर दी।

अकबर ने कुछ साल महम अंगा और उसके बेटे अधम खां की ज़्यादतियाँ सहीं। अकबर को विश्वास में लिए बिना जब अधम खां ने तुग़लक़ाबाद के युद्ध में हारे हुए मुग़ल सेनापति तर्दी बेग की हत्या की, तो अकबर खून का घूँट पीकर रह गया। उस पर, महम अंगा की सिफ़ारिश पर उसे सेनापति बना दिया गया और मालवा पर क़ब्ज़ा करने के लिए बाज बहादुर से युद्ध करने रवाना कर दिया। अकबर की सेना सीमा पर खड़ी देख, बाज बहादुर अपनी रानी रूपमती को ज़हर पीने के लिए छोड़कर भाग खड़ा हुआ। अकबर को जब पता चला कि अधम खां, बाज बहादुर के हरम का आनंद अकेले ही उठा रहा है, तो वह तुरंत मालवा पहुँचा। अधम खां ने हरम की औरतों समेत लूट का सब माल अकबर के हवाले कर दिया। अधम खां, अकबर की नज़रों में चढ़ चुका था।

1561 में जब अकबर ने अतगा खां को अपना वकील-ए-सल्तनत नियुक्त किया, तो उसके सौतेले भाई अधम खां से रहा न गया और उसने भरे दरबार में अकबर की आँखों के सामने ही अतगा खां की हत्या कर दी। अकबर आगबबूला हो उठा और उसने अपने मंत्रियों को तुरंत आदेश दिया कि अधम खां को दो बार छत से नीचे फेंका जाय। मंत्रियों ने उसके आदेश का अक्षरशः पालन करते हुए उसे ठीक दो बार, दस फिट ऊँची छत से फेंका। अकबर ने स्वयं अपनी धाय माँ महम अंगा को उसकी मृत्यु का समाचार दिया। चालीस दिन बाद ही पुत्र वियोग में वह चल बसी।

सल्तनत के इतिहास का सबसे उदार शहंशाह अकबर वह पहला शहंशाह था, जिसने भ्रातृहत्या की नींव रखी। सल्तनत के इस कलुषित रिवाज के उद्घाटन के लिए भी चूहे नहीं आये थे। बैरम खां की मृत्यु के बाद, अकबर ने उसकी पत्नी और अपनी फुफेरी बहन से निकाह कर लिया और वह उसके हरम का हिस्सा बन गई। आगे चलकर बैरम खां के पुत्र अब्दुर्रहीम को अकबर ने अपना वकील-ए-सल्तनत नियुक्त किया। वह अकबर के नवरत्नों में से एक था।

1599 में शहज़ादे सलीम के छोटे भाई शहज़ादे मुराद की मृत्यु हो गई। सलीम की तरह मुराद भी शराब का शौक़ीन था और अंततः एक असफल सैन्य जनरल साबित हुआ। मुराद की असमय मृत्यु के बाद, अकबर के विरुद्ध उसके बाग़ी तेवरों ने ज़ोर पकड़ लिया। बाप बेटे के बीच की दूरियाँ कम होने के उलट, बढ़ती जा रही थीं और अकबर अपने दरबारियों की सलाह पर ये मन बना चुका था कि उसके बाद सलीम का बेटा ख़ुसरो उसकी गद्दी पर बैठेगा। दरबारियों के अनुसार, सलीम की तुलना में ख़ुसरो कहीं ज़्यादा क़ाबिल था। वह अफीम और शराब का ग़ुलाम भी नहीं था।

अकबर और ख़ुसरो के बीच बढ़ते हुए सामीप्य ने सलीम को बेचैन कर दिया। उसने वीरजी सेठ को इलाहाबाद बुला लिया। अकबर को अंदेशा होने लगा था, इसलिए उसने सलीम को दिए जाने वाले ख़र्च पर पाबंदी लगा दी थी। इलाहाबाद के सूबेदार अफ़ज़ल खान मुबारक की तनख़्वाह कम कर दी गई थी; बस उतनी कि जिससे उसका भरण-पोषण हो सके। सूबेदारों द्वारा इकट्ठे किये गए लगान पर चौकस निगरानी रखी जाने लगी थी। अकबर के मंत्री अबुल फ़ज़ल ने सलीम को इस लायक़ नहीं छोड़ा था कि वह अकबर के ख़िलाफ़ सेना जुटा सके। पिता अकबर के विरुद्ध सेना जुटाने में एक ही आदमी था, जो उसकी

मदद कर सकता था; वीरजी सेठ। सलीम जानता था कि जानबूझकर शहंशाह अकबर के विरुद्ध बिगुल बजाने की हिम्मत कोई नहीं कर सकता, इसलिए बहुत ख़ुफ़िया तरीक़े से वीरजी सेठ को सूरत से इलाहाबाद बुलाया गया था।

गंगा और जमुना के मध्य संगम का उत्तरी इलाक़ा एक छावनी का रूप ले चुका था। ओरछा के राजा वीर सिंह बुंदेला को सलीम ने 1594 में जीत लिया था। बुंदेला ने अकबर की ताबेदारी स्वीकार कर ली थी। सलीम के ज़ोर डालने पर उसने अपने छह हज़ार सैनिक सलीम के हवाले कर दिए थे। वीर सिंह बुंदेला की ही तरह कुछ और नवाबों और सूबेदारों को इकट्ठा कर एक फौज का गठन किया गया। जिन सूबेदारों को रुपयों के ज़ोर पर अकबर के विरुद्ध मुहिम में शामिल किया जाना था, उन्हें ख़रीदने के लिए वीरजी सेठ को तलब किया गया था।

वीरजी सेठ चतुर था; सलीम की बातों में आने वाला नहीं था। पर सलीम भी ठानकर बैठा था कि वीरजी सेठ को उसकी बात माननी ही पड़ेगी। वीरजी सेठ जब अपने साथी पारेख और गुलाब राय के साथ वहाँ पहुँचा, तो सलीम ने उन तीनों को बंदी बना लिया। इलाहाबाद क़िले की उसी मंज़िल पर उन्हें ले जाया गया, जहाँ मासिक महाभोज के समय बकरे काटे जाते थे। रात का समय था। तीन दिन बाद, विद्रोह के लिए जुटाई गई सेना को आगरा के लिए कूच करना था। अकबर अपनी सेना के साथ दक्षिण के सूबों में व्यस्त था। इससे पहले कि अकबर वापस आगरा पहुँचे, सलीम को आगरा के सिंहासन पर क़ब्ज़ा कर लेना था।

''आज नहीं तो कल, ये सिंहासन मेरा होगा ही; यक़ीन करो सेठ, तुम्हारा बराबर ख़याल रखा जाएगा।'' सलीम ने गुर्राते हुए कहा।

''पर शहंशाह अब भी जिंदा हैं; ऐसे में हम उनका विरोध कैसे कर सकते हैं।''

गुलाब राय ने सलीम के स्वप्न का हल्का-सा विरोध किया। अगले ही पल वीरसिंह बुंदेला ने तलवार से गुलाब राय पर वार किया। उसका कटा हुआ सिर दूर जा गिरा। वीरजी सेठ और कालिदास पारेख की साँस वहीं रुक गई। तेज़ रफ़्तार से ख़ून की एक धार संगम में विसर्जित होने के लिए दौड़ पड़ी।

'ठहरो!'

वीरजी सेठ ने आत्मसमर्पण कर दिया। मशाल की प्रचंड भगवा लालिमा, उसके पसीने से तर चेहरे को ऐसे झुलसा रही थी मानो रेगिस्तान में मरीचिका की भभक उठ रही हो।

"मैं तुम्हारा सहयोग करने के लिए तैयार हूँ, जितना रुपया तुम्हें चाहिए, मिल जाएगा।"

वीर सिंह बुंदेला, शहज़ादा सलीम और अफ़ज़ल ख़ान मुबारक ने वहाँ खड़े सैनिकों को आदेश दिया कि कालिदास पारेख को तब तक बंदी बनाकर रखा जाए, जब तक शहंशाह के विरुद्ध उनका अभियान पूरा नहीं हो जाता। उस सहमी रात में वीरजी सेठ को इलाहाबाद की गलियों में छोड़ दिया गया। वीरजी सेठ रात भर वहीं सराय में रुका। रुपयों का प्रबंध करने के लिए उसके पास सिर्फ चौबीस घंटे थे।

तीन दिन बाद, तीस हज़ार सैनिकों की फौज जुटाकर सलीम आगरा पहुँच गया। अकबर, दक्षिण में अपना अभियान अधूरा छोड़कर आगरा रवाना हो गया। उसने सलीम को फ़ौरन इलाहाबाद लौट जाने का आदेश दिया। उसे बंगाल और उड़ीसा का गवर्नर बनाने का प्रस्ताव भी दिया, पर सलीम ने अपने क़दम वापस नहीं खींचे; वह आर-पार की लड़ाई लड़ने पर आमादा था। आगरा वापस आकर अकबर ने अपनी राजधानी तो बचा ली, पर सलीम ने आत्मसमर्पण नहीं किया। इलाहाबाद जाकर उसने अपना अलग दरबार स्थापित कर अपनी स्वतंत्रता का ऐलान कर दिया। अपनी प्रभुसत्ता स्थापित करने के लिए हज़ारों राजपूत रानियों को जौहर के लिए विवश करने वाला शहंशाह अपनी ही नालायक़ औलाद के सामने अपनी सत्ता स्थापित न कर सका।

चूहे, तब भी अपने बिलों से बाहर नहीं आए थे।

17

जुगनुओं का जश्न

अकबर के तीन बेटे थे; सलीम, मुराद और दानियाल। इन तीन बेटों के अलावा उसकी तीन बेटियाँ भी थीं, जो विभिन्न रानियों, पटरानियों और कनीज़ों से पैदा हुई थी। दो और बेटियाँ भी थीं, जो छह साल की उम्र के पहले ही मर गयीं। शहज़ादी खानुम सुल्तान सबसे बड़ी बेटी थी; उसका निकाह एक शाही घराने में हुआ। दूसरी बेटी शहज़ादी शक़ीरुन्निसा का निकाह भी लाहौर के एक शाही घराने में हुआ। अकबर को ज़हर देने के बाद बाप और बेटे के सुलह के प्रयासों में शक़ीरुन्निसा का महत्त्वपूर्ण योगदान था।

तीसरी बेटी आराम बानो बेगम, जो अकबर की कनीज़ की कोख से पैदा हुई, अकबर की सबसे प्रिय बेटी थी। वह सलीम के भी नज़दीक थी। उसने जीवन भर निकाह नहीं किया; वह अपनी कनीज़ माँ के साथ ही हरम में रहती थी। कनीज़ों की औलादों को शहंशाह अक्सर अपना नाम नहीं दिया करते थे, पर आराम बानो बेगम, शहंशाह अकबर को इतनी प्रिय थी कि उसे न सिर्फ अपना नाम दिया, बल्कि उसे अपनी 'लाड़ली' होने का ख़िताब भी दिया। हरम में सब उसे 'लाड़ली बेगम' के नाम से जानते थे। सलीम ने उसे 'हरम की तितली' भी कहा था।

उसके निकाह न करने के पीछे कई कारण बताए गए हैं। प्रचलित स्पष्टीकरणों में से सबसे बेहूदा कारण था, अकबर का उसके प्रति विशेष स्नेह होना। चूँकि वह अकबर को बेहद प्रिय थी; अकबर को मंज़ूर न हुआ कि वह निकाह कर उससे दूर हो जाए। एक बेटी के प्रति एक पिता के स्नेह का इससे बेतुका स्पष्टीकरण नहीं हो सकता। एक और तर्क था, जो ख़ुद लाड़ली की ओर से इतिहासकारों ने दिया। चूँकि बेटी या बहिन की रिश्तेदारी, सत्ता में भागीदारी

का जोखिम उत्पन्न करती थी, लाड़ली ने अपने पिता के अपार स्नेह के प्रति समर्पण दिखाते हुए निकाह न करने का निर्णय किया था। अकबर को स्वयं अपनी माँ की ओर से रिश्तेदारों के सत्ता में भागीदारी के लालच का सामना करना पड़ा था। बेटी का ऐसा अद्भुत समर्पण भी तर्क के कई पैमानों पर खरा उतरता प्रतीत नहीं होता।

एक और तर्क था, लाड़ली की पैदाइश को लेकर। चूँकि लाड़ली किसी रानी या पटरानी की नहीं, बल्कि एक कनीज़ की बेटी थी; अकबर को सदैव संशय रहा कि उसका निकाह एक शाही बेटी के तौर पर किसी शाही घराने में किया जाए कि नहीं। संभवतः और भी क़नीजें हों, जो अपने बच्चों के लिए ऐसे ही अधिकारों की माँग करें। यह तर्क भी कुछ गले नहीं उतरता, क्योंकि एक कनीज़ को पटरानी का दर्ज़ा देना एक शहंशाह के लिए कोई बड़ी बात न थी।

पंद्रह साल की उम्र में भी वह भरी-पूरी नवयौवना प्रतीत होती थी। उसकी शारीरिक-संरचना और उसके अंगों का विकास जैसे उसकी उम्र का मोहताज़ था ही नहीं। अपनी कनीज़ माँ की तरह ही वह बला की ख़ूबसूरत थी। उसकी प्रकृति, अल्हड़ उम्र की शरारतों और यौवन के खिलंदड अंदाज़ का मिला-जुला मिश्रण थी। दिन भर वह हरम के बग़ीचों में मोरों और तितलियों के पीछे दौड़ती, तो शाम को अपने एकांत के पलों में अध्ययन करती और शायरी लिखती। उसकी सेवा करने के लिए जब इन्तिसार हरम में आई थी, तब वह सोलह की हो गई थी।

उसकी कनीज़ माँ, उसे देखकर कभी ख़ुश होती तो कभी भाव-विभोर हो उठती। उसकी उम्र बढ़ रही थी- और लाड़ली अब तक अपने निकाह का मन नहीं बना पाई थी। माँ उसे उलाहना देती, ताने देती और उसे निकाह के लिए राज़ी करने का प्रयास करती; पर उसने जैसे बहुत कम उम्र में ही समझ लिया था कि वह निकाह कर खुश रहने वाली औरतों में से नहीं थी। उसकी माँ जब उसे पारिवारिक ज़िम्मेदारियों का निर्वाह करने, शाही स्त्रियों की तरह पेश आने और पति व बच्चों के प्रति समर्पित होने के गुर सिखाती, तो उसे बिलकुल भी रुचि न होती।

इन्तिसार ने जल्दी ही कनीज़ों की तरह रहने का हुनर सीख लिया। कुछ ही दिनों में वह लाड़ली की सिर्फ कनीज़ नहीं रह गई थी; वह उसकी हम-उम्र थी

और जल्द ही वह लाड़ली की अच्छी सखी बन गई। धीरे-धीरे मुग़ल हरम में इन्तिसार की भूमिका एक सखी की तरह बढ़ती गई और एक सेवक की तरह कम होती चली गई। शाही रुआब, जो शहज़ादे और शहज़ादियों के व्यवहार में दहाड़ें मारता था उसके व्यवहार में बिलकुल न था। संभवतः उसके सुशिक्षित होने के कारण उसका व्यवहार सादा था और आत्मीयता से भरा हुआ था।

लाड़ली को लेकर भी वह बग़ीचों में सैर करने निकल जाती। हँसी-हँसी में एक दिन इन्तिसार ने उसके निकाह का ज़िक्र छेड़ा तो वह बिफर गई; कहने लगी कि वह निकाह नहीं करना चाहती। इन्तिसार भी उसे अपने विषय में सब कुछ बता चुकी थी; अम्मी की मृत्यु से लेकर पिता के घर छोड़ने और सरजू के साथ उसके सम्बन्ध इत्यादि सब कुछ; उसने लाड़ली के सामने खोलकर रख दिया था। फिर एक शाम जब लाड़ली कुछ शायरीनुमा बातें कर रही थी, तो अवसर देखकर इन्तिसार ने हरम में आने का अभिप्राय भी उसे बता दिया। उसे डर तो लगा कि शायद लाड़ली उसे हरम से जाने के लिए कहे। उसने सोचा कि एक दिन किसी और से उसे इस बारे में पता चले, बेहतर है कि वह ख़ुद ही बता दे और वैसे भी, उसे सब कुछ बताए बिना, उसे विश्वास में लिए बिना इन्तिसार की दाल गलने वाली नहीं थी।

वे दोनों लाड़ली बेगम के सोने के कमरे में थीं। अँधेरा हो चुका था। खाना खाकर इन्तिसार, लाड़ली का सिर दबाने के लिए उसके कमरे में आई थी। कपड़े बदलने के लिए लाड़ली आइने के सामने खड़ी जैसे कोई गीत गुनगुना रही थी। उसी की किसी नज़्म के शब्द थे शायद।

''हमने क्या चाहा और क्या समझ लिया तुमने''

लबों की भीगती फिसलन पे गिर गई होगी,

मेरी जिस बात को वादा समझ लिया तुमने...'

''तुम ही हो न शहज़ादे सलीम की मेहरू?''

अपने कपड़े बदलते हुए, जब उसकी शायरी ख़त्म हो गई तो उसने इन्तिसार से पूछा। इन्तिसार उसे गाते हुए देख रही थी। लाड़ली का भरपूर यौवन, आइने के दायरों में कसा हुआ-सा लगता था। एक यही सच रह गया था, जो इन्तिसार ने लाड़ली से छुपा लिया था। उसे लगा जैसे ये भी नहीं छुपाना

चाहिए था।

"ऊँ..है न?" उसने हौले से प्रश्न दोहराया।

"जी, कुछ दिनों के लिए।"

इन्तिसार जो उसकी गुनगुनाहट सुनकर मुस्कुरा रही थी, अचानक संजीदा हो गई।

"ये क्यों नहीं बताया हमें?"

'बस यूँ ही; अंदाज़ा था, आपको शायद अच्छा न लगे, इसलिए...'

"और कुछ है, जो...आपके अंदाज़ से हमें अच्छा न लगे?"

"हाँ, है।"

लाड़ली ने अपनी नज़र इन्तिसार की ओर घुमाई।

"सरजू को छुड़वा दो, हम ज़िन्दगी भर आपकी सेवा करेंगे।"

लाड़ली उसे चुपचाप सुनती रही।

"हम कुछ नहीं कर सकते, दरबार के कामों में हमारा कोई दख़ल नहीं है।"

अगले ही पल लाड़ली ने नज़र फेरते हुए कहा।

"पर आप दीवानजी से तो कह सकती हैं।"

"नहीं, हम दीवानजी से कुछ भी नहीं कह सकते।"

इन्तिसार चुप हो गई। उसे लगा एक बार के लिए इतना ज़ोर बहुत है; ज़्यादा दबाव से काँच कहीं टूट न जाए।

लाड़ली कपड़े बदल चुकी थी। बिस्तर पर लेटकर उसने इन्तिसार को उसके सिर की मालिश करने के लिए कहा। इन्तिसार ने अलमारी से तेल की शीशी उठाई और लाड़ली के माथे पर मसलने लगी। अपना हाथ आहिस्ता-आहिस्ता चलाते हुए वह लाड़ली की पेशानी पर हथेलियाँ फिराती रही। लाड़ली

की आँखें अनजाने में उसकी आँखों से टकरा जातीं, तो वह कुछ अचकचा जाती।

''कबसे महसूस हो रहा है दर्द?'' उसने ख़ामोशी तोड़ते हुए पूछा।

''याद नहीं कब से; अक्सर होने लगता है, जब रात उतरती है।''

''आप बहुत ख़ूबसूरत हो बेगम, आपके चेहरे को आपकी अम्मीजान की रंगत क्या ख़ूब मिली है!''

''शुक्रिया इन्तिसार बी।''

ख़ामोशी फिर थोड़ी देर के लिए पसर गई।

''तुम कह रही थीं कि तुम सारी ज़िन्दगी मेरी ख़िदमत करोगी।''

''अगर आप कहें, तो बेशक, बिना शिकवा, बिना शिकायत।''

''तुम जानती हो, जब अँधेरा होता है तो जुगनू क्यों चमकते हैं?''

''नहीं, क्यों?''

''रात एक जश्न है और जश्न को रोशन करने के लिए मशालों की चकाचौंध की नहीं, जुगनुओं की टिमटिमाहट की ज़रूरत होती है।''

''आपको कैसे पता?''

''तुमने बहुत बुरा वक़्त देखा है इन्तिसार बी, तुम्हें कैसे समझाऊँ कि जश्न क्या होता है। जब तक जश्न के माने नहीं समझोगी, तब तक जुगनुओं की भाषा भी नहीं समझ सकोगी।''

इन्तिसार चुप रही।

''कभी बोसा लिया है? उफ़! क्या बेहूदा सवाल पूछ लिया मैंने भी; तुमने तो जश्न से आगे की ज़िन्दगी भी बख़ूबी जी है।''

इन्तिसार, बेगम के इस कटाक्ष का अर्थ समझती थी।

''हमारी ज़िन्दगी उस चादर की तरह है, जो बिछी तो कई बिस्तरों पर...पर

उसे उसकी पसंद का बिस्तर कभी न मिला; बोसा तो क्या, हम तो उसे जी भर के देख भी न पाए। जब नज़रें किसी को देखकर जी भर लें, तो बोसे की कमी कोई कमी नहीं लगती।''

बेगम उसके हाथों की मुलायम गर्मी अपनी पेशानी में उतार रही थी। इन्तिसार, सरजू के ख़याल में कहीं खो सी गई।

''तुम भी शायरी का शौक़ रखती हो बी?''

''ख़ुदा करे ऐसा लमहा आए कि हम भी शौक़ से कुछ करें...''

''उफ़...क्या अदा है; हमारा एक काम करोगी?''

''हुकुम कीजिये बेगम।''

''अटारी पर जलती हुई मशाल से थोड़ा अंगार ले आओ।''

इन्तिसार पूछना चाहती थी, क्यों, आखिर अंगार की क्या ज़रूरत? फिर वह कुछ सोचकर चुप रह गई, जैसे उसे याद आ गया हो कि वह सखी नहीं, कनीज़ है।

''जी, बी जी, अभी लाई।''

बेगम बिस्तर से उठी और आरामगाह के कोने में बनी अलमारी से एक सुराही निकाली। शराब पीने के लिए दो प्याले और एक चिलिम उसी अलमारी से निकालकर बाहर मेज़ पर लगा दिया। जब तक इन्तिसार, अंगार लेकर वापस आई, वह अफीम, चिलिम में ठूँस चुकी थी। इन्तिसार ने उसे देखा तो वह भौचक्की रह गई।

''औरतें भी ये सब भी करती हैं बी जी!''

''क्यों, औरतों को जश्न मनाने का हक़ नहीं होता?''

''हम क्या जानें; न तो हमने जश्न कभी देखा है, न हक़ कभी समझा है।''

''उन दो प्यालों में शराब भर दो। आओ और हमारे पास बैठो। आज हम तुम्हें जश्न भी करायेंगे और हक भी समझाएंगे।''

"नहीं बेगम... रहने दो। ये हमसे न होगा।"

लाड़ली उसका इनकार नहीं सुनना चाहती थी। वह इन्तिसार की ओर बढ़ी और उसके खूबसूरत गालों को अपनी हथेलियों में भरती हुई बोली,

"एक बार नोश तो फरमाओ; अगर सरजू को भुला न दिया तो लाड़ली की कही कोई बात न मानना।"

शहज़ादे सलीम के अलावा इन्तिसार ने कई दूसरे मर्दों को, जिनमें उसके अब्बू भी शामिल थे, शराब और अफीम पीते हुए देखा था। औरतें भी ये शौक़ करती हैं, इसका उसे अनुमान भी न था। लाड़ली बेगम का यह रूप देखकर उसे आश्चर्य तो हुआ था, पर उसे यह समझते बिलकुल देर न लगी कि इन राजसी ठाट-बाट वाले लोगों के पास समय गुज़ारने का और कोई बहाना भी तो नहीं था। हरम की चहारदीवारी में क़ैद औरतें अपनी एक अलग दुनिया में जीती थीं; उनके लिए यहाँ आम औरतों वाली कोई बंदिश न थी। वे अपने शौक़ पूरे करती थीं, जश्न मनाती थीं और जुगनुओं को टिमटिमाते हुए देखती थीं।

कुछ ही देर में बेगम, अफीम के कश खींचने लगी। बेगम ने इन्तिसार के लिए अलग चिलिम बना दी और उसे पीने के लिए आमंत्रित किया। इन्तिसार ने घोर प्रतिरोध में मुँह घुमा लिया। पहले बेगम ने उसे सरजू के नाम पर ललचाया; पर वह तब भी न मानी तो उसे आदेशात्मक लहजे में लगभग एक फ़रमान सुनाते हुए कहा। बेगम की ज़िद के आगे आख़िरकार इन्तिसार ने घुटने टेक दिए। उसने चिलिम अपने हाथ में पकड़ी और कश खींचने का प्रयास किया। वह असफल रही। चिलिम से वह अफीम का कश इस तरह खींचती, जैसे अपनी उदासियों को ओढ़ाने के लिए कम्बल खींच रही हो। बेगम उसे लजाते हुए देखती और मन ही मन ख़ुश होती। बेगम की सरपरस्ती में जल्दी ही उसे कश लगाने का सलीक़ा आ गया। बेगम ने चिलिम उसके हाथों से ले ली और शराब का प्याला उसके हाथों में थमा दिया।

"जश्न है- मस्ती में पीना.. सरजू कहीं नहीं जाएगा; जब सुरूर उतरने लगे तो उसे याद करना, तुम्हें अहसास होगा कि कितनी जाहिल चीज़ से मोहब्बत कर बैठी हो तुम।"

बेगम की आँखों में नशा धीरे-धीरे छाने लगा था। जल्दी ही उस नशे की

परछाई उसे इन्तिसार की आँखों में भी दिखाई देने लगी थी।

वक़्त गुज़र रहा था और सरजू का कहीं अता-पता न था। हरम में आए उसे एक माह हो गया था, पर दीवान जी से सीधे बात और मुलाक़ात तो क्या, उनकी परछाई तक देखना नसीब न हुआ था। उसका धैर्य जवाब देने लगा। सलीम भी शहंशाह के विरुद्ध विद्रोह कर इलाहाबाद जा बैठा था। इन्तिसार से उसकी मुलाक़ात की गुंजाइश भी ख़त्म हो चुकी थी। कभी-कभी लाड़ली की अम्मी से उसकी भेंट होती, तो वह मन ही मन सोचती कि क्या उसकी अम्मी कोई मदद कर सकेंगी। जब हौसला ठंडा पड़ने लगता तो सोचती कि क्यों न सरजू को भुलाकर अमीर से निकाह कर लिया जाय। हरम की ज़िन्दगी यूँ तो उसे काटती न थी; लाड़ली का सामीप्य भी उसे रास आने लगा था।

उसके कहने पर अब इन्तिसार शराब और अफीम पीने लगी थी। लाड़ली ने ठीक ही कहा था। सरजू के नाम की उदासी ओढ़, जब वह अफीम का कश खींचती थी, तो कुछ देर के लिए सरजू उसके नथुनों से धुँआ बनकर उड़ जाता था। हरम में और भी कई औरतें थीं, जो शराब और अफीम का नियमित सेवन करती थीं। लाड़ली बेगम ने ही उसे बताया था कि कई पटरानियों को तो ख़ुद अकबर ने शराब पीने के लिए प्रोत्साहित किया था।

सरजू की ऊहापोह और हरम की स्त्रियों के निजी जीवन की रोचकता में वह लाड़ली बेगम के बर्ताव में आने वाले कुछ बदलावों को नज़रंदाज़ नहीं कर सकी थी। उसने महसूस किया कि बेगम से उसकी नज़दीकियाँ बहुत ज़्यादा बढ़ गई हैं। एक रोज़ जब वह बेगम के बालों में तेल लगा रही थी, तो यूँ ही उसके मुँह से निकल गया था "काश.. कोई हमारे बालों में भी तेल लगा देता.." उसके कहते ही बेगम उठ खड़ी हुई और अपनी जगह इन्तिसार को बैठने के लिए कहा। इन्तिसार हैरान रह गई, जब उसके मना करने के बाद भी वह उसे अपने बालों में तेल लगाने से न रोक सकी। ऐसे ही एक बार बेगम ने अपने पहने हुए कपड़े इन्तिसार को दे दिए थे, जो इन्तिसार को न चाहते हुए भी पहनने पड़े थे। अफीम के कश भी अब एक ही चिलिम से लगाए जाते थे और शराब के घूँट भी एक ही प्याले से पिये जाते थे।

एक रात जब बाहर ज़ोर की बरसात थी, मशालों की आग रोशनी देने के लिए ठहरती ही न थी। बरसात से बचाने के लिए मशालों पर छज्जे लगा दिए

गए थे, पर हवा के प्रचंड झोंकों के साथ बरसात की बूँदों ने उन छज्जों को बेधकर लौ पर आक्रमण कर दिया था। मुग़लिया सल्तनत के लिए दुर्भाग्य के दिन थे। सलीम इलाहबाद में डेरा डाल कर बैठा था। आगरा पर क़ब्ज़ा करने का हौसला उसमें नहीं था। एक शहंशाह को ताज छिन जाने का डर बेशक न था; एक पिता से एक बेटे के छिन जाने का डर भयावह था।

शेखू पहले भी शहंशाह से रुष्ट होकर चला जाया करता था, पर इस बार एक साल से ज़्यादा हो गया था। वह बूढ़ा हो रहा था; मुग़लिया सल्तनत को उत्तराधिकारी देने के लिए उसका मन दबाव में रहता था। दरबार के काम-काज में उसका मन न लगता। रात को जब हरम में लौटता, तो शराब पीकर पड़ा रहता। रानियाँ और पटरानियाँ उसे लुभाने का प्रयास करतीं, पर वह उस रसविहीन फूल की मानिंद, जिसके चारों ओर भँवरे, रस के लालच में मंडराते हैं, उनकी गोद में पड़ा रहता। वह सलीम के पुत्र ख़ुसरो को अपना उत्तराधिकारी बनाना चाहता था, पर मौलवी, दरबारी और उलेमा उस पर दबाव बनाए हुए थे, कि पुत्र के रहते हुए पौत्र को गद्दी नहीं सौंपी जा सकती।

उस रात लाड़ली बेगम जब अपनी आरामगाह में वापस आई तो सिर से पाँव तक भीगी हुई थी। कुछ डरी हुई सी, मुँह उतरा हुआ था; आँखों में थोड़ा ग़ुस्सा था और थोड़ी निराशा।

"क्या हुआ बेगम?" इन्तिसार ने उसे कक्ष के भीतर खींचते हुए पूछा।

बेगम चुप रही। इन्तिसार ने उसे बदलने के लिए कपड़े दे दिए। आइने के सामने खड़ी हो वह अपने बदन से कपड़े ऐसे उतार रही थी, जैसे त्वचा की एक परत अपने जिस्म से हटा देना चाहती हो।

"क्या हुआ बेगम? कुछ तो बोलिए।" उसने प्रश्न दोहराया।

"एक प्याले में शराब भर दो और चिलिम सुलगा दो।"

"बेगम...अंगार कहाँ से लाऊँ, सब मशालें तो बुझ चुकी हैं।"

"हमारे जिस्म से उठा लो; छूकर देखो, जहाँ हाथ रखोगी, अंगार वहीं मिलेगा।" वह हँस पड़ी।

"महलदार से कहो, खानसामे से अंगार का इंतज़ाम करे।"

"जी बेगम.." वह बाहर निकल गई।

लाड़ली बेगम ने शराब का बड़ा घूँट मुँह में भरा और आँखें भींचते हुए उसे हलक़ के नीचे उड़ेला। जब तक इन्तिसार खानसामे से अंगार लेकर लौटी, बेगम का प्याला ख़ाली हो चुका था। कुछ देर कमरे में ख़ामोशी रही। इन्तिसार ने चिलिम भरी और बेगम को थमा दी। इन्तिसार ख़ाली प्याले में शराब उड़ेलने लगी।

"क्या बात है बेगम?"

लाड़ली, कश खींचने में व्यस्त थी। इन्तिसार उसके पास बैठ गई, उसके बालों में अँगुलियाँ फिराने लगी।

"तुम कहती थीं न, कोई होता जो तुम्हारे बालों में तेल लगा देता; अपनी इस तक़दीर को अपनी मुट्ठी में भींचकर रखना, कोई छीन न ले।"

धुँए का एक विशाल बादल उसके मुँह से निकला और कमरे में फैल गया। वह बोलती रही। इन्तिसार बस उसे सुन रही थी।

"हज़ारों बिस्तरों पर बिछ जाना...शर्म से मैली हो जाना, चिथड़े-चिथड़े हो जाना; पर सरजू को अपने दिल से बाहर मत निकलना, क्योंकि यही वो एक चीज़ है, जो तुम भिखारिन होकर भी कर सकती हो और हम बेगम होकर भी नहीं कर सकते। आज मुझे लगता है कि कोई होता जो समझ सकता कि मैं क्या चाहती हूँ।"

"किस बात पे रूठी हो सखी?" इन्तिसार के शब्द उसे अच्छे लगे।

"क्या तुम्हारे अब्बू शहंशाह तुम्हें मोहब्बत नहीं करते?"

"करते हैं, बहुत मोहब्बत करते हैं; कभी-कभी तो लगता है जैसे... जैसे अम्मी से भी ज़्यादा मोहब्बत वो हमें करते हैं।"

उसने फिर एक ही झटके में प्याले की शराब अपने गले में उतार ली। इन्तिसार उसे बस देखती रही। कुछ देर के लिए ख़ामोशी फिर पसर गई।

"मैं ये कमरा साफ़ कर देती हूँ; देखो कितनी मिट्टी आ गई है तुम्हारे साथ कमरे में।"

"ठहरो सखी! आज की रात नहीं; आज की रात हमें हमारी पसंद से जी लेने दो.. आज की रात बुहारो न चाँद का आँगन...आज की रात मेरी गर्द में सो जाओ सखी।"

बेगम ने इन्तिसार को खींचकर फिर से अपने पास बिठा लिया। उसके गालों को अपनी हथेलियों में भरा और उसके होठों पर एक चुम्बन रख दिया। इन्तिसार जैसे सदमे में चली गई। उसे विश्वास ही न हुआ कि बेगम का यह रूप उसकी प्रतीक्षा कर रहा था।

पिछले कुछ दिनों में ऐसा बहुत कुछ गुज़रा था, जो उसके लिए नया था। अब्बू के घर से जाने के दिन से ही क़रीब-क़रीब रोज़ उसके साथ कुछ न कुछ नया हो रहा था। स्त्री और पुरुष में आकर्षण होता है, उसने सुना था; पर स्त्री का स्त्री के प्रति भी आकर्षण हो सकता है, ये उसकी समझ के परे था। बेगम के इस क़दम की उत्तेजित प्रतिक्रिया देना उसे ठीक न लगा। वैसे भी जब उसने इतने नए अनुभव बिना किसी प्रतिक्रिया के ले लिए थे, फिर इस अनुभव मैं ऐसा अलग क्या था।

"बेगम..." वह बस इतना ही बोल सकी।

"ये बस यहीं होता है, कहीं नहीं होता; फूल को फूल जो चूमे तो आग लगती है।" लाड़ली ने कहा।

सरजू की उम्मीद में इन्तिसार ने इस हालात से भी समझौता कर लिया। कुछ ही देर में दोनों एक-दूसरे के आलिंगन में पहुँच गए। बाहर बरसात और तेज़ हो गई थी। गहरे छज्जों वाली कुछ मशालें, जो दूर जलती हुई दिखाई दे रही थीं, बुझ गईं। अफीम के कश से निकलते धुँए में दोनों का होश गुम था। समय की अनामिका में फँसा इन्तिसार का हौसला वैसे ही बिलबिला रहा था, जैसे किसी भिक्षुणी की उँगली में सोने की अँगूठी बिलबिलाती है।

18

जश्न के जुगनू

सावन का महीना था। बरसात ज़ोरों पर थी। सलीम के पुत्र और शहंशाह अकबर के पौत्र ख़ुसरो के जन्मदिन का अवसर था। आम रास्तों और सरायों को सजावटी शामियानों से भर दिया गया था। महल तक पहुँचने वाले सभी मुख्य मार्गों को साफ़ कर दिया गया था। धूल और धुंध को तेज़ बारिश ने पहले ही जकड़ लिया था; फिर भी बचे हुए कणों को गिरफ़्तार करने के लिए पानी का छिड़काव किया गया था। आगरा के विभिन्न मार्गों के ऊँचे-ऊँचे प्रवेशद्वारों को गेरू और चूने का लेप ओढ़ा दिया गया था। ग़रीबों और फ़क़ीरों के लिए जगह-जगह मुफ़्त भोजन का प्रबंध किया गया था।

हलवाइयों ने अपनी दुकानों में ताज़ा रसगुल्ले, खीर और रबड़ी का स्टॉक क़रीने से सजाकर लगा दिया था। जलेबियाँ छानने के लिए तेल के कड़ाहों को सुलगती भट्टियों पर चढ़ा दिया था। सल्तनत भर से शाही मेहमानों, सूबेदारों, वजीरों, मनसबों, ज़मींदारों और रिश्तेदारों के स्वागत में महल के दरवाज़े खोल दिए गए थे। महल में उनके रुकने और मेहमान- नवाज़ी के लिए ख़ास प्रबंध किए गए थे।

शाही तोशखाने दिन-रात एक कर मेहमानों के लिए 'खिलत' बना चुके थे। शहंशाह की ओर से दिए जाने वाले उपहारों में खिलत कहे जाने वाले वस्त्रों का विशेष स्थान था। तीन पहनावों वाले, पाँच पहनावों वाले और सात पहनावों वाले वस्त्रों का सेट मेहमानों को उनके ओहदे के अनुसार भेंट किया जाता था। साल में दो बार, शाही परिवार के सदस्यों के सौर और चन्द्र कैलेंडर के अनुसार जन्मदिन पर ये रस्म निभाई जाती थी। एक ओर जहांगीर ने विद्रोह कर इलाहाबाद में अपना दरबार जमा लिया था और दूसरी ओर अकबर ने मन ही मन

सलीम के बेटे ख़ुसरो को शहंशाह बनाने की तैयारियाँ कर ली थीं। अकबर ने तय किया कि आज वह ख़ुसरो को शहंशाह मुक़र्रर करने का औपचारिक प्रस्ताव अपने वज़ीरों के समक्ष रखेगा। सलीम को मनाने के सारे प्रयास असफल हो चुके थे।

बादलों ने भी सुलह कर ली थी कि वे शहज़ादे ख़ुसरो के जन्मदिन में कोई उत्पात नहीं मचाएँगे। दोपहर तक आसमान कुछ साफ़ हो गया था। चाँदी की एक भारी-भरकम तराज़ू दरबार के बीचोबीच रखी गई थी। एक पलड़े में ख़ुसरो को देव-मूर्ति की तरह स्थापित किया गया था और दूसरे पलड़े में उसे उपहारों से तोलने के लिए एक के बाद एक सोने, चाँदी, अनाज, गुड़, तेल, दूध, मेवे और मिठाइयाँ रखे जाने लगे थे। इस जन्मदिन पर ख़ुसरो चौदह साल का हुआ था। दरबार में बैठे हुए अकबर के नवरत्न और दूसरे वज़ीर, शहजादे को तराजू में तुलते हुए देखते और कृतज्ञता भरी नज़र देकर आश्वस्त हो जाते।

तराज़ू में बैठा शहज़ादा साल में दो बार बर्दाश्त की जाने वाली असहजता का आदी हो चुका था। नज़रें झुकाकर वह एक पल खीझता और फिर सिर उठाकर दरबार में उपस्थित मेहमानों का आभार व्यक्त करने के प्रयास में मुस्कुरा उठता। बीच-बीच में शहज़ादे को बधाई देने के क्रम में मेहमानों का हुंकारा उठता और दरबार में गूँजता रहता। तराज़ू के पलड़ों के उठने-गिरने का सिलसिला जब ख़त्म हुआ, तो ख़ुसरो दरबार से बाहर निकला। महल के मुख्य-द्वार के पास लोगों की भीड़ उसके उपहारों की प्रतीक्षा में सुबह से खड़ी थी।

शाम हुई तो हल्की बूँदा-बाँदी होने लगी। हरम में करीब सात हज़ार मेहमानों के लिए मनोरंजन का प्रबंध किया गया था। बरसात ने कुछ परेशानी ज़रूर पैदा कर दी थी, पर वहाँ उपस्थित किसी भी मेहमान के मन में तनिक भी संदेह न था कि महफ़िल सजेगी या नहीं। भला बरसात की इतनी मजाल कहाँ कि वह शहंशाहों के जश्न में व्यवधान प्रस्तुत करे।

नाच-गाने के लिए एक से एक सुन्दर लड़कियों को बुलाया गया था। एक ओर तानसेन अपनी मंडली को लेकर बरसात के विरुद्ध, जलती मशालों में लौ फूँकने का काम बड़ी क़ाबिलियत से सँभाल रहा था। शहंशाह अकबर अपने मंत्रिमंडल के साथ आसन पर विराजमान था। मशालों की रोशनी में महफ़िल जगमगा रही थी। अँधेरा उतरा तो हरम के बाहर आतिशबाज़ों ने अपना कमाल

दिखाना शुरू कर दिया। तभी एकाएक बरसात तेज़ हो गई। मशालें बुझने लगीं। मेहमानों को प्रतीक्षा करने के सिवा और कोई उपाय न था।

अकबर अपने आसन से उठा और शामियानों से सजी महफ़िल से बाहर आ गया। उसके मंत्री भी उसके साथ बाहर आ गए। बाहर आकर देखा तो क़िले के परिसर में सुबह के लगाए गए शामियाने अब भी उतारे नहीं गए थे। अक्सर होता था कि यदि चार-छह दिन के अंतराल पर कोई दूसरा अवसर न हो, तो शामियाने हटा लिए जाते थे। शहंशाह ने खानखाना को तलब करते हुए पूछा।

"अब तक उतारे क्यों नहीं गए शामियाने?"

"हुज़ूर दो सप्ताह बाद ही शहज़ादे सलीम का भी जन्मदिन है..."

"सुअर की औलाद...किसने हुक्म दिया तुमको उस हरामगर्द का जन्मदिन मनाने का?"

खानखाना सिर झुकाए खड़ा रहा।

"दाल पीसो आगरा की छाती पर और खाएँ साले इलाहाबाद वाले? किस नामाक़ूल ने तुमको मंत्री बना दिया? हरामी...साले, खाता हमारी है और वफ़ादारी उन कुत्तों के साथ..."

अकबर आगबबूला हो उठा। जब भी वह ग़ुस्से में होता सिर्फ गालियाँ बकता; फिर चाहे वे गालियाँ उसकी औलाद को ही क्यों न लगें।

"आख़िरी बार कह रहे हैं खानखाना, मेरे जीते जी मुग़लिया सल्तनत में न तो उस मादरजात के नाम का जश्न होगा और न ही उसकी ताजपोशी; सब के सब शामियाने अभी इसी वक़्त उठवाओ और आग लगवा दो... और हाँ, याद रहे, इलाहाबाद तक उसकी लपट जानी चाहिए।"

ख़ून की गर्मी उम्र नहीं देखती। एक बार वह खौलना शुरू हुआ तो किसी ख़तरे को नहीं पहचानता। वैद्य ने आगाह किया था कि ख़ून में उबाल अकबर की सेहत के लिए ठीक नहीं है। आनन-फानन उन गीले शामियानों को आग के हवाले कर दिया गया। कुछ जो ठोस सूखे थे, धू-धू कर जल उठे। जो गीले थे, वह बस धुएँ का एक बवंडर ही जन सके।

"सबको आग लगा दो!" अकबर फिर दहाड़ा।

खानखाना अब भी सिर झुकाए खड़ा रहा। तभी एक कोतवाल "शहंशाह अकबर का इकबाल बुलंद हो!" चीख़ते हुए खानखाना के समीप आकर खड़ा हो गया और उसके कान में कुछ फुसफुसाने लगा।

"क्या बात है खानखाना?" अकबर ने पूछा।

"जी कुछ नहीं...कुछ ख़ास नहीं।"

"क्या बात है खान?" वह ज़ोर से चिल्लाया।

"जी शहंशाह...रिवाज के मुताबिक़ इस महफ़िल के बाद कुछ क़ैदियों को रिहा करने का फरमान जारी करना था; इसी सिलसिले में ये दरख़्वास्त थी कि रिहा होने वाले नामों की फ़ेहरिश्त बना ली गई है; हुज़ूर की इजाज़त हो तो फ़रमान जारी कर दिया जाए।" खानखाना ने डरते हुए कहा।

"वह फ़ेहरिश्त भी उस आग के हवाले कर दो, कोई रिहा नहीं किया जाएगा।"

अकबर का क्रोध पूरे महल में फैल गया। दिन भर की थकन से चूर, घोंसलों में लौटे पक्षी व्याकुल हो उठे। एक स्वादिष्ट और प्रचुर दावत के बाद शानदार जूठन चाटने की प्रतीक्षा में दिन भर के भूखे कुत्तों पर वज्रपात हो गया। रानियाँ, पटरानियाँ, दासियाँ, मर्द, औरत और हिजड़े सब बेचैन हो उठे कि आख़िर ऐसा क्या हो गया जिसने शहंशाह को क्रोधित कर दिया। देश-विदेश से जमा हुए मेहमान इस शुभ-अवसर पर अकबर को क्रोधित देख निराश हो उठे। मंत्री, ओहदेदार और महल की सुरक्षा में लगे बड़े अधिकारी, सब दौड़कर जहांपनाह के सम्मुख प्रस्तुत हो गए। राजा मानसिंह दौड़ा-दौड़ा आया और अपनी पगड़ी अकबर के पैरों पर झुकाते हुए आग्रह करने लगा।

"शांत महाराज सा, शांत।"

कुछ देर बाद अकबर शांत हुआ। उसने मानसिंह को आदेश दिया कि महफ़िल दीवान-ए-आम में सजेगी। वह वैसे ही दौड़ने लगा, जैसे रगों में ख़ून दौड़ता है। महल में बरसात थोड़ी देर में फिर थम गई, मशालें फिर जल उठीं। मेहमानों ने अपने-अपने स्थान पर क़ब्ज़ा कर लिया था। सुसज्जित चमचमाते

परिधानों में नाचने वाली स्त्रियाँ, महफ़िल में पहले से तैयार बैठी थीं। तानसेन के गुर्गों ने एक राग छेड़ा और महफ़िल वाह-वाह के स्वरों से गूँजने लगी। सभी मेहमानों को समाहित करने के लिए जगह कम थी, इसलिए दीवान-ए-आम के चारों ओर लगे शामियाने नहीं हटाये गए। मशालों की हलकी गुनगुनी रोशनी में मेहमानों के लिए खाने के अतिरिक्त शराब और अफीम का पूरा इंतज़ाम किया गया था।

तानसेन की धुनों पर नृत्यांगनाएँ थिरकने लगीं। कड़ी सुरक्षा के मध्य दीवान-ए-आम के बाहरी क्षेत्र में खानसामाओं ने खाने का प्रबंध किया था। नाना प्रकार के मांसाहारी व शाकाहारी व्यंजनों की सुगंध वातावरण में भूख घोल रही थी। थोड़ी देर पहले के अपने ग़ुस्से को भूल, वह पूरी तन्मयता से जश्न का आनंद ले रहा था। बीच-बीच में उसके पास बैठे दरबारी उसके कान में कुछ खुसुर-फुसुर करते और फिर नृत्य देखने लगते। अकबर पूरी तरह अपने नवरत्नों के साथ महफ़िल की रंगीनियों का आनंद ले रहा था।

प्राचीन भारत के मगध सम्राट विक्रमादित्य चन्द्रगुप्त मौर्य के दरबार की तर्ज़ पर अकबर के दरबार में भी नवरत्न थे। कालिदास, धन्वन्तरि और वराहमिहिर जैसे विद्वानों से सुसज्जित विक्रमादित्य के दरबार की बराबरी करने वाला एक भी नवरत्न अकबर के दरबार में न था। विशाल साम्राज्य स्थापित करने की अकबर की ललक, भारत के प्राचीनतम साम्राज्य की एक भोंड़ी नक़ल के सिवा कुछ नहीं थी। अकबर के नवरत्नों की अपनी अलग राजनीति थी। इन नवरत्नों में से पाँच मुस्लिम थे और चार हिन्दू। हिन्दू नवरत्नों में टोडरमल, बीरबल, राजा मानसिंह और तानसेन। टोडरमल राजस्व देखता था और ऐसा कहीं से प्रकट नहीं होता कि वह एक अति कुशल या अति प्रवीण राजस्व मंत्री था। तानसेन को ज़रूर संगीत में श्रेष्ठ उपलब्धियों के लिए जाना जाता है, पर बीरबल, अकबर का व्यक्तिगत मसखरा होने के परे शायद कुछ भी न था। राजा मानसिंह को तो राजपूतों से विद्रोह करने के एवज में ईनाम स्वरूप ये पदवी दी गई थी। मुस्लिम नवरत्नों में ज़्यादातर मध्य एशियाई मूल के दरबारी थे।

हिंदुस्तान की हिन्दू बहुल जनता पर शांति और कुशलता से राज करने के लिए ये अनिवार्य था कि अकबर के दरबार में मध्य एशियाई बर्बरता और हिन्दुस्तानी कूटनीति का संतुलित समन्वय हो। मुस्लिम दरबारियों में भी दो धड़े थे। एक वह, जो साम्राज्य पर मध्य एशियाई प्रभुत्व को बनाए रखने के पक्ष में था

और दूसरा वह, जो हिन्दुस्तानी मुस्लिमों के प्रभुत्व का स्वप्न देखता था। यह जानते हुए कि इन मुस्लिमों की दाल कभी नहीं गलने वाली, वे अक्सर इस तरह का दबाव बनाने में कभी-कभार ज़रूर कामयाब हो जाते थे कि शहंशाह उन्हें भी दरबार में बराबरी की नज़र से देखे।

अकबर के बाद उसके नए उत्तराधिकारी के चयन में दरबारी, शेखू नाम की कमज़ोर कड़ी का लाभ उठाने को आतुर बैठे थे। माना जाता था कि ख़ुसरो एक शहंशाह के रूप में दीन-ए-इलाही को आगे बढ़ाने में रुचि रखता था, जबकि सलीम को अपनी ऐयाशियों के परे किसी भी चीज़ से मोह न था।

अकबर ने जिस धर्मांतरण पर रोक लगाकर मध्य एशियाई दरबारियों, उलेमाओं और मौलवियों को अपने विरोध में खड़ा कर लिया था, उसी धर्मांतरण की आड़ में वे फिर से अपना प्रभुत्व बनाने की फ़िराक़ में थे। इन उलेमाओं और मौलवियों के लिए सलीम उत्तराधिकारी के रूप में एक बेहतर विकल्प था। राजा मानसिंह समेत कुछ अन्य दरबारी, जो अकबर के नज़दीक थे, वे ख़ुसरो को उत्तराधिकारी के रूप में देखना पसंद करते थे। यमन मूल का अबुल फ़ज़ल, अकबर का महत्त्वपूर्ण वज़ीर था। इसके अतिरिक्त वह अकबर का घनिष्ठ सलाहकार और इतिहासकार भी था। ऐसे कई कारण थे, जिनकी वजह से अबुल फ़ज़ल और सलीम के बीच सम्बन्ध अच्छे नहीं थे।

अनारकली को लेकर जब बाप-बेटे में कटुता आई, तो अबुल फ़ज़ल ने सलीम को नीचा दिखाने के हर प्रयास में अकबर का खुलकर साथ दिया। एक समय जब सलीम की पिता से दूरियाँ बढ़ने लगीं, तो उसे अबुल फ़ज़ल ही रास्ते का सबसे बड़ा काँटा नज़र आया। सलीम पूरी तरह आश्वस्त हो चुका था कि उसे यदि दिल्ली के सिंहासन पर बैठना है, तो अबुल फ़ज़ल को रास्ते से हटाना ही होगा।

ज्यों-ज्यों रात बढ़ती रही, महफ़िल और जवान होती गई। नई-नई नृत्यांगनाएँ महफ़िल में आती रहीं। नवरत्न अपने होठों से गिरती लार को अपने वस्त्रों से पोंछते रहे। शराब के नशे में सारा आलम ऐसा लग रहा था जैसे अबकी सावन में सिर्फ शराब बरसेगी। नदियों में शराब, नालों में शराब, कीचड़ शराब की और फिसलन भी शराब की। महफ़िल में एक कोने पर शरीफ मेहमानों की तसवीरें बनाने में व्यस्त था।

अवसर देखकर खानखाना हरम के मेहमान खाने में पहुँचा। एक उर्दूबेग़ी को तलब किया और एक सन्देश उसके कानों में घोल दिया। वह उर्दूबेग़ी दो क़दम पीछे हटी, वज़ीर-ए-आला की शान में नतमस्तक हुई और उस सन्देश को अपने ज़ेहन की परतों में दबाये वहाँ से निकल गई। लाड़ली बेगम अपने कमरे में उसकी प्रतीक्षा कर रही थी।

'आओ।' भीतर आने की इजाज़त माँगने पर लाड़ली बेगम ने उर्दूबेग़ी को अन्दर बुला लिया।

इन्तिसार उसके बालों में मालिश कर रही थी। उर्दूबेग़ी ने इशारे से इन्तिसार को चले जाने के लिए कहा। वह चुपचाप चली गई।

"सन्देश भेजा है...।"

"ख़ुद नहीं आये? ख़ैर आज जश्न हो रहा है न, इसलिए मशरूफ़ होंगे।"

"जी, वह आना चाहते थे, पर तभी सुना कि शहंशाह किसी बात पर नाराज़ हो गए।"

"शहंशाह ने सभी क़ैदियों को कल ही फाँसी देने का हुक्म दिया है; इस बार कोई रिहाई न होगी; सरजू की भी नहीं।"

लाड़ली बेगम की आँखें भिंच गईं।

"ठीक है, जाओ और खानखाना से कहना कि जश्न के बाद हमसे मिलें।"

"जी, बी जी..."

इन्तिसार ने उस दरवाज़े की ओट में सब कुछ सुना। उम्मीद की एक महीन सी डोर, जो सपनों का भारी सामान थामे देर से टिकी हुई थी, अचानक टूट गई। बेगम उसके पास गई और उसके आँसुओं को अपने हाथों से पोंछा।

"रेगिस्तान में पानी की एक-आध बूँद गिर जाए तो भी रेत में फसलें नहीं उगा करतीं; पर उस बूँद का गिरना ज़रूरी है। हर सावन में उस बूँद का रेगिस्तान में गिरना ज़रूरी है। उस बूँद की तरावट मीलों तक महकती है और उस ज़मीन को ये विश्वास हो जाता है कि एक दिन उसके भी दिन फिरेंगे। एक अरसे का

इंतज़ार रह जाता है उस रेत की गोद में...।''

बेगम ने इन्तिसार को आलिंगन में कस लिया। पर इस बार इस कसान ने जैसे दम घोंट दिया हो। वह मन ही मन छटपटाने लगी। बेगम ने उसकी छटपटाहट महसूस की और उसे आलिंगन से मुक्त कर दिया। वह समझ गई कि चोट खाई औरत अब उसके किसी काम की नहीं रही। वह चाहती तो जबरदस्ती कर सकती थी, पर उसमें फिर जश्न जैसा कुछ शेष न रह जाता। जीवन के जिस जश्न को बेगम जी रही थी, या जिसे जीना चाहती थी, उसे किसी को अपने आलिंगन में मसोसकर हासिल नहीं किया जा सकता था।

''तुम वापस जा सकती हो इन्तिसार... इससे ज़्यादा अब मेरे बस में नहीं है...हाँ, पर कभी मन करे तो आ जाना, मुझे तुम्हारा इंतज़ार रहेगा।''

इन्तिसार कुछ न बोली। वह पलटी और अपना तितर-बितर सामान समेटने लगी।

''अभी चली जाओगी? मैं सुबह जाने की बात कर रही थी।''

''इंतज़ार का लमहा अभी शुरू हो या कल, इससे क्या फ़र्क़ पड़ता है; फ़र्क़ तो इससे पड़ता है कि वह ख़त्म कब होता है।''

''पर इतनी रात गए तुम्हें डर न लगेगा?''

''आज जश्न है, मशालें ही मशालें हैं राहों में...मैं चली जाऊँगी।''

''ऐसी भी क्या बेरुख़ी हमसे; कल सुबह जब सूरज की पहली किरण गिरे, तब चली जाना।''

''हमारी ज़िन्दगी में अब सूरज और उसकी किरणों का कोई मायना बाक़ी ही कहाँ रह गया बी जी।''

''इससे पहले कि तुम चली जाओ, कुछ था जो तुमसे पूछना चाहती थी।''

''क्या?''

''उस रात जब मैंने तुमसे पीने के लिए पानी माँगा था, मुझे उम्मीद है कि तुम्हें मेरी प्यास पर यक़ीन हुआ था।''

बेगम ने उर्दूबेग़ी को बुलवाकर उसे दरवाज़े तक छोड़ने का हुक्म दिया। वहीं-कहीं दीवान-ए-आम से मेहमानों की उल्लसित आवाज़ें आ रही थीं। एकाएक तानसेन का संगीत बंद हो गया। नृत्यांगनाओं के घुँघरुओं की आवाज़ें अचानक से रुक गईं; पर वह अपनी राह चलती रही। इससे पहले कि उसका फ़ैसला बदले, वह घर पहुँच जाना चाहती थी। सरजू अब बहुत पीछे छूट चुका था। वह इंतज़ार करे या न करे, पर सच पत्थर की लकीर बन चुका था, जिसे बदलना अब संभव ही नहीं था। अम्मी का इंतिक़ाल, अब्बू का छोड़ जाना और अब सरजू की फाँसी, सब कुछ उसकी आँखों में तैर रहा था। वह तेज़ रफ़्तार से उस घर की ओर बढ़ रही थी, जहाँ से उसने सब कुछ खोना शुरू किया था। कहीं वह घर, जो अब उसका आख़िरी सहारा रह गया था, वह भी न खो जाए।

"शहंशाह कुछ कहना चाहते हैं...!"

नशे में टुन्न, नृत्यांगनाओं पर फब्तियाँ उछालते नवरत्नों में कुछ खुसुर-फुसुर हुई। शहंशाह अकबर स्वयं को एकत्रित कर अपने आसन की ओर बढ़ चले थे। नृत्य के जोश में वह पैर पटकते हुए नवरत्नों के बीच पहुँच गए थे। अपने आसन को थाम कुछ कहने के लिए उसने अपने हाथ बढाए तो नवरत्नों ने देख लिया।

"ई तानसेन को कहो थोड़ी देर बंद करे नाच-गाना...।"

नवरत्नों के इशारे पर गीत-संगीत सब ठहर गया। तानसेन थोड़ा तनाव में दिखाई दिया।

"हरामखोर शेखू का जन्मदिन....हमने बहुत सोच-विचार के बाद फैसला लिया है कि इस हरामखोर शेखू का जन्मदिन आज के बाद इस महल में कभी नहीं मनाया जाएगा, कीड़े पड़ें मादरगर्द को....औलाद न होती तो अच्छा था। अब अगर थोड़ी हज़म हो गई हो तो कान खोल के सुन लो, आज के बाद अगर किसी ने उस मादरगर्द का नाम भी हमारे सामने लिया तो उसका सिर धड़ से उसी वक़्त अलग कर दिया जाएगा। अकबर एक चीज़ जानता है और एक ही चीज़ करता आया है; जिस तरह औरतों के पेटीकोट में घुसकर सत्ता नहीं सँभाली जाती, उसी तरह... एक औरत की छाती का दूध पिलाकर भी सत्ता नहीं सँभाली जाती। बहुत हुआ बाप-बेटा...अब सिंहासन के ख़िलाफ़ आवाज़ उठाने वाले को सिंहासन का दुश्मन माना जाएगा और उसके साथ वही सुलूक किया जाएगा जो

दुश्मन के साथ किया जाना चाहिए। अगले एक माह में मुग़लिया सल्तनत के अगले उत्तराधिकारी का ऐलान हो जाएगा, तब तक जश्न जारी रहे...''

कई मेहमानों के लिए इस समाचार का कोई औचित्य न था। शहंशाह का उत्तराधिकारी कौन है, इससे उन्हें रत्तीभर भी मतलब न था। इस रात भर की मेहमान नवाज़ी में उन्हें बस इतना मतलब था कि उनके पीने भर के लिए पर्याप्त शराब मिलती रहे और तानसेन के सुर कभी न रुकें।

कुछ दरबारियों के होश उड़ गए। अकबर ने ऐलान किया कि जश्न ज़ारी रहे। सलीम और ख़ुसरो की ताजपोशी की सरगर्मियों के तले सूबेदारों, नवाबों, मंत्रियों, रानियों, पटरानियों, राजपूत रिश्तेदारों, मध्य एशियाई ओहदेदारों, उलेमाओं और मौलवियों, सबकी राजनीति गरमाने लगी थी। आने वाले दिनों में हर किसी को अपना किरदार अहमियत से खेलना था।

19

चोरी के रत्न

शहंशाह की नज़रों में अपना क़द ऊँचा करने और बेहतर ओहदा पाने के लिए राजशाही के लोग अक्सर झूठ का सहारा लेते थे; कि उनका सम्बन्ध मध्य एशिया से है। मनसबदारी में मध्य एशियाई मूल के मुस्लिमों को उनकी वफ़ादारी के चलते अच्छा ओहदा दिया जाता था। अबुल फ़ज़ल का पिता शेख मुबारक नागोरी जब अपने परिवार के साथ सिंध से आगरा पहुँचा, तो उसने ख़ुद को यमन मूल का बताया। उसने आगरा में एक मदरसा स्थापित किया, जिसमें वह दर्शन पढ़ाया करता था। बदलते समय की माँग ने नागोरी को लोदी शासन में सुन्नी, सूर शासन में महदवी, हुमायूँ शासन में नक़्शबंदी और अकबर के समय में उदारवादी बना दिया। अकबर के तथाकथित उदारवादी विचारधारा के दीन-ए-इलाही में नागोरी के बेटे अबुल फ़ज़ल के योगदान ने उसे प्रभावित किया। तत्पश्चात अकबर ने उसे अपना वज़ीर नियुक्त कर दिया।

अबुल फ़ज़ल की यही उदारवादी विचारधारा सलीम की राह का सबसे बड़ा रोड़ा बन गई। अकबर ने जब धर्मांतरण पर रोक लगाने का फैसला किया, तो कट्टरवादी उलेमाओं ने इसे नकारते हुए सलीम को अकबर के विरुद्ध खड़ा कर दिया। राजनैतिक समीकरण इस तरह से फिट किये गए थे कि अकबर और सलीम एक-दूसरे के सामने कम ही आते थे। सलीम की ओर से ख़ुद सलीम होता था और अकबर की ओर से अबुल फ़ज़ल। बाप-बेटे के बीच बढ़ती दूरियों ने अबुल फ़ज़ल को यह विश्वास दिला दिया कि सलीम कभी शहंशाह नहीं बन सकेगा। अकबर तो अकबर, अबुल फ़ज़ल भी सलीम का उपहास करने का कोई अवसर न छोड़ता। खटास इतनी बढ़ गई कि सलीम समझने लगा कि जब तक अबुल फ़ज़ल जिंदा है, वह अकबर के सामने सिर उठाकर कभी उपस्थित न हो

सकेगा।

ख़ुसरो को उत्तराधिकारी नियुक्त किये जाने के तुरंत बाद उलेमाओं और मौलवियों की मुहिम तेज़ हो गई। उदार-हृदय ख़ुसरो के शहंशाह बनने की ख़बर ने दरबार में मौलवियों के आधिपत्य पर प्रश्नचिह्न लगा दिया था। मौलवियों के लिए बेहद ज़रूरी था कि वे अकबर को सलीम के हक़ में अपना फैसला बदलने के लिए राज़ी करें। दरबार का हर दिन अब इसी वाद-विवाद में जाता कि क्यों ख़ुसरो एक कमज़ोर शहंशाह साबित होगा और सलीम एक क़ाबिल शहंशाह। उत्तराधिकार के मध्य एशियाई परंपरा का हवाला देते हुए वे कहते कि बाप के जिंदा रहते हुए बेटे को गद्दी पर बैठने का कोई अधिकार नहीं है। अबुल फ़ज़ल के अलावा हिन्दू दरबारियों का झुकाव भी ख़ुसरो की ओर था। इस विरोधी ख़ेमे के झुकाव ने मौलवियों की मुहिम को और भी तेज़ कर दिया।

क़रीब साल भर चले इस राजनैतिक शीतयुद्ध में आख़िर मौलवियों का धड़ा अकबर के फैसले पर भारी पड़ा। अकबर को उत्तराधिकार के नियमों के सामने झुकना पड़ा। उसने अपना ऐलान तो वापिस ले लिया, पर मन में कहीं ये टीस सुलगती रही कि ख़ुसरो हर हाल में सलीम से बेहतर उत्तराधिकारी साबित होता।

सलीम, उधर इलाहाबाद में अपना दरबार चला रहा था। शहंशाह की गद्दी पर बिठाने के लिए उसका विश्वास जीतकर उसे इलाहाबाद से लाना भी ज़रूरी था। उसे वापस लाने में सबसे बड़ी अड़चन थी उसके विश्वास को जीतना। वह जानता था कि सिंहासन के लिए पिता का पुत्र को या फिर पुत्र का पिता को मार देना कोई बड़ी बात नहीं है। तो क्या हुआ अगर अकबर उसका पिता है; ख़ुसरो को गद्दी पर बिठाने के लिए वह उसकी हत्या भी करा सकता था। मौलवियों के दबाव में अकबर ने सलीम से सुलह करने का फैसला किया।

अकबर शातिर कूटनीतिज्ञ था। सलीम को शहंशाह बनाने से पहले उसने आख़िरी दाँव खेला। रूठे हुए सलीम को मनाकर इलाहाबाद से लाने के लिए उसने अपने सबसे विश्वासपात्र वज़ीर को मोहरा बनाया। अकबर जानता था कि पूरी मुग़ल सल्तनत में अबुल फ़ज़ल ही वह व्यक्ति है, जिसकी किसी भी बात पर सलीम कभी विश्वास नहीं करेगा। इस अविश्वास में वह ऐसा क़दम ज़रूर उठा सकता है, जो अकबर को मौलवियों को ग़लत साबित करने का एक और मौक़ा दे दे। यह भी बिलकुल संभव है कि सलीम का अबुल फ़ज़ल पर किया गया

प्रहार, उसे सलीम से सदा के लिए पीछा छुड़ाने का अनमोल अवसर दे दे।

चाल बेहतरीन थी। अबुल फ़ज़ल भी जानता था कि उसकी जान दाँव पर लगी है। इलाहाबाद का सूबेदार अफ़ज़ल खान मुबारक, अबुल फ़ज़ल का बेटा था। सलीम उसे यदि मारने की कोशिश भी करेगा, तो संभवतः उसका बेटा उसका साथ न दे। अबुल फ़ज़ल के मन का एक कोना था, जो आश्वस्त होना चाहता था कि पिता के संधि-प्रस्ताव को लेकर पुत्र के पास जाने में कोई जोखिम नहीं है। वह कहाँ जानता था कि उसका बेटा, भावी शहंशाह सलीम के क़दमों में अपने बाप का सिर पहले ही प्रस्तुत कर चुका है।

बग़ीचे में टहलते हुए, महल की मेहराबों का मुआयना करते हुए अकबर ने बीरबल से पूछा।

''हमारी शान में खड़ी हुई इन मेहराबों की ऊँचाई तुम्हें कुछ कम नहीं लगती?''

बीरबल चुप रहा।

''हमारे साम्राज्य के विस्तार के लिहाज़ से हमारी इंसाफ़ पसंदी, हमारी उदारता, हमारी बहादुरी के लिहाज़ से?''

बीरबल फिर भी चुप रहा।

''आज मौनव्रत रखा है?'' अकबर ने चुटकी लेते हुए पूछा।

''नहीं जहांपनाह हमने मौनव्रत नहीं धारण किया है; मैं तो बस ये सोच रहा था कि आपकी बहादुरी की परिभाषा क्या है... मतलब आप किसे बहादुर कहते हैं? जंगल में एक मरी हुई गिलहरी की गर्दन, उसकी पूँछ, उसके नन्हे-नन्हे पैर अपनी कटार से निर्दयतापूर्वक काट डालना बहादुरी नहीं होती शहंशाह; शेर की माँद में अकेले घुसकर उसका ज़ोरदार मुक़ाबला करना बहादुरी होती है।''

''हरामखोर! सूअर जात!''

''अच्छा अब ये बता बीरबल, क्या ख़ुसरो को शहंशाह बनाने का फैसला ग़लत है?''

''गुस्ताख़ी मुआफ़ हो शहंशाह, पर आपका सवाल ही ऐसा है कि गुस्ताख़ी करने के लिए मैं मजबूर हो जाता हूँ...''

'बको!'

"आपके सही और ग़लत की परिभाषा क्या है? इतिहास आपको आपकी परिभाषाओं पर सही या गलत नहीं ठहराएगा; सदियाँ अपनी अलग परिभाषा तय करेंगी और यक़ीनन ये परिभाषाएँ सदी-दर-सदी बदलती भी रहेंगी। जब विकल्प आगे कुआँ और पीछे खाई जैसे हों, तो जान-बूझकर कुएँ में गिरने को इतिहास मूर्खता कहेगा। पीछे की चाल में आदमी की ग़लती मुआफ़ की जा सकती है, क्योंकि सिर के पीछे आँखें नहीं होतीं। जानते-बूझते हुए कुएँ में छलाँग लगाने को इतिहास कभी मुआफ़ नहीं करेगा, क्योंकि सिर के आगे अल्लाह ने आपको दो आँखें बख़्शी हैं।"

"तुम्हारा तर्क हमें पसंद आया बीरबल।"

"एक और शंका है बीरबल..."

"निःसंकोच कहें जहांपनाह।"

"ये जो विक्रमादित्य चन्द्रगुप्त मौर्य था, उसके दरबार की तर्ज़ पर हमने भी अपने दरबार में नवरत्न शामिल किए हैं; हमारे दरबार के नवरत्न विक्रमादित्य के दरबार के नवरत्नों से कितने 'बेहतर' हैं?"

"दोबारा...ये इस बात पर निर्भर करता है कि आपके बेहतर की परिभाषा क्या है। कला, संस्कृति, साहित्य और दर्शन के क्षेत्र में दूसरा कालिदास पैदा नहीं हुआ। धन्वन्तरि ने औषधि-विज्ञान की आधारशिला रखी। स्थापत्य कला में संकू और अंतरिक्ष-विज्ञान में वराहमिहिर जैसे लोग सदियों में एक बार जन्म लेते हैं; ये लोग विक्रमादित्य के नवरत्नों में से थे... और आपके नवरत्नों में... एक बीरबल, एक मुल्ला दो प्याज़ा...। बीरबल और मुल्ला दो प्याज़ा कई मायनों में कालिदास से बेहतर हैं, इसमें कोई संदेह नहीं; नीम के पेड़ को कितना भी पानी दो, बेहतर निबौरियाँ ही फलेंगी, बेहतर आम नहीं। अब ये पेड़ लगाने वाले पर निर्भर करता है कि उसे निबौरियाँ बेहतर लगती हैं या आम।"

"तुम नहीं सुधरोगे बीरबल।"

'जी।'

20

मृत्यु का स्वप्न

ख़ुसरो की माँ और शहज़ादे सलीम की पहली पत्नी मानबाई, एक ग़ुस्सैल और ईर्ष्यालु स्त्री थी। वह आम्बेर के राजा भगवंतादास की बेटी थी और रिश्ते में सलीम की बहिन भी थी। सलीम जब पंद्रह साल का था, तब उसकी शादी मानबाई से हुई। सलीम के ऐयाश और नशेड़ी चरित्र के कारण हरम की दूसरी स्त्रियों के प्रति उसका ईर्ष्यालु स्वभाव और बढ़ गया। सलीम की ही तरह वह ख़ुद अफीम का सेवन करती और बात-बात पर ग़ुस्सा करती। अपने बेटे ख़ुसरो और पति सलीम के बीच चल रही उठा-पटक को लेकर वह भी परेशान थी।

दरबारियों ने मिलकर जब अबुल फ़ज़ल को इलाहाबाद भेजने के प्रस्ताव पर सहमति जताई तो मानबाई को अच्छा न लगा। मन ही मन वह भी चाहती थी कि ख़ुसरो ही गद्दी सँभाले, क्योंकि एक पति की अपेक्षा एक बेटे को क़ाबू में रखना कहीं ज़्यादा आसान था। अकबर के सामने वह ज़्यादा बोल नहीं सकती थी, इसलिए सलीम को मनाकर इलाहाबाद से आगरा लाने का फैसला भी उसने स्वीकार कर लिया।

मुग़ल साम्राज्य का विस्तार करने की मंशा से अकबर की सेनाओं ने दक्खिन का रुख़ किया। अहमदनगर की बहादुर सेनापति चाँद बीबी ने अकबर की विशाल फ़ौज के आगे समझौता करते हुए बरार सौंप दिया, पर अपनी आख़िरी साँस तक अहमदनगर की स्वायत्तता बरक़रार रखी। खानखाना के नेतृत्त्व में अपनी बटालियन को भेजकर, अकबर ने अहमदनगर को साम्राज्य में शामिल करने के कई प्रयास किये। छल और कूटनीति से भरे ये सारे प्रयास आख़िर रंग लाये और चाँद बीबी को उसके ही लोगों ने मार डाला।

अहमदनगर पर मुग़लों का ध्वज फहराने लगा। बग़ावत की लपटें उस

ध्वज को यदा-कदा झुलसा देती थीं। अहमदनगर से आगरा की दूरी इन बग़ावतों को सुलगाने में एक बड़ी भूमिका निभाती थी; इन्हें कुचलने के लिए खानखाना और अकबर के बेटे दक्खिन का दौरा करते रहते थे। राजस्व के कुछ विवादों को सुलझाने के लिए अकबर ने अबुल फ़ज़ल को दक्खिन भेजने का फैसला किया। इलाहाबाद में बैठे सलीम को आगरा के दरबार में बैठे विश्वस्तों से भनक लग चुकी थी कि दक्खिन से लौटने के बाद अकबर उसे इलाहबाद भेजेगा। अबुल फ़ज़ल से मिलना सलीम को बिलकुल मंज़ूर न था; वह किसी भी तरह अबुल फ़ज़ल से छुटकारा पाने का मन बना चुका था।

शाम ढल चुकी थी। अहमदनगर से वापस लौटते हुए अबुल फ़ज़ल अपने कारवां के साथ सराय वीर में ठहरा हुआ था। सराय वीर कई सालों से अकबर के साम्राज्य का हिस्सा था। अहमदनगर की अन्य सरायों की तुलना में यहाँ यह सराय, कारवां के ठहरने के लिए उपयुक्त थी।

एक साल की उम्र में परिपक्व वक्ता की तरह बोलने वाला अबुल फ़ज़ल रात को सोने से पहले कुछ उदास था। अकबर की पारिवारिक राजनीति और उसके सलीम के साथ संबंधों ने उसे चिंतित कर दिया था। आरामगाह में पैर पसारकर जब वह लेटा, तो उसके जीवन का एक-एक पल उसकी आँखों के सामने एक पहिए की भाँति घूमने लगा। वह झूठ, जो उसके पिता ने अकबर से कहा कि उसका परिवार यमन मूल का है। कई बार दरबारियों ने अट्टहास किया, पर वह सब सहता रहा और अपने शहंशाह की ख़िदमत करता रहा...पूरी निष्ठा से।

वह दर्शन और विज्ञान का जिज्ञासु विद्यार्थी था। दूसरे बच्चों की तरह उसे स्कूली तालीम में कभी भी आनंद नहीं आया। ज़्यादातर तालीम उसने अपने पिता से ही हासिल की। वह स्कूल गया ज़रूर था, पर वहाँ न वह सवाल कर पाता और न ही सवालों के जवाब दे पाता। जवाब जानते हुए भी जैसे उसका संकोच उसकी ज़ुबान को तालू से कसकर बाँध देता। कुशल वक्ता होने के बावजूद, भीड़ में बोलने में उसे संकोच होता था। उसने बाइबल का फ़ारसी में अनुवाद किया। वह धार्मिक-प्रवृत्ति का था और अकबर के नए मत दीन-ए-इलाही को आगे बढ़ाने में उसका योगदान महत्त्वपूर्ण था।

अकबर के दरबार में मंत्री बनना उसके लिए गौरव की बात थी। कभी-कभी अपने पिता का बोला हुआ झूठ उसे कचोटता था। हालाँकि शहंशाह को अपनी

सेवा से प्रसन्न कर उसने इस झूठ का प्रायश्चित कर लिया था।

बिस्तर पर पड़ा-पड़ा वह करवटें बदल रहा था। नींद उसकी आँखों से दूर थी। शरीर बूढ़ा हो चुका था। सलीम और शहंशाह के बीच की दूरी और हिंदुस्तान के अगले शहंशाह को लेकर जो अनिश्चितता बनी हुई थी, वह उसे परेशान कर रही थी। वह सोचने लगा कि क्या वह भी इसका दोषी है? क्या जान-बूझकर वह उन दोनों के बीच की बढ़ती दूरियों को न सिर्फ़ ख़ामोशी से देखता रहा, बल्कि उसे बढ़ाने में मदद भी करता रहा? उसे कश्मीर का वह दौरा याद हो आया, जब शहंशाह अकबर गर्मी से निजात पाने के लिए अपने लाव-लश्कर के साथ कश्मीर गया था।

अकबर का कारवां अपने दरबारियों के साथ कश्मीर पहुँच चुका था, जबकि हरम की स्त्रियाँ अपने कारवां के साथ पीछे से आ रही थीं। तभी एक तेज़ तूफ़ान आया और हरम के कारवां को नीचे ही डेरा डालकर रुकना पड़ा। तूफ़ान तो ठहर गया, पर उसके दोबारा आने और कारवां के फँस जाने के डर से हरम की स्त्रियाँ वहीं रुकी रहीं। कश्मीर की वादियों में मौसम ठंडा और ख़ुशगवार था। कुछ प्रतीक्षा करने के पश्चात अकबर का धैर्य सूखने लगा। हरम के कारवां को ऊपर पहुँचाने की ज़िम्मेदारी सलीम को सौंप, उसे तुरंत नीचे रवाना कर दिया।

नीचे जाकर सलीम ने देखा कि बवंडर अब भी छँटा नहीं था। उसने कुछ देर और प्रतीक्षा करने का निर्णय लिया। उधर अकबर, कारवां के न चलने के निर्णय से आगबबूला हो गया। उसने तुरंत अबुल फ़ज़ल को भेजा। संयोग से अब बादल कुछ छँट गए थे। अबुल फ़ज़ल और सलीम दोनों कारवां के साथ शहंशाह के सम्मुख प्रस्तुत हुए। अकबर ने सलीम का मज़ाक उड़ाते हुए अबुल फ़ज़ल से प्रश्न किया।

''क्या आदेश दिया गया था, आपको?''

''कारवां को ऊपर लाने का।'' अबुल फ़ज़ल ने उत्तर दिया।

वही सवाल अकबर ने सलीम से पूछा और सलीम ने भी वही उत्तर दिया। दरबारी हँसने लगे। अबुल फ़ज़ल ने सलीम से कहा।

''यदि आदेश कारवां को लाने का था, तो आपको हर हाल में कारवां को लेकर हाज़िर होना चाहिए था। मौसम का मिजाज़ देखकर फैसला करने का अधिकार आपको नहीं है, शहज़ादे। आपको तो बस शहंशाह के हुक्म की

तामील करने की ज़िम्मेदारी थी, जो आप नहीं कर सके।''

एक बार फिर शहज़ादे के मज़ाक़ में और अपनी हुक्मफ़रमानी पर गौरवान्वित होते हुए, उसके होठों के डैने खुले और चमकदार दाँतों की सफ़ेदी फैलाकर बंद हो गए। सलीम ने देखा कि सारे दरबारी मन ही मन मुस्कुरा रहे थे, एक भावी शहंशाह की नासमझी पर हँस रहे थे। वह उन अवसरों में से था, जब सलीम ग़ुस्से में अबुल फ़ज़ल का क़त्ल कर देना चाहता था।

ऐसे ही कुछ और अवसर थे, जब सलीम को भरे दरबार अपमान सहना पड़ा था। एक करवट कहती कि सलीम को यदि अपमानित न किया होता तो शायद स्थिति इतनी नहीं बिगड़ी होती। वह दूसरी करवट लेता तो सलीम की अफीम की आदत उघड़ जाती और चीख-चीखकर कहती, कि सलीम दरअसल हिंदुस्तान का शहंशाह बनने के क़ाबिल ही नहीं है। अबुल फ़ज़ल की धार्मिक उदारता के पैमानों पर भी सलीम का चरित्र उसे अच्छा उत्तराधिकारी साबित नहीं करता था। ऐसी कई करवटें बदलने के बाद जब उसे नींद आई, तो भी सलीम के लिए उसकी समझ में कोई बदलाव नहीं था।

''वह एक अच्छा उत्तराधिकारी नहीं है।'' सुबह उठा तो तक़रीबन उसका निष्कर्ष यही था।

फ़ज्र की नमाज़ अदा करने के बाद अबुल फ़ज़ल का क़ाफ़िला आगे बढ़ा। रात की कुछ नींद बाक़ी रह गई थी, जो अब आँखों में किरकिरी बनकर तैर रही थी। कुछ दूर जाने पर घुड़सवारों के एक काफ़िले ने अबुल फ़ज़ल के क़ाफ़िले को घेर लिया। सबके हाथों से तलवारें छीन ली गईं। कुछेक ने प्रतिरोध किया तो उनके सिर काट दिए गए। अबुल फ़ज़ल पर क़यामत टूट पड़ी। अभी रात की करवटों का हिसाब तक दुरुस्त न हुआ था कि एक और लेनदार आ टपका। इस अचानक हुए हमले से अबुल फ़ज़ल के सैनिकों को सँभलने तक का मौक़ा नहीं मिला। पलक झपकते ही वीर सिंह देव ने अबुल फ़ज़ल का सिर धड़ से अलग कर दिया।

''न तो मैं ये जानता हूँ कि इसका अंत क्या होगा और न ही ये, कि आरामगाह में मेरी अंतिम-यात्रा कब होगी; पर इतना ज़रूर जानता हूँ कि मेरी पैदाइश से लेकर आज तक मैं ईश्वर की असीम कृपा की छत्रछाया में रहा हूँ; मुझे पूरी उम्मीद है कि मेरे अंतिम क्षण उसी ईश्वर की इच्छाओं के अनुसार कार्य करते हुए बीतेंगे और मैं हृदय पर कोई भार लिए बिना शाश्वत शान्ति की ओर

प्रस्थान करूँगा।''

तलवार के उस अंतिम वार के साथ अपने ही अंतिम समय के लिए अबुल फ़ज़ल के लिखे गए शब्द उसके कानों में गूँज रहे थे।

बेतवा नदी के किनारे ओरछा एक छोटा-सा राज्य है, जिसके बुंदेला शासकों ने मुग़ल-आधिपत्य स्वीकार कर लिया था। वीर सिंह देव उसी राज्य का उत्तराधिकारी था। सलीम के संपर्क में आने पर वह उसके साथ जा मिला था। सलीम के ही आदेश पर वीर सिंह ने अबुल फ़ज़ल का क़त्ल कर दिया और अगले ही दिन उसका कटा हुआ सिर लेकर वह इलाहाबाद पहुँच गया। इलाहाबाद में सलीम, अबुल फ़ज़ल की प्रतीक्षा कर रहा था।

भरे दरबार में, एक तश्तरी में सजाकर वीर सिंह ने अबुल फ़ज़ल का कटा हुआ सिर सलीम को प्रस्तुत किया। सलीम ने उसे गले से लगा लिया। फूलों के हार उसके गले में पिरो दिए और शहंशाह बनने पर उसे ओरछा के राजा बनाए जाने की औपचारिक घोषणा कर दी। अफ़ज़ल खान मुबारक अपने बाप का कटा हुआ सिर देख चुप था। ये हरगिज़ मुमकिन था कि सलीम को शहंशाह न भी बनाया जाए; पर इलाहाबाद में दरबार स्थापित कर उसने अकबर के विरुद्ध विद्रोह तो कर ही दिया था; आगरा से दूर उसकी सत्ता स्थापित हो चुकी थी। पूरे हिंदुस्तान का न सही, पर इलाहाबाद सूबे का वह शहंशाह था और इस शहंशाह का वैभव व व्यक्तिगत सत्ता अकबर के वैभव और उसकी व्यक्तिगत सत्ता से रत्ती भर भी कम नहीं थी। अबुल फ़ज़ल की हत्या किए बग़ैर भी वह उतनी ही सत्ता का मालिक रहता; उसका क़त्ल किए बग़ैर भी वह शहंशाह की दावेदारी में सबसे आगे रहता। फिर उसने अबुल फज़ल को क्यों मारा?

भरे दरबार एक बेटे के सामने बाप का सिर प्रस्तुत करने का क्या औचित्य था? इसका उत्तर सत्ता की उस सर्प-प्रवृत्ति में है, जो सिर्फ़ फुफकार कर चुप होना नहीं जानती। जब तक वह किसी को डस कर आश्वस्त न हो ले, कि उसका ज़हर, मार डालने का गुर रखता है, तब तक सत्ता की औपचारिक स्वीकृति नहीं होती। तश्तरी में चिपका अबुल फ़ज़ल का सूखा लहू, सलीम की सत्ता पर एक मुहर से ज़्यादा कुछ न था। अफ़ज़ल खान मुबारक की चुप्पी कुछ नहीं कहती थी... दरअसल वह कुछ कहना ही नहीं चाहती थी। वह जानता था कि यदि सलीम को अवसर मिले तो वह अकबर का क़त्ल करने से भी न चूके। सत्ता की यही परंपरा है; इस परंपरा में बेटे को पिता से बड़ा होने के लिए, उसे

अपने पैरों तले रौंदना ज़रूरी शर्त है।

उस रात चूहे पहली बार अपने बिलों से बाहर निकले थे।

अपने सबसे प्रिय महामंत्री वज़ीर-ए-सल्तनत अबुल फ़ज़ल की मृत्यु का समाचार सुन अकबर मन ही मन मुस्कुराया। वह साठ साल का हो चुका था और अक्सर बीमार रहने लगा था। उसकी चौथी पत्नी सलीमा बेगम ने पहले-पहल राय दी, कि शहंशाह को यह दुःखद समाचार न दिया जाए। उसे डर था कि कहीं उसकी तबियत और न बिगड़ जाए। ये वही सलीमा बेगम थी, जो अकबर की फुफेरी बहिन थी और जिससे बैरम खां ने ज़बरन शादी कर ली थी। बैरम खां के मरने के बाद अकबर ने उससे निकाह कर लिया था। वह राजनीति में ज़्यादा दख़ल नहीं देती थी, इसलिए नहीं जानती थी कि सलीम को उत्तराधिकार से वंचित रखने के लिए अकबर ने ही अबुल फ़ज़ल को प्यादे की तरह इस्तेमाल किया था।

अबुल फ़ज़ल की मृत्यु का समाचार सुनकर अकबर के बूढ़े और बीमार शरीर में जैसे जान आ गई थी। अगले ही दिन उसने दरबार में ऐलान कर दिया कि चाहे दुनिया इधर की उधर हो जाए, वह आगरा का तख़्त किसी भी सूरत में सलीम को नहीं सौंपेगा।

उलेमाओं में हड़कंप मच गया। यूँ तो उलेमा भी खुश थे कि अकबर के चलाए गए 'सुलह कुल' नामक नाटक का सबसे महत्त्वपूर्ण किरदार मिट चुका था। 'सुलह कुल' हिन्दुओं और मुस्लिमों के बीच का वही रास्ता था, जिसने मुग़लिया सल्तनत पर 'उदारता' का मुखौटा चढ़ा रखा था। इससे उलेमाओं के धर्मांतरण के कट्टरपंथी प्रयास विफल होते दिखाई देते थे और सल्तनत की नींव को हिन्दू बहुल जनसंख्या में स्वीकार्यता मिलती थी। अकबर के तीखे तेवर देखकर भी उलेमाओं ने हार नहीं मानी। मौलवियों के समझाने के प्रयासों का जब उस पर कोई असर पड़ता दिखाई न दिया, तो उन्होंने हरम की औरतों का सहारा लेने का मन बनाया।

सलीमा बेगम इस काम के लिए उन्हें बिलकुल सही औरत जान पड़ी। सलीमा बेगम से मौलवियों का सम्बन्ध कमोबेश उतना ही पुराना था, जितना पुराना अकबर से उसका निकाह था। धार्मिक-प्रवृत्ति की सलीमा बेगम को जब कोई बच्चा न हुआ, तो वह भी शेख चिश्ती की दरगाह में मन्नत माँगने पहुँच गई। कई सालों तक भी जब गोद न भरी, तब भी उसने हिम्मत नहीं हारी और

नियमित दरगाह के चक्कर लगाती रही। दरगाह के एक मौलवी को हरम में लाड़ली बेगम का उस्ताद बनाकर रख लिया गया। उसका असली नाम नहीं पता, पर हरम की स्त्रियाँ उसके गोरे-चिट्टे चेहरे और छरहरे बदन को देखकर मजनूँ उस्ताद कहकर ही बुलाती थीं। धर्म-कर्म या तालीम की कोई भी बात दरबार में निकलती, तो शेख चिश्ती की दरगाह का प्रतिनिधि समझकर शहंशाह उसे भी आमंत्रित करते। यहीं से मजनूँ उस्ताद का परिचय उलेमाओं और मौलवियों के साथ हो गया।

सलीमा बेगम की गोद तो सूनी की सूनी ही रही, पर अब उसकी मदद से उलेमाओं ने सलीम को सिंहासन की गोद में बिठाने का निश्चय कर लिया था। सलीमा बेगम पहले से मजनूँ उस्ताद के आइने में उतरी हुई थी। अपने हिस्से के तंत्र-मंत्र, झाड़-फूँक, वशीकरण इत्यादि सब कुछ मजनूँ उस्ताद ने सलीमा बेगम के हवाले कर दिए थे। पहले तो सलीमा बेगम घबरा गई। आज तक जिसने शहंशाह से कभी दरबार और राजनीति पर बात तक नहीं की थी, वह अब उसे सलीम के पक्ष में मोड़ने चली थी। सलीमा बेगम ने संकोच किया तो उलेमाओं ने उसे दूसरा पाठ पढ़ाया।

''तुम्हें सिर्फ शहंशाह को वश में करना है, राजनीति की कोई बात करनी ही नहीं है।''

''एक आदर्श माँ की तरह तुम्हें बस बाप और बेटे की दूरियाँ ख़त्म करनी हैं।''

सलीमा बेगम अब भी कुछ नहीं समझ सकी। वह अब भी सोच रही थी कि आख़िर उसे करना क्या है।

''किसी भी तरह तुम्हें बादशाह को मनाना है कि वह सलीम को इलाहाबाद से वापस बुला लें।''

सलीमा बेगम ने उलेमाओं की इच्छानुसार काम करना शुरू कर दिया। सलीम की पत्नी मानबाई की मानसिक-स्थिति, पुत्र ख़ुसरो के पिता से वियोग जैसे मार्मिक विषयों का बखान कर सलीमा बेगम ने जल्दी ही शहंशाह पर क़ाबू पा लिया। अंततः अकबर ने सलीम को आगरा बुलाने का फैसला कर लिया। सलीम के आगरा पहुँचते ही उलेमाओं ने उसका ज़ोरदार स्वागत किया। सलीम के मन का काँटा अबुल फ़ज़ल मर चुका था। उसके मरने के बाद मानो सलीम

का अवचेतन मन आश्वस्त हो चला था कि अब पिता से उसकी दूरियाँ कम हो जाएँगी। अकबर भी महसूस करने लगा कि सब कुछ बदल रहा है। अब सलीम पिता के सामने न तो गाली-गलौच करता और न ही शराब पीता। उसके आचरण में अदब बढ़ गया था। इन सब के बीच भी कभी-कभी दोनों में मतभेद हो जाता और अकबर की साँस फिर ख़ुसरो को शहंशाह बनते हुए देखने में अटक जाती।

सलीम के वापस आने से मानबाई की मानसिक स्थिति पहले से और ख़राब हो गई थी। पिता-पुत्र के राजनैतिक शीत-युद्ध से तंग आकर आख़िर एक रोज़ मानबाई ने आत्महत्या कर ली। मानबाई के मरने के बाद परिवार फिर से बिखराव की ओर भटकने लगा। ख़ुसरो, माँ की मृत्यु के लिए सलीम को दोषी मानता था और उलेमा थे कि उसे शहंशाह बनाने पर आमादा थे। अकबर और सलीम के बीच मतभेद पहले से था, अब ख़ुसरो और सलीम के बीच भी मतभेद बढ़ गया।

राजशाही की तीन पीढ़ियाँ...न चुनाव का डर और न किसी से हार जाने का डर; डर था तो सिर्फ़ अपने ही घर के सदस्यों से जूझने का। पीढ़ियों के द्वंद्व में फँसे बूढ़े अकबर का स्वास्थ्य दिन-प्रतिदिन ख़राब होता गया। अंततः उसने बिस्तर पकड़ लिया। पटरानियाँ और क़नीज़ें उसकी तीमारदारी में लगी रहतीं। कभी ख़ुसरो को अवसर मिलता तो वह आ भटकता हाल-चाल पूछने। न सलीम को और न ही ख़ुसरो को अब अकबर के ज़िंदा रहने या उसके मर जाने में कोई रुचि रह गई थी। अकबर के ख़राब स्वास्थ्य का लाभ उठाकर, सलीम प्रतिदिन दरबारियों, मंत्रियों, सूबेदारों और उलेमाओं में अपनी स्थिति मजबूत कर रहा था। ख़ुसरो को साफ़-साफ़ दिखाई दे रहा था कि गद्दी आहिस्ता-आहिस्ता उसके हाथों से फिसलती जा रही है।

मृत्यु के समय एक शहंशाह क्या सोचता होगा? ख़ासतौर पर ऐसा शहंशाह, जिसे पूरा साम्राज्य विरासत में नहीं मिला। अपनी चतुराई, वीरता और सूझ-बूझ के दम पर, मुश्किलों का सामना करके अकबर ने मुग़ल साम्राज्य को विस्तार दिया था। वे कौन से ख़याल होंगे, जो मरते समय अकबर के मन-मस्तिष्क से गुजरे होंगे। पिता हुमायूँ की मृत्यु से लेकर अबुल फ़ज़ल की मृत्यु तक, उसके जीवन का कैलेंडर मील के पत्थरों से भरा हुआ था। संभवतः वह उस दौर का सबसे पराक्रमी शहंशाह था। मृत्यु नहीं जानती आपका पराक्रम; वह तो बस सवाल पूछती है। सिर्फ़ एक सवाल... तुमने इस जीवन में ऐसा क्या किया

कि अल्लाह तुम से खुश हो? सौतेले भाई अधम खान को दोमंजिला इमारत से दो बार फेंकना? वह अपराधबोध से ग्रसित होना चाहता था कि एक बिजली चमकी और उसका मस्तिष्क फिर से रीता हो गया। ''उसने बुरा किया...उसे बुरे की सज़ा मिली।''

''पर दो मंजिला मकान से दो बार फेंकना?'' आवाज ने पुनः प्रश्न किया।

''लोगों को सबक़ देने के लिए ज़रूरी था।''

''महम अंगा की मौत के ज़िम्मेदार हो तुम; तुम्हारी माँ थी वह।''

''अफ़सोस है, पर उसने अपने बेटे की करनी का फल भुगता।''

''बैरम खां?''

''अफ़सोस है, पर ज़रूरी था...सल्तनत के लिए।''

'जौहर?'

''अफ़सोस है...''

''सवाल कुछ और हैं शहंशाह...जौहर किसके लिए? सल्तनत के लिए या हवस के लिए?''

शहंशाह चुप।

''कभी गिनने की कोशिश की, तुम्हारी फौजों ने कितनों की जान ली और किसलिए?''

''वे सब नाक़ाबिल रजवाड़े थे...मैंने बस...''

''रिआया की बात कर रहा हूँ मैं; वे नाक़ाबिल रजवाड़े थे और तुम क़ाबिल शहंशाह...तो आज मुझे ख़ुद पर गर्व होना चाहिए, जो मैंने तुम जैसे क़ाबिल शहंशाह को अपने क़दमों में झुका दिया।''

''क्या कुछ भी अच्छा नहीं किया? दीन-ए-इलाही भी...''

''मेरे लिए नहीं, अपनी सत्ता के लिए किया, उसे मजबूत करने के लिए किया; ताकि तुम सम्राट बनकर लम्बे समय तक राज कर सको।''

''अब क्यों बता रहे हो? जब मैं ये सब कर रहा था, तब भी तो बता सकते

थे।''

''तब भी बताया था; हर बार जब-जब तुमने या तुम्हारी फौजों ने तलवार उठाई तब-तब बताया था; पर अफ़सोस, हर बार तुम अपने दुश्मन को मारने से पहले मुझे मार देते थे।''

''मैं उन्हें नहीं मारता तो वे मुझे मार डालते।''

''कितनी छोटी बुद्धि है तुम्हारी... सिर्फ छल, कपट, लालच और सत्ता ही समझती है। इतिहास लिखने की जगह इतिहास पढ़ने पर ज़ोर दिया होता तो तुम्हें पता चलता कि इसी धरती पर अहिंसा और प्रेम से संस्कृतियों ने अपना उत्कर्ष देखा है; सिर्फ कलिंग का इतिहास पढ़ लेते तो भी बहुत था।''

''तुम्हें कुछ पूछना है शहंशाह?''

''अहिंसा और प्रेम से क्या मुग़ल सल्तनत को क़ायम रखा जा सकता है? क्या सलीम या ख़ुसरो वह सब कर सकेंगे, जो मैं नहीं कर सका?''

''जो विष तुमने बोया है, उसका प्रभाव इतना ज़्यादा है कि अगली दस पीढ़ियों तक तो वही फसलें कटेंगी, जो तुमने बोई हैं। इतिहासकार तुम्हें एक उदार शहंशाह कहेंगे, क्योंकि आने वाले शहंशाहों की तुलना में तुम सबसे उदार हो। वे ये भूल जाएँगे कि इस नस्ल के सबसे घातक रहनुमा तुम ही हो, क्योंकि इस नस्ल का बीज तुम्हारे बदन से निकला है। अगर अकबर पैदा ही न हुआ होता तो यक़ीनन दुनिया का भविष्य बेहतर होता।''

ऐसा अक्सर होता। मृत्यु के कुछ दिन पहले, हर रोज़ मृत्यु का देवता उसका साक्षात्कार लेता। वह नींद में होता तो स्वप्न देखता कि देवता उसकी ओर बढ़ रहा है। फिर पटरानियों का शोरगुल सुन वह आश्वस्त हो जाता कि वह ज़िंदा है। मानबाई की मृत्यु के पाँच माह बाद अकबर भी चल बसा।

उलेमाओं ने अपने उत्तराधिकार नियम के अनुसार सलीम को हिंदुस्तान का शहंशाह घोषित कर दिया।

21

मुस्कुराहटों का संगम

उम्मीद का आख़िरी चिराग़ जो सरजू के लौटने की उम्मीद लिए फड़फड़ा रहा था, आखिर बुझ गया। महल से बाहर आने के एक माह बाद इन्तिसार ने शिराज़ी से निकाह कर लिया।

वह अपने उसी घर में रहने लगी, जहाँ उसके अब्बू उसे छोड़कर गए थे। शिराज़ी ने अपनी बीवी से उसे स्वीकार करने का अनुरोध करना तक उचित नहीं समझा... वैसे उसे मना करने का अधिकार भी नहीं था। फिर बेवजह बहस करने का क्या मतलब। दूसरे, इन्तिसार को भी अपने अब्बू के लौट आने का इंतज़ार था। अगर वह शिराज़ी के साथ रहने उसके घर चली गई, तो कहीं उसके अब्बू लौट न जाएँ, इसलिए उसने भी उसी घर में रहना उचित समझा। इन्तिसार के लिए ज़्यादा कुछ नहीं बदला था। शिराज़ी अपनी बीवी के प्रति भी अपनी ज़िम्मेदारियाँ निभा रहा था। वह इन्तिसार को ज़्यादा समय नहीं दे पाता था। अपनी मर्ज़ी से उसके पास आता और अपनी मर्ज़ी से लौट जाता। इसके अलावा कुछ बदला था, तो बस इतना कि अब उसे थोड़ा बहुत सम्मान मिलने लगा था। लोग अब उसे बाज़ारू नज़रों से नहीं देखते थे और न ही अब उसके लिए पालकियाँ आती थीं।

जीवन में उसके लिए अब कोई रंग शेष न रह गया था। अब बस पानी की तरह बिखरना था। कभी शिराज़ी का व्यवहार ढलान बनकर उसमें वेग संचार कर देता, तो कभी वह बस एक पोखर की मानिंद हफ़्तों निर्जीव-सी पड़ी रहती। उसे हिलोरें देना अब हवाओं के बस की बात नहीं थी। हर सुबह वह मुर्ग़ की बाँग सुनकर उसी खिड़की पर जागती, जहाँ सरजू उसके बालों की फिसलती लट को देखने आता था।

अब भी बच्चे मुर्ग़ियों को पकड़ने की फ़िराक़ में उनके पीछे भागते थे। कुछ देर के लिए वह साँसें थाम लेती और फिर जी भर के एक लम्बी साँस लेती। जमीन पर बिखरे हुए पलों को समेटकर वह अपनी आत्मा में बसा लेना चाहती थी। इन पलों में सरजू की शरारती हँसी क़ैद थी।

समय गुज़रा और सूरज की चाल कुछ मद्धिम हो गई। शिराज़ी का आना और कम हो गया था। अब वह कभी हफ़्तों में तो कभी महीनों में एक आध-बार आ जाता। उसे अब ज़रूरत भी महसूस न होती थी। शिराज़ी के नाम की सुरक्षा उसे मिल रही थी, बस इतना ही काफ़ी था। उसके लिए शिराज़ी के होने या न होने, आने या न आने से अब कोई फ़र्क़ नहीं पड़ता था।

एक दिन शिराज़ी की बीमार पत्नी चल बसी। कुछ दिन वह ऊहापोह में रहा कि क्या करे, अपने बच्चों को लेकर कहाँ जाए। जब उसे कोई उत्तर न मिला तो वह उन्हें लेकर एक दिन इन्तिसार के घर आ गया। इन्तिसार इसके लिए तैयार न थी। उन मासूम बच्चों की ओर देख वह पिघल गई और फिर इसमें हर्ज ही क्या है। शिराज़ी भले ही उसे उसके मन का कुछ न दे पाया हो, पर इतना तो कर ही दिया था कि वह समाज में सिर उठाकर जी सकती थी।

कुछ दिनों उन बच्चों के साथ रहकर उसे लगा कि जैसे शिराज़ी ही वह राजकुमार था, जिसे वह सपने में देखा करती थी। सपना कुछ और आगे बढ़ा होता तो शायद बच्चे भी दिखाई देते। राह अजनबी-सी थी; मील का हर पत्थर कहता था कि इस राह में उसकी मंज़िल नहीं है। अब न जाने क्या हुआ कि सब कुछ सही लगता था। यही तो मंज़िल थी, जिसके लिए वह सफ़र पर निकली थी।

एक दिन इन्तिसार ने हौले से शिराज़ी के कानों में कुछ कहा। शिराज़ी अपना हाथ उसके पेट पर फिराते हुए मुस्कुरा भर दिया। बदले में इन्तिसार मुस्कुरा दी। ये मुस्कुराहटों का संगम था कि किसी ने उसकी दुआएँ क़ुबूल की थीं। वह माँ बनने वाली थी।

अकबर की मृत्यु के बाद सलीम, जहांगीर के नाम से हिंदुस्तान का शहंशाह बना। महीनों तक रिआया ने उसके तख़्तनशीन होने का जश्न मनाया। ग़रीबों में खाने-पीने की चीज़ें बाँटी गईं; उलेमाओं, मौलवियों और दरबारियों को तोहफ़े दिए गए; क़ैदियों को रिहा कर दिया गया।

उस सुबह जब इन्तिसार की नींद खुली, तो सुबह कुछ नमी लिए हुए थी। उसका दो साल का बेटा उसकी गोद में दूध पीते-पीते सो गया था। रोज़ की तरह उसने उसे एक ओर हटाकर लिटा दिया और उस खिड़की से बाहर झाँकने लगी, जिसमें अब उम्मीद की किरणों ने आना बंद कर दिया था। शिराज़ी दक्खिन में किसी मुहिम पर गया हुआ था। उसे गए हुए एक माह हो चुका था। शिराज़ी के दोनों बच्चे दूसरे कमरे में सो रहे थे। खिड़की के उस ओर एक चेहरा था। बढ़ी हुई दाढ़ी और बिखरे हुए बाल...ऐसे, जैसे महीनों से नहाया न हो। ऐसा लग रहा था जैसे वह बहुत देर से उस खिड़की पर था...जैसे उसके जागने का इंतज़ार कर रहा था।

'तुम!'

"बहुत अरसा हो गया, चाँद को बादलों पर फिसलते हुए नहीं देखा।"

चेहरे ने कहा।

- खण्ड दो -

मुग़ल चौक

शाहजहाँ गर्ल

बंद दरवाज़ों के पीछे एक सभा हुई। राणा भ्रमर सिंह उदयपुर के जगमंदिर महल के विशाल आगंतुक-कक्ष के बीच लगे आसन पर बैठे थे। शाही महल चारों ओर पिछोला झील के पानी से घिरा हुआ था। छत्तीस साल की उम्र का उसका बेटा स्वर्ण सिंह उसके दाहिनी ओर बैठा था। वह राजपूत वंश का वारिस था। साठ साल की उम्र में भी राणा के शरीर की बनावट कसी हुई और लुभावनी थी। उसकी छोटी-सी गर्दन पर उभार लिए हुए रोबीले चेहरे पर महीन झुर्रियाँ थीं, आँखें बड़ी और आकर्षक थीं। उसके सिर पर एक पीली पगड़ी विराजमान थी। उसकी लम्बी मूँछें कड़ी और स्थिर थीं। कक्ष में होने वाले वार्तालाप को वह बड़े ध्यान से सुन रहा था।

उसकी बायीं ओर उसका पुरोहित और भविष्यवेत्ता श्यौराज सिंह विराजमान था। वह राणा का सबसे विश्वस्त सलाहकार था। वह एक विद्वान ब्राह्मण था, जो वेद और दर्शन में पारंगत था।

1615 में मुग़ल प्रभुसत्ता स्वीकार करने के बाद, मुग़लों द्वारा राजपूतों को ज़बरन मुसलमान बनाने के कई प्रयास किये गए। राजपूत बहुल इलाक़ों में इसका ज़ोरदार विरोध भी हुआ... परिणामस्वरूप मुग़ल सैनिकों और राजपूत

जनता के बीच झड़पें होने लगीं। संधि की शर्तों से बँधा राणा, प्रजा की रक्षा करने में असमर्थ था। इस गुप्त सभा में मुग़लों की बढ़ती हुई ज़्यादतियों पर लगाम लगाने के लिए एक ख़ुफ़िया मसौदे पर बातचीत हो रही थी। इस मसौदे के अनुसार न सिर्फ राजपूत विद्रोह को सशक्त किया जाना था, वरन् यदि आवश्यकता पड़े तो मुग़ल शहंशाह की हत्या कर देने और उसके उलेमाओं का वध कर देने तक की योजना सम्मिलित थी। श्योराज सिंह अधेड़ उम्र का भारी-भरकम व्यक्ति था, जो अपने उस प्रस्ताव को सभा में रख रहा था।

"वे लड़कियाँ, जो इस अभ्यास के लिए चुनी जाएँगी, उन्हें हम पद्मा

कह सकते हैं; वे हमारे संसाधनों की कुल जमा पूँजी होंगी। इन पद्माओं में से, अभ्यास के एक कठिन पड़ाव को पार कर, जो किसी भी सैन्य या असैन्य अभियान का हिस्सा बन सकेंगी, उन्हें हम पद्मिनी कह कर संबोधित कर सकते हैं। वे सभी व्यावहारिक कलाओं में, जिनमें प्रेम और सम्भोग जैसी कलाएँ भी शामिल हैं, व सभी प्रकार की युद्धकलाओं में पारंगत होंगी। वे किसी भी समय चुनौतियों का सामना करने के लिए तत्पर रहेंगी। तीसरी श्रेणी की वीरांगनाएँ, जिन्हें हम पद्मावती के नाम से पुकारेंगे, वे सबसे खतरनाक लड़कियाँ होंगी जो किसी ख़ास अभियान के लिए तैयार की जाएँगी। वे हर क्षेत्र में न सिर्फ उत्तीर्ण होंगी, बल्कि पारंगत भी होंगी। वे एक इशारे पर खुद को बलिदान करने का जज़्बा रखेंगी, वे बहुत ही ख़ास क़िस्म की लड़कियाँ होंगी। उनकी पहचान एक रहस्य होगी और राजा के सिवा कोई दूसरा उनके बारे में कभी नहीं जान पाएगा।"

उपस्थित जन ध्यान से सुन रहे थे।

"दो वीरांगनाओं को उस मुकम्मल कार्य के लिए चुना जाएगा। उनके पैरों की रेखाओं की डिजाइन से लेकर उनके मासिक स्रावों की गंध तक सब कुछ एक जैसा होगा; उनकी आँखें, नाक, त्वचा, उनके चेहरे पर झुर्रियों की गिनती, सब कुछ हू-ब-हू होगा। हाँ, यह संभव है। गोत्र के आधार पर चुने हुए प्रतिभागी यदि आरम्भ से लम्बे समय के लिए एक साथ रहें; एक साथ खाएँ, पिएँ और साँस लें, तो यह हरगिज़ संभव है कि उनके व्यवहार एक दूसरे की हू-ब-हू परछाई हो। आयुर्वेद में दी गई सूक्ष्म शल्य-प्रक्रियाओं की मदद से, एक अति नियंत्रित वातावरण में ऐसे जीव तैयार किए जा सकते हैं, जिनके शारीरिक स्रावों की गंध भी एक जैसी हो।"

"लेकिन ऐसी वीरांगनाओं का हू-ब-हू होना क्यों जरूरी है?" करण सिंह ने पूछा।

"हमारा काम बहुत आसान हो जाता है। यदि एक 'पद्मावती' मर जाए या फिर उसका मन बदल जाए तो... अगर वह पकड़ ली जाए तो, अगर वह शत्रु से मिल जाए तो। वेदों में लिखा है कि एक 'मन' ही ऐसी चीज़ है जिसकी नक़ल नहीं बनायी जा सकती। हृदय और उसकी इच्छाएँ नियंत्रण के परे हैं; ऐसी स्थिति में आपके पास कोई विकल्प होना चाहिए। हज़ारों दिनों में कोई एक दिन ऐसा आएगा, जब भरपूर वार करने का अवसर मिलेगा; यदि चूक गए तो। समय बहुत महत्त्वपूर्ण है और इसीलिए विकल्प होना ज़रूरी है।"

बायीं ओर दूर वाले छोर पर, लगभग राणा के सामने, सूरत का व्यापारी, वीरजी सेठ बैठा था।